Rita Mae Brown, geboren in Hanover / Pennsylvania, wuchs in Florida auf. Sie studierte in New York Anglistik und Kinematographie und veröffentlichte neben ihren zahlreichen Romanen auch Gedichte. Berühmt wurde sie durch ihren Skandalerfolg «Rubinroter Dschungel» (rororo Nr. 12158). Rita Mae Brown lebt als Schriftstellerin und Drehbuchautorin in Charlottesville / Virginia.

Rita Mae Brown
& Sneaky Pie Brown

Virus im Netz

Ein Fall für Mrs. Murphy

Roman

Deutsch von
Margarete Längsfeld

Illustrationen von
Wendy Wray

Wunderlich Taschenbuch

Die Übersetzerin dankt Christian Fratton
für seine kompetente und geduldige Beratung
in allen Computerfragen

Neuausgabe März 2003

Veröffentlicht im Rowohlt Taschenbuch Verlag GmbH,
Reinbek bei Hamburg, August 1998

Die Originalausgabe erschien 1995 unter dem Titel
«Pay Dirt, Or, Adventures at Ash Lawn»
bei Bantam Books, New York

Umschlaggestaltung any.way, Barbara Hanke / Cordula Schmidt
(Foto: IFA-BILDERTEAM-BCI)
Gesamtherstellung Clausen & Bosse, Leck
Printed in Germany
ISBN 3 499 26409 9

Joan Hamilton und Larry Hodge
sowie all meinen Pferdefreunden auf der
Kalarama Farm gewidmet

Personen der Handlung

Mary Minor Haristeen (Harry), die junge Posthalterin von Crozet, die mit ihrer Neugierde beinahe ihre Katze und sich selbst umbringt

Mrs. Murphy, Harrys graue Tigerkatze, die eine auffallende Ähnlichkeit mit der Autorin Sneaky Pie aufweist und einmalig intelligent ist

Tee Tucker, Harrys Welsh Corgi, Mrs. Murphys Freundin und Vertraute, eine lebensfrohe Seele

Pharamond Haristeen (Fair), Tierarzt, ehemals mit Harry verheiratet

Mrs. George Hogendobber (Miranda), eine Witwe, die emphatisch auf ihrer persönlichen Auslegung der Bibel beharrt

Market Shiflett, Besitzer von Shiflett's Market neben dem Postamt

Pewter, Markets dicke graue Katze, die sich notfalls auch von der Futterschüssel lösen kann

Susan Tucker, Harrys beste Freundin, die das Leben nicht allzu ernst nimmt, bis ihre Nachbarn ermordet werden

Big Marilyn Sanburne (Mim), Queen von Crozet

Rick Shaw, Bezirkssheriff von Albemarle County

Officer Cynthia Cooper, Polizistin

Simon, ein Opossum, das auf Menschen nicht gut zu sprechen ist

Herbert C. Jones, Pastor der lutherischen Kirche von Crozet, ein gütiger, sparsamer Mensch, von dem man weiß, daß er seine Predigten mit seinen zwei Katzen Lucy Fur und Eloquenz verfaßt

Hogan Freely, Direktor der Crozet National Bank, ein guter Banker, aber nicht gut genug

Laura Freely, verantwortliche Fremdenführerin in Ash Lawn und Hogans Ehefrau

Norman Cramer, geachteter Chefbuchhalter bei der Crozet National Bank, dessen Heirat mit Aysha Gill die Klatschmäuler in Crozet in Bewegung hält

Aysha Gill Cramer, eine Jungvermählte, die ihren Mann mit Adleraugen bewacht

Kerry McCray, Norman Cramers noch flackernde alte Flamme, die zu schwelen beginnt

Ottoline Gill, Ayshas Mutter, die gesellschaftliche Ungehörigkeiten im Auge behält und ihren frischgebackenen Schwiegersohn nicht aus den Augen läßt

Vorbemerkung

Während ich in den historischen Heiligtümern von Virginia für meine Krimis recherchierte, habe ich zwar eine Menge über die Geschichte der Menschheit, aber nichts über unsere eigene Geschichte erfahren.

Eine Sachbuchautorin unter Euch Miezekatzen, die dies liest, sollte die Geschichte der Säugetiere Amerikas schreiben. Alle Lebensformen sind wichtig, aber es ist schwer, von Fischen zu schwärmen, nicht wahr – es sei denn, man frißt gerade einen.

Richtet Euer Augenmerk auf die Tatsache, daß die Menschen sich Regierungen schaffen mußten, weil sie nicht miteinander auskommen. Katzen brauchen kein Parlament. Es gibt im Leben genug Gefahren, da muß man sich nicht auch noch eine Versammlung von bezahlten Schaumschlägern anhören. Von Zeit zu Zeit könnt Ihr Eure Menschen daran erinnern, daß sie nicht die Krone der Schöpfung sind, für die sie sich halten.

Ciao-Miau
SNEAKY PIE

1

«Gemütlich» war das meistbenutzte Wort, um die Kleinstadt Crozet zu beschreiben, nicht «malerisch», «historisch» oder «hübsch». In Mittelvirginia im allgemeinen und Albemarle County im besonderen gab es jede Menge malerische, historische und hübsche Ortschaften, aber Crozet gehörte nicht dazu. Eine behagliche Geschäftigkeit herrschte in der Gemeinde. Viele Familien lebten dort schon seit Generationen, andere waren Neuankömmlinge, herbeigelockt von der betörenden Anziehungskraft der Blue Ridge Mountains. Ob alt oder neu, reich oder arm, schwarz oder weiß, die Bewohner der Stadt nickten und winkten einander aus dem Auto zu, riefen und winkten von der anderen Straßenseite, und wer zu Fuß unterwegs war, konnte sich darauf verlassen, daß jemand ihn im Wagen mitnahm. Heckenzäune boten den idealen Rahmen für fruchtbaren Klatsch, während die Leute von der Gartenarbeit ausruhten. Wer was mit wem machte, wer was zu wem sagte, wer wem Geld schuldete und, Glanzpunkt allen Tratsches, wer mit wem schlief. Das Gerede verstummte nie. Selbst im tiefsten Schnee griffen die Bewohner von Crozet zum Telefon, um das Neueste loszuwerden. Handelte es sich um etwas wirklich Pikantes, zog man sich warm an und eilte durch den Schnee zu einer heißen Tasse Kaffee, dem Begleiter aller anzüglichen Gespräche unter Freunden.

Das Stadtzentrum bestand aus dem Postamt, den drei Hauptkirchen – lutherisch, baptistisch und episkopalisch – nebst einem kleinen Ableger, der Kirche zum Heiligen Licht;

den Schulen – vom Kindergarten bis zur zwölften Klasse –, Market Shifletts kleinem Lebensmittelgeschäft und einer Pizzeria mit Namen Crozet Pizza. Da man nur in jeweils einer Kirche betete, blieben die Vorgänge in den anderen drei Kirchen womöglich ein Geheimnis. Der kleine Laden bot reichlich Gelegenheit, sich auf dem laufenden zu halten, nur mußte man natürlich auch etwas kaufen. Außerdem mußte man aufpassen, daß Pewter, Markets dicke graue Katze, einem nicht das Essen klaute, bevor man dazu kam, es zu verzehren. Die Schulen waren ebenfalls eine gute Informationsquelle, doch wer kinderlos war oder seine Lieblinge endlich auf dem College hatte, war von der Versorgung abgeschnitten. Somit fiel dem Postamt die zweifelhafte Ehre zu, als Haupttreffpunkt zu dienen, als Klatschzentrale.

Die Posthalterin – diese Bezeichnung war ihr lieber als der offizielle Titel Postvorsteherin – Mary Minor Haristeen frönte selten dem, was sie unter Klatsch verstand, das heißt, wenn eine Geschichte für sie nicht stichhaltig war, erzählte sie sie nicht weiter. Ansonsten verbreitete sie Neuigkeiten ausgesprochen gern. Ihre inoffizielle Assistentin, Mrs. Miranda Hogendobber, die Witwe des ehemaligen Postvorstehers, genoß die «Neuigkeiten», aber bei Rufmord hörte für sie der Spaß auf. Wenn die Leute anfingen, andere in den Dreck zu ziehen, ermahnte Mrs. Hogendobber sie zur Mäßigung oder brachte sie kurzerhand zum Schweigen.

Harry, wie Mary Minor liebevoll genannt wurde, meisterte ihre Aufgaben mit Bravour. Noch ziemlich jung für diesen Posten, profitierte sie von Mirandas Erfahrung. Aber Harrys hilfreichste Assistentinnen waren Mrs. Murphy, ihre getigerte Katze, und Tee Tucker, ihre Welsh-Corgi-Hündin. Sie schwelgten in Klatsch. Nicht nur das Treiben der Menschen hielt sie in Bann, sondern auch die Macken der Tiergemeinschaft, von denen jeder Hund berichtete, der sein Herrchen ins Postamt begleitete. Was den Hunden entging, fand Pewter nebenan heraus. Wenn sie etwas zu erzählen hatte, rannte die rundliche graue Katze zum Hintereingang des Postamts, um es auszuplaudern. In den vergangenen Jahren hatten die Katzen so oft an der Tür gekratzt und solch einen Radau veranstaltet, daß Harry schließlich ein Katzentürchen eingebaut hatte, damit die Freundinnen nach Belieben kommen und gehen konnten. Harry hatte eine Abdeckplatte konstruiert, mit der sie die Tierpforte abschließen konnte, weil das Postamt jede Nacht vorschriftsmäßig verriegelt werden mußte.

Nicht, daß es im Postamt von Crozet viel zu stehlen gab – Briefmarken, ein paar Dollar. Aber Harry befolgte die Vorschriften gewissenhaft, da sie Staatsbeamtin war, eine Tatsache, die sie unendlich amüsierte. Sie hatte für die Bundesregierung nicht viel übrig und konnte die Staatsregierung kaum ertragen, die sie als Eldorado der Kleingeister betrachtete. Aber immerhin wurde sie von dem aufgeblähten Regierungsapparat am Nordufer des Potomac bezahlt, also bemühte sie sich, ihre Meinung für sich zu behalten.

Miranda Hogendobber dagegen erinnerte sich noch lebhaft an Franklin Delano Roosevelt, weshalb sie eine viel positivere Einstellung zur Regierung hatte als Harry. Daß Miranda sich an FDR erinnerte, bedeutete aber noch lange nicht, daß sie ihr Alter preisgab.

An diesem Julitag waren die Mimosen von den rosa-goldenen Heiligenscheinen ihrer zarten Blüten umkränzt. Myrten und Hortensien übersäten die Stadt, hier mit purpur- und magentaroten, dort mit weißen Sprenkeln. Weil sonst nicht viel blühte in diesen schwülen Hundstagen, die am dritten Juli begannen und am fünfzehnten August endeten, war man dankbar für diese Farben.

Bislang waren in diesem Monat keine fünf Zentimeter Regen gefallen. Die Schneeballsträucher ließen die Köpfe hängen. Selbst der widerstandsfähige Hartriegel fing an, sich einzurollen, und Mrs. Hogendobber sprengte ihre Pflanzen frühmorgens und spätabends, damit nicht zuviel Feuchtigkeit durch Verdunstung verlorenging. Ihr Garten, um den sie die ganze Stadt beneidete, zeugte von ihrer wachsamen Fürsorge.

Als die Post sortiert war, gönnten sich die beiden Frauen ihre morgendliche Teepause. Genauer gesagt, Tee für Harry, Kaffee für Miranda. Mrs. Murphy saß auf der Zeitung. Tukker schlief im hinteren Bereich des Postamts unter dem Tisch.

«Ist heute Honigtag oder Zuckertag, Mrs. H.?» fragte Harry, als das Wasser kochte.

«Honigtag.» Miranda lächelte. «Mir ist nach Natursüße.» Harry verdrehte die Augen und ließ einen dicken Klacks Honig von dem Spiralstab tropfen, der in dem Honigtopf aus brauner Keramik steckte. Dann nahm sie den Teebeutel aus ihrem Becher, wickelte den Faden um den Löffel, um die letzten Tropfen starken Tees auszudrücken. Der Henkel ihres Bechers hatte die Form eines Pferdeschweifs, das übrige stellte Leib und Kopf des Pferdes dar. Mirandas Becher war weiß und trug in Blockbuchstaben die Aufschrift SAG JA ZU NEIN.

«Mrs. Murphy, ich würde gerne die Zeitung lesen.» Miranda hob sacht das Hinterteil der Tigerkatze an und zog die Zeitung unter ihr weg.

Mrs. Murphy legte die Ohren an und quittierte das Ansinnen mit einem empörten Murren. *«Ich steck meine Pfoten auch nicht an deinen Hintern, Miranda, und außerdem steht nie was Lesenswertes in der Zeitung.»* Sie stapfte zu der kleinen Hintertür und marschierte hinaus.

«Hat die aber schlechte Laune.» Miranda setzte sich und überflog die Titelseite.

«Was sagt die Schlagzeile?» fragte Harry.

«Zwei Verletzte auf der I-64. Was noch? Oh, dieser Threadneedle-Virus droht am ersten August unsere Computer zu infizieren. Es wäre mir sehr recht, wenn unser neuer Computer todkrank wäre.»

«Ach was, der ist doch gar nicht so schlimm.» Harry griff nach dem Sportteil.

«Schlimm?» Mrs. Hogendobber schob ihre Brille hoch. «Wenn ich auch nur eine Kleinigkeit in der falschen Reihenfolge mache, erscheint ein barsches Kommando auf diesem widerwärtigen grünen Bildschirm, und ich muß wieder ganz von vorne anfangen. Es gibt da viel zu viele Tasten. Moderne Errungenschaften! Zeitverschwender, das sind sie, Zeitverschwender, die sich als Zeitsparer verkleiden. Ich kann mir in meinem Oberstübchen mehr merken als so ein Computerchip. Und können Sie mir sagen, wozu wir im Postamt einen Computer brauchen? Wir brauchen eine gute Waage und einen guten Freistempler. Die Briefe kann ich selber stempeln!»

Als Harry sah, daß Miranda mal wieder in Maschinenstürmerlaune war, hielt sie es für das klügste, ihr nicht zu widersprechen.

«Nicht alle, die im Postdienst arbeiten, sind so schlau wie Sie. Die können sich nicht so viel merken. Für sie ist der Computer ein Geschenk des Himmels.» Harry reckte den Hals, um das Foto von dem Autounfall zu sehen.

«Das haben Sie hübsch gesagt.» Mrs. Hogendobber trank ihren Kaffee. «Wo Reverend Jones nur bleibt? Gewöhnlich ist er um diese Zeit hier. Alle anderen waren pünktlich.»

«Tausend Jahre sind vor dem Herrn wie ein Tag. Eine Stunde ist für den Reverend wie eine Minute.»

«Hüten Sie Ihre Zunge.» Miranda, tiefgläubig, auch wenn

sie ihren Glauben gelegentlich den Umständen anzupassen pflegte, drohte mit dem Finger. «Wie Sie wissen, machen wir uns in der Kirche Zum heiligen Licht nicht über die Heilige Schrift lustig.» Miranda gehörte einer kleinen Kirchengemeinde an. Tatsächlich waren es Abtrünnige der Baptistenkirche. Vor zwanzig Jahren war ein neuer Pfarrer gekommen, der viele Gemeindemitglieder zur Weißglut brachte. Nach vielem Hin und Her spalteten sich die Unzufriedenen nach altehrwürdiger Tradition ab und gründeten ihre eigene Kirche. Mrs. Hogendobber, die große Stütze des Chors, war bei der Abspaltung eine treibende Kraft gewesen. Als der unbeliebte Pfarrer sechs Jahre nach dem Aufstand seine Sachen packte und die Stadt verließ, waren die Angehörigen der Kirche Zum heiligen Licht so mit sich zufrieden, daß sie sich weigerten, in den Schoß der Ursprungskirche zurückzukehren.

Ein leises Tappen am Hintereingang verkündete den Eintritt einer Katze. Mrs. Murphy kehrte zur Gruppe zurück. Ein lauteres Tappen zeigte an, daß sie Pewter im Schlepptau hatte.

«Hallo», rief Pewter.

«Hallo, Miezekätzchen», erwiderte Mrs. Hogendobber das Miauen. Als Harry damals den Posten von Mr. Hogendobber übernahm und Katze und Hund mitbrachte, hatte Miranda gegen die Tiere gewettert. Die Tiere eroberten sie allmählich; wenn man Miranda jedoch fragte, was sie von Menschen hielt, die mit Tieren sprachen, behauptete sie steif und fest, so etwas würde sie niemals tun. Die Tatsache, daß Harry täglich Zeugin ihrer Gespräche war, bewog sie keineswegs, von ihrer Behauptung abzulassen.

«Tucker, Pewter ist da», sagte Mrs. Murphy.

Tucker machte ein Auge auf und wieder zu.

«Ich werd mich hüten, dir das Neueste zu erzählen.» Pewter leckte sich gemächlich die Pfote.

Beide Augen gingen auf, und die kleine Hündin hob den hübschen Kopf. *«Ha?»*

«Mit dir sprech ich nicht. Du läßt dich ja nicht mal herab, mich zu grüßen, wenn ich zu Besuch komme.»

«Pewter, du verbringst dein halbes Leben hier drin. Ich kann doch nicht so tun, als hätte ich dich monatelang nicht gesehen», erklärte Tucker.

Pewter schnippte mit dem Schwanz, dann sprang sie auf den Tisch. *«Gibt's was zu essen?»*

Mrs. Murphy lachte. *«Schwein.»*

«Was können sie schlimmstenfalls sagen, wenn man fragt? Höchstens nein», sagte Pewter. *«Aber sie könnten auch ja sagen. Mrs. Hogendobber muß was haben. Sie kommt doch nicht mit leeren Händen ins Postamt.»*

Die Katze kannte ihre Nachbarin gut; tatsächlich hatte Mrs. Hogendobber einen Schwung glasierte Doughnuts mitgebracht. Sobald Pewters Pfoten den Tisch berührten, wollte Harry die Leckereien mit einer Serviette zudecken, aber zu spät. Pewter hatte ihre Beute erspäht. Sie krallte sich ein Stück Doughnut, köstlich feucht und frisch. Die Katze flitzte mit ihrer Beute vom Tisch auf den Boden.

«Diese Katze stirbt noch mal an Herzversagen. Ihr Cholesterinspiegel muß höher sein als der Mount Everest.»

«Haben Katzen auch Cholesterin?» wunderte sich Harry laut.

«Wieso nicht? Fett ist Fett ...»

Bei dieser Bemerkung schritt Reverend Herbert Jones durch die Tür. «Fett? Machen Sie sich über mich lustig?»

«Nein, wir sprachen über Pewter.»

«Relativ gesehen ist sie dicker als ich», bemerkte er.

«Aber Sie haben Diät gehalten und sind schwimmen gegangen. Ich finde, Sie haben kräftig abgenommen», schmeichelte ihm Harry.

«Wirklich? Sieht man das?»

«Allerdings. Kommen Sie, trinken Sie eine Tasse Tee», lud Mrs. Hogendobber ihn nach hinten ein, wobei sie sorgsam die Doughnuts zugedeckt hielt.

Der gute Reverend leerte sein Postfach, dann ging er schwungvoll durch die Klapptür, die den Raum für den Publikumsverkehr vom hinteren Bereich trennte. «Alle sind ganz aus dem Häuschen wegen diesem Computervirus. In den Richmonder ‹Morgennachrichten› haben sie einen ganzen Bericht darüber gebracht, was zu erwarten und was dagegen zu tun ist.»

«Erzählen Sie.» Harry stand vor der kleinen Kochplatte.

«Nein. Ich will, daß unser Computer stirbt.»

«Miranda, ich glaube nicht, daß Ihr Computer in Gefahr ist. Es scheint sich hier um eine Art Firmensabotage zu handeln.» Reverend Jones zog sich einen Stuhl mit Sprossenlehne heran. «Soweit ich informiert bin, wurde der Virus von einer oder mehreren Personen in das Computersystem eines großen, in Virginia ansässigen Unternehmens eingeschleust, aber niemand weiß, in welches. Das infizierte Gerät muß ein Computer sein, der mit vielen anderen Computern kommuniziert.»

«Und wie, bitte schön, darf ich das verstehen?» Miranda senkte die Stimme. «So was wie Kommunion?»

«Reden. Computer können miteinander reden.» Herb beugte sich nach vorn. «Danke, Schätzchen.» Er nannte Harry «Schätzchen», als sie ihm seinen Tee reichte. Wenn es von ihm kam, hatte sie nichts dagegen. «Wer immer diesen Virus eingeschleust hat –»

Miranda unterbrach ihn wieder. «Was meinen Sie mit Virus?»

Der Reverend, ein warmherziger Mann, der die Menschen liebte, zögerte einen Moment und seufzte. «Aufgrund der Art und Weise, wie ein Computer Befehle versteht, ist es möglich, ja ganz einfach, einen Befehl einzugeben, der sein Gedächtnis verwirrt oder auslöscht.»

«Dafür brauche ich keinen Virus», sagt Miranda. «Das tu ich jeden Tag.»

«Dann könnte also jemand einem Computer so einen Befehl eingeben wie ‹Lösche jede Datei, die mit dem Buchstaben A beginnt›», warf Harry ein.

«Genau, aber wie der Befehl lautet, das weiß eben keiner. Stellen Sie sich vor, dies geschieht in einer medizinischen Datenbank. Der Befehl würde etwa lauten: ‹Zerstöre alle Aufzeichnungen über jeden, der John Smith heißt.› Da sehen Sie, welche Auswirkungen das haben könnte.»

«Aber Herbie» – Miranda nannte ihn beim Vornamen, weil sie seit einer Ewigkeit befreundet waren –, «warum sollte jemand so etwas tun wollen?»

«Vielleicht, um eine Polizeiakte zu löschen oder eine Schuld zu stornieren oder eine Krankheit zu verheimlichen, die ihn den Job kosten könnte. Manche Firmen entlassen Angestellte, die Aids oder Krebs haben.»

«Wie können die Menschen sich davor schützen?» Mrs. Hogendobber bekam allmählich eine Vorstellung von den Möglichkeiten, damit Unheil anzurichten.

«Der Initiator hat Faxe an Fernsehsender geschickt, daß der Virus am ersten August wirksam wird und daß er Threadneedle-Virus heißt.»

Harry rieb sich das Kinn. «Threadneedle, ein komischer Name. Wo mag da die Verbindung sein?»

«Oh, die gibt es bestimmt. Die Journalisten suchen wie verrückt danach», erklärte Herbie zuversichtlich.

«Ein einziges großes Rätsel.» Harry liebte Rätsel.

«Der Computerexperte sagte in der Morgensendung, eine Möglichkeit, eine Information zu schützen, bestehe darin, seinem Computer zu sagen, daß er jeden Befehl, der am ersten August eingeht, ignorieren soll.»

Miranda nickte. «Vernünftig.»

«Nur, daß die meisten Geschäfte über Computer abgewickelt werden, und das würde heißen, daß einen ganzen Tag lang sämtliche kommerziellen, medizinischen, sogar politischen Transaktionen auf Eis liegen.»

«Ach du meine Güte.» Miranda machte große Augen. «Kann man denn sonst gar nichts tun?»

Herbie trank seinen Tee aus und stellte den Becher mit einem leisen Plop auf den Tisch. «Der Experte hat einen Überblick über die Schutzmaßnahmen gegeben und die Leute aufgerufen, ihre Computer so zu programmieren, daß sie alle am ersten August eingehenden Befehle aufschieben und überprüfen. Wenn etwas merkwürdig ist, kann das Prüfprogramm den Computer anweisen, den verdächtigen Befehl ungültig zu machen. Natürlich werden große Firmen ihre eigenen Computerexperten heranziehen, aber wie es scheint, wird alles, was sie austüfteln, eine Variante des Prüfprogramms sein.»

«Ich wollte schon immer ‹Ungültig› auf meine Autozulassung setzen», gestand Harry.

Mrs. Hogendobber schürzte die Lippen, die heute muschelrosa geschminkt waren. «Warum das denn?»

«Weil der Computer dann jedes Jahr meine Zahlungsanweisung an die Kfz-Abteilung des Finanzamts zurücküberweisen würde. Zumindest habe ich mir das so vorgestellt.»

«Unsere kleine Saboteurin.»

«Miranda, ich hab's ja nicht getan. Ich hab bloß drüber nachgedacht.»

«Aus kleinen Eicheln wachsen mächtige Eichen.» Mrs. Hogendobber setzte ein grimmiges Gesicht auf. «Stekken Sie dahinter?»

Die drei lachten.

«Also, was gibt's Neues, Pewter?» fragte Tucker, dann wandte sie sich Mrs. Murphy zu. *«Ich nehme an, du weißt es schon, sonst hättest du ihr längst das Fell abgezogen.»*

Mit der leisen Andeutung von Überlegenheit, die Katzen so aufreizend macht, ließ Mrs. Murphy ihre Schnurrhaare vorwärts schnellen. *«Wir haben hinten auf der Veranda ein bißchen geplaudert.»*

«Los, erzähl.»

Pewter schlenderte zu dem Hund hinüber, der sich unterdessen aufgesetzt hatte. *«Aysha Cramer hat Mim Sanburne glattweg ins Gesicht gesagt, daß sie sich weigert, mit Kerry McCray auf dem Wohltätigkeitsfest für die Obdachlosen zusammenzuarbeiten.»*

Mim Sanburne hielt sich für die Queen von Crozet. An ihren großzügigen Tagen dehnte sie ihr Reich auf ganz Virginia aus.

«Wenn's weiter nichts ist.» Tucker war enttäuscht.

«Das ist noch nicht alles. Mim kommt niemand ungestraft in die Quere. Sie ist aus der Haut gefahren und hat zu Aysha gesagt, das Wohl der Gemeinde sei wichtiger als ihre Zankereien mit Kerry», erklärte die rundliche Katze.

«Ach, Aysha.» Tucker lachte. *«Jetzt wird Mim ihr den miesesten Job bei der Wohltätigkeitsveranstaltung geben – Adressen schreiben, Couverts zukleben und abstempeln. Die müssen nämlich alle mit der Hand geschrieben werden.»*

Pewter kicherte. *«Und alles wegen Norman Cramer. Diesem Langweiler.»*

Die Tiere hielten einen Moment die Luft an.

«Junge, Junge, das muß ein fader Sommer sein, wenn wir schon über dieses Dreiecksverhältnis lachen», sagte Mrs. Murphy nachdenklich.

«Hier passiert aber auch gar nichts», nörgelte Tucker.

«Die Parade am Vierten Juli war okay. Aber nichts Besonderes. Vielleicht stellt ja jemand am Labor Day was auf die Beine ...» Pewter unterbrach sich. *«Hoffen wir auf ein bißchen Wirbel.»*

Mrs. Murphy streckte sich vorwärts, dann rückwärts.

«Wißt ihr, was meine Mutter immer gesagt hat? ‹Sieh dich vor, worum du bittest, du könntest es bekommen.›»

Die drei Freundinnen sollten später noch an diese Prophezeiung zurückdenken.

2

Ash Lawn, der Landsitz von James und Elizabeth Monroe, liegt hinter einer Reihe mächtiger englischer Buchsbäume. Zu Lebzeiten des fünften Präsidenten und seiner Gattin reichten diese stacheligen Gewächse den Menschen vermutlich nur bis zur Taille. Heute strahlt ihre gewaltige Größe etwas Unheimliches aus, verleiht aber gleichzeitig ein Gefühl von Sicherheit. Der offizielle Eingang wird nicht mehr benutzt; die Besucher müssen an dem kleinen Andenkenladen vorbeigehen und erreichen das Haus über eine Nebenstraße.

Das warme Gelb der Schindeln wirkt einladend, schafft Vertrautheit – man könnte sich vorstellen, in diesem Haus zu leben. Niemand könnte sich je vorstellen, in dem schönen, imposanten Monticello gleich hinter dem kleinen Hügel von Ash Lawn zu leben.

Harry spazierte mit Blair Bainbridge, ihrem neuen Nachbarn – allerdings war «neu» in Crozet ein relativer Begriff; Blair war vor mehr als einem Jahr zugezogen – zwischen den Buchsbäumen auf dem Gelände herum. Als gefragtes Model war Blair ebensooft unterwegs wie in der Stadt. Vor kurzem aus Afrika zurückgekehrt, hatte er Harry um eine Führung durch das Heim der Monroes gebeten. Zum Verdruß von Harrys Exmann, dem Tierarzt Fair Haristeen, einem blonden Riesen, der die Dummheit, Harry verloren zu haben, längst bereute und seine Exfrau unbedingt wiederhaben wollte.

Was Blair betraf, so konnte niemand seine Absichten in puncto Harry ergründen. Mrs. Hogendobber, die selbsternannte Expertin für das Tier namens Mann, erklärte, Blair sei so unverschämt maskulin und gutaussehend, daß die Frauen sich ihm jederzeit auf jedem Kontinent an den Hals werfen würden. Sie behauptete, er sei von Harry fasziniert, weil sie gegen seine männliche Schönheit immun sei. Mrs. Hogendobber hatte damit mehr als halbwegs recht, trotz gegenteiliger Behauptungen von Susan Tucker, Harrys bester Freundin und Züchterin ihrer Corgihündin.

Mrs. Murphy wählte den Schatten einer mächtigen Pappel, wo sie ein bißchen Gras aufscharrte und sich dann hinplumpsen ließ. Tucker umrundete sie dreimal, dann setzte sie sich neben sie, da sie die verhaßten Pfauen von Ash Lawn erspäht hatte. Auf dem Anwesen der Monroes wimmelte es von den schillernden Vögeln, deren himmlische Erscheinung von grotesken, häßlichen rosa Füßen verunstaltet wurde. Außerdem besaßen sie die abstoßendsten Stimmen der Vogelwelt.

«Oh, am liebsten würde ich diesen großen Angeber zu Boden strecken», knurrte Tucker, als ein riesiges Männchen vorbeistolzierte, dem kleinen Hund einen Todesstrahlblick zuwarf und dann weiterschritt.

«Der ist bestimmt zäh wie ein alter Schuh.» Mrs. Murphy genoß gelegentlich einen Zaunkönig als Leckerbissen, aber vor größeren Vögeln scheute sie zurück. Sie machte sich wohlweislich jedesmal ganz flach, wenn sie über sich einen großen Schatten bemerkte. Das beruhte auf Erfahrung, denn einst hatte ein rotschwänziger Habicht eins von ihren Brüderchen geraubt.

«Ich weiß nicht, warum Präsident Monroe sich diese Vögel hielt. Schafe, Kühe, sogar Truthähne – Truthähne kann ich ja verstehen –, aber Pfauen sind nutzlos.» Tucker sprang auf und drehte sich im Kreis, um nach etwas zu beißen, das in ihrem Fell saß.

«Flöhe? Ist jetzt die Jahreszeit», bemerkte Mrs. Murphy mitfühlend.

«Nein», knurrte Tucker, während sie noch ein bißchen weiterbiß. *«Bremsen.»*

«Wie kommen die durch dein dickes Fell?»

«Weiß ich nicht, aber sie schaffen's.» Tucker seufzte, dann stand sie auf und schüttelte sich. *«Wo ist Mom?»*

«Überall und nirgends. Sie ist nicht weit weg. Setz dich hin, ja? Wenn du abhaust und einen von diesen dämlichen Vögeln jagst, krieg ich dafür die Schuld. Ich seh nicht ein, warum wir nicht ins Haus können. Ich verstehe ja, daß die Tiere von anderen Leuten nicht reindürfen, wie Lucy Fur, aber wieso wir nicht?» Der Name Lucy Fur, der wie Lucifer klang, paßte ausgezeichnet zu der jüngeren von Reverend Jones' zwei Katzen, denn sie war ein Teufelskerl. *«Wetten, Little Marilyn läßt uns durch die Hintertür rein?»* Tucker zwinkerte. Sie wußte, daß Mim Sanburnes Tochter Tiere liebte.

«Gute Idee.» Die Katze wälzte sich im Gras, dann sprang sie hoch. *«Komm, düsen wir los.»*

«Wo hast du das denn her?» fragte Tucker, als sie zur Seitentür zockelten. Eine Bank unter einer kleinen Veranda verlieh dem Eingangsbereich ein einladendes Flair. Kein Mensch war weit und breit zu sehen.

«Das hat Susan gestern gesagt. Sie schnappt so was von ihren Kindern auf. Wie ‹man sieht sich›, wenn man sich verabschiedet.»

«Oh.» Tucker brachte der Sprache der Jugend nur begrenztes Interesse entgegen, weil der Jargon sich alle paar Jahre änderte.

Unterhalb des Hauptbereichs von Ash Lawn waren Fremdenführerinnen in zeitgenössischen Kostümen dabei, zu spinnen, zu weben, Fett für Kerzen zu schmelzen und zu kochen. Little Marilyn – Marilyn Sanburne junior, die seit kurzem geschieden war und ihren Mädchennamen wieder angenommen hatte – war heute die verantwortliche Fremdenführerin in Ash Lawn. Obwohl erst Anfang Dreißig, hatte die jüngere Marilyn finanziell eine Menge für Ash Lawn sowie das William and Mary College getan. Das College unterhielt Haus und Grundstück von James Monroe und stellte die meisten Fremdenführerinnen. Little Marilyn war stolze Absolventin des William and Mary College, wo sie so oft die Fächer gewechselt hatte, bis ihre Studienberater die Hoffnung aufgaben, daß sie je Examen machen würde. Schließlich hatte sie sich auf Soziologie verlegt, was ihrer Mutter ungemein mißfiel und folglich Little Marilyn um so besser gefiel.

Da Harry Absolventin des Smith College in Massachusetts war, gehörte sie nicht zum engeren Kreis von Ash Lawn, aber das Personal pflegte gute Beziehungen zur Gemeinde, so daß Harry und ihre Tiere sich dort willkommen fühlten. Natürlich kannten alle in Ash Lawn Mrs. Murphy und Tucker.

Die anderen Fremdenführerinnen waren an diesem 30. Juli Kerry McCray, eine kesse Rotblonde, die auf dem College Little Marilyns Zimmergenossin gewesen war, Laura Freely, eine hochgewachsene, strenge Dame um die sechzig, und Aysha Gill Cramer, ebenfalls eine Collegefreundin von Little Marilyn. Da Aysha erst im April geheiratet hatte – ein schauerlich übertriebenes gesellschaftliches Ereignis –, brauchten alle noch etwas Zeit, sich an den Namen Cramer zu gewöhnen. Danny Tucker, Susans sechzehnjähriger Sohn, arbeitete als Gärtner, und es machte ihm Spaß. Susan half im Andenkenladen aus, weil die Kassiererin sich krank gemeldet hatte.

Durch ein Kuddelmuddel bei der Einteilung waren Aysha und Kerry zur selben Zeit hier. Die zwei konnten sich nicht riechen. Zusammen mit Little Marilyn waren die drei von Kind an die besten Freundinnen gewesen, und auch noch die ganze Zeit auf dem College, wo sie derselben Studentinnenverbindung angehört hatten.

Nach dem Examen waren sie zusammen nach Europa gefahren und schließlich nach einem Jahr getrennte Wege gegangen. Sie schrieben sich Unmengen von Briefen. Kerry war als erste nach Crozet zurückgekehrt und hatte eine Anstellung bei der Crozet National Bank gefunden, die um die Jahrhundertwende als Lokalbank gegründet worden war, aber jetzt ganz Mittelvirginia bediente. Little Marilyn war wenig später gefolgt, hatte geheiratet, was schiefging, und sich scheiden lassen. Aysha war erst vor sechs Monaten nach Albemarle County zurückgekehrt. Ihr tadelloses Französisch und Italienisch waren hier nicht gefragt. Die Aussichten auf eine Karriere waren in diesem kleinen Winkel der Welt so minimal, daß Heiraten immer noch eine echte Karriere für junge Frauen darstellte, vorausgesetzt, sie fanden ein geeignetes Opfer.

Die Freundinnen knüpften wieder da an, wo sie aufgehört hatten. Aysha, in jüngeren Jahren ein bißchen pummelig, war zu einer hübschen Frau herangereift, die vor Ideen übersprudelte.

Little Marilyn, die sich gerade von ihrer Scheidung erholte, war noch deprimiert. Sie brauchte ihre Freundinnen.

Kerry, damals noch mit Norman Cramer verlobt, hatte Aysha und Little Marilyn oft eingeladen, abends mit ihnen essen, ins Kino oder zu einer nächtlichen Veranstaltung in die Blue-Ridge-Brauerei zu gehen.

Norman, schmächtig und schüchtern, hatte ein hübsches Gesicht, das große blaue Augen umrahmte. Er arbeitete ebenfalls in der Crozet National Bank, als Chefbuchhalter. Als aufregend hätte ihn wohl niemand spontan bezeichnet, daher kippten alle aus den Latschen, als Aysha ihn Kerry ausspannte. Keiner konnte begreifen, weshalb sie ihn wollte, außer daß sie die Dreißig überschritten hatte, ungern arbeitete und die Ehe als bequemen Ausweg sah.

Ihre Mutter, Ottoline Gill, die sich viel zu sehr in das Leben ihrer Tochter einmischte, schien von ihrem frischgebackenen Schwiegersohn begeistert. Das mag teils an dem freudigen Schreck gelegen haben, daß sie überhaupt einen Schwiegersohn bekam. Sie hatte Ayshas Zukunft schon verloren gegeben und immer wieder erklärt, ein Mädchen, das so schön und klug sei wie ihr Liebling, würde nie einen Mann finden. «Männer mögen dumme Frauen», pflegte sie zu sagen, «und meine Aysha wird nicht das Dummchen spielen.»

Was immer sie spielte oder nicht spielte, sie hatte Norman betört, mit dem Ergebnis, daß Aysha und Kerry jetzt erbitterte Feindinnen waren, die kaum in zivilisiertem Ton miteinander reden konnten. Fern von Ayshas forschenden Blikken war Norman liebenswürdig zu Kerry, aber seine Liebenswürdigkeit wurde nicht immer erwidert.

Marilyn schickte Aysha zum Arbeiten nach unten und Kerry nach draußen zu den Sklavenquartieren. Das milderte die Spannung ein wenig. Sie wußte, daß beide am nächsten Tag zu ihr kommen und sich über das Durcheinander beschweren würden. Kerry würde leichter zu beschwichtigen sein als Aysha, die nichts lieber sah, als wenn jemand emotional im Unrecht war. Aber weil Aysha gerne Fremdenführerin in Ash Lawn war, wollte Marilyn sie besänftigen, um ihrer selbst willen wie zum Wohl der Stätte. Es war schlimm genug, daß Aysha ihr Ärger machte, aber sich mit dieser Zicke von einer Mutter herumzuschlagen, das war die Hölle. Und wenn Ottoline auf die Barrikaden ging, dann würde Mim, Marilyns Mutter, sich ebenfalls einmischen, und sei es nur, um die überhebliche Ottoline in die Schranken zu weisen.

Mrs. Murphy, den Schwanz senkrecht aufgerichtet, fühlte das kühle Gras unter ihren Pfoten. Grashüpfer schossen vor ihr davon wie grüne Insektenraketen. Sie hüpften, ließen sich nieder, hüpften weiter. Gewöhnlich jagte sie ihnen nach, aber heute wollte sie in das historische Wohnhaus, nur um zu beweisen, daß sie nicht die Absicht hatte, etwas kaputtzumachen.

Als der Tag sich neigte, waren die meisten Touristen gegangen. Einige hielten sich noch im Andenkenladen auf. Das Personal von Ash Lawn begann mit dem Abschließen. Harry und Blair waren ins Haus gegangen, um zu sehen, ob Marilyn Hilfe brauchte.

Ein entferntes Dröhnen kam näher. Dann verkündeten ein Quietschen, ein Spotzen und ein Stottern, daß ein Motorrad auf dem Parkplatz zum Stehen gekommen war, nicht irgendein Motorrad, sondern eine schimmernde, vollkommen schwarze Harley-Davidson. Der Motorradfahrer war so abgerissen, wie seine Maschine glänzte. Er trug einen schwarzen deutschen Helm aus dem Zweiten Weltkrieg, eine schwarze, mit Chromsternen besetzte Lederweste, zerrissene Jeans, schwere schwarze Motorradstiefel, und um die Brust hatte er eine imposante Kette baumeln, die an einen altertümlichen Patronengürtel erinnerte. Eine Motorradbrille mit dunklen Gläsern vervollständigte die Montur. Er war unrasiert, sah aber auf seine schmuddelige Art nicht übel aus.

Er schlenderte den gepflasterten Weg entlang, der zum Vordereingang führte. Tucker, die sich jetzt seitlich vom Haus bei den Sklavenquartieren befand, blieb stehen und bellte ihn an. Beide Tiere hatten sich vom Nebeneingang entfernt, um zu sehen, was vorging.

«Halt's Maul, Tucker, du verdirbst mir sonst meine Strategie», warnte die Katze. Sie lag flach vor dem Besuchereingang und wartete nur darauf, daß mit dem Eintritt des Motorradfahrers die Tür aufschwang, so daß sie hineinflitzen konnte. Wer immer die Tür öffnete, würde einen Schrei ausstoßen, wenn sie zwischen seinen Beinen durchsauste. Dann würde man ihr nachjagen oder sie locken müssen. Harry würde einen Tobsuchtsanfall bekommen. Jemand würde auf die Idee verfallen, Mrs. Murphy mit Futter oder vielleicht frischer Katzenminze aus dem Kräutergarten zu bestechen. Sie hatte alles geplant. Dann blickte sie hoch und sah den Hell's Angel zur Tür marschieren. Sie beschloß zu bleiben, wo sie war.

Er öffnete die Tür und wurde von Little Marilyn begrüßt. «Willkommen im Heim von James und Elizabeth Monroe. Leider haben wir im Sommer nur von zehn bis siebzehn Uhr geöffnet, und jetzt ist es siebzehn Uhr dreißig. Ich bedaure sehr, aber Sie müssen morgen wiederkommen.»

«Ich geh hier nicht weg.» Er drückte sich an ihr vorbei.

Laura hörte den Wortwechsel vom Salon aus und trat zu Marilyn. Harry und Blair blieben im Wohnzimmer. Aysha war unten in der Sommerküche, und Kerry schloß die Sklavenquartiere ab.

«Sie müssen gehen.» Marilyn schürzte die Lippen.

«Wo ist Malibu?» Seine kehlige Stimme unterstrich die bedrohliche Erscheinung.

Blair kam in die Halle. «In Kalifornien.»

Der Motorradfahrer maß ihn von Kopf bis Fuß. Blair war ein großer, breitschultriger Mann in bester Kondition. Kein leichter Gegner.

«Sind Sie hier der zuständige Komiker?» Der Motorradfahrer zog ein kleines Klappmesser aus seiner Weste. Er ließ es geschickt mit einer Hand aufschnappen und stocherte damit in seinen Zähnen.

«Ja, für heute.» Blair verschränkte die Arme. Harry trat ebenfalls in die Halle und stellte sich hinter Blair. «Die Damen haben Sie informiert, daß Ash Lawn morgen geöffnet ist. Kommen Sie dann wieder.»

«Mir ist dieser Laden scheißegal. Ich will Malibu. Ich weiß, daß sie hier ist.»

«Wer ist Malibu?» Harry schob sich nach vorn. Sie hatte den Verdacht, daß die Pupillen des Motorradfahrers geweitet waren, oder das Gegenteil, und daß er die Sonnenbrille trug, um diesen Zustand zu verbergen. Er hatte was genommen, und zwar kein Aspirin.

«Eine diebische Schlampe!» schimpfte der Motorradfahrer. «Ich bin hinter ihr her und weiß, daß sie hier ist.»

«Sie kann unmöglich hier sein», entgegnete Marilyn. «Alle, die hier arbeiten, kennen sich untereinander, und von einer Malibu haben wir nie gehört.»

«Sie haben bloß den Namen nie gehört. Die ist gerissen. Sie hypnotisiert einen, nimmt sich, was sie will, dann packt sie zu wie eine Schlange!» Er hielt seine zwei Zeigefinger wie Fangzähne, die zupacken wollen.

Aus dem Augenwinkel sah Harry Aysha durch die Hintertür kommen. Sie konnte weiter hinten auch Kerry sehen, die auf dem Weg zum Herrenhaus war. Der Motorradfahrer sah die beiden nicht. Harry drehte sich vorsichtig um und machte hinter dem Rücken mit den Händen ein Stoppzeichen. Blair hatte unterdessen die Hand auf die Schulter des Motorradfahrers gelegt und drehte ihn sachte in Richtung Haupteingang.

«Kommen Sie. Sie werden sie heute nicht finden. Die Hälfte des Personals ist schon nach Hause gegangen.» Blairs Stimme triefte von Verständnis. «Ich weiß, was Sie meinen, manche Frauen sind wie Giftschlangen.»

Die beiden Männer gingen nach draußen. Mrs. Murphy starrte zu ihnen hinauf. Der Motorradfahrer roch nach Kokain, Schweiß und Schmieröl. Sie maß Gerüchen eine große Bedeutung bei.

Die Stimme des mürrischen Mannes zitterte ein kleines bißchen. «Ach die, Sie haben ja keine Ahnung, wie die mit einem umspringen kann. Sie spielt mit deinem Körper und verwirrt deinen Geist. Das einzige, was sie je geliebt hat, waren Dollars.»

Blair erkannte, daß er den Kerl mit der Kiffervisage eigenhändig zu seinem Motorrad bugsieren mußte, da er keine Anstalten machte, sich von der vorderen Veranda zu entfernen. «Zeigen Sie mir Ihre Maschine.»

Mrs. Murphy sauste von einem Strauch zum anderen, behielt dabei die Männer im Auge und hörte jedes Wort. Tukker schoß vor ihr her.

«Tucker, bleib hinter ihnen.»

«Immer sagst du mir, was ich tun soll!»

«Weil du erst handelst und dann denkst. Halt dich hinter ihnen. So merkt der Kerl nicht, daß du da bist, falls Blair Hilfe braucht. Überraschungsmoment.»

«Hm.» Der Hund sah ein, daß die Katze recht hatte.

«Sie wollte genug Kohle machen, damit sie zu Hause sitzen konnte, eine Lady sein.» Der Mann lachte verächtlich. «Ich dachte, die macht Witze. Eine *Lady*?»

Blair kam zu der schnittigen Maschine, die auf ihrem Kippständer ruhte. «Ich wette, die wummert.»

«Klar, sie hat jede Menge Power.»

Blair fuhr mit der Hand über den Benzintank. «Hab mal eine Triumph Bonneville gehabt. Hat Öl verloren, aber die konnte surren, verstehen Sie?»

«Heißer Ofen.» Der Kerl schob die Unterlippe vor, als Zeichen von Zustimmung, Anerkennung.

«Meine erste war eine Norton. Und Ihre?»

«Sie mochten wohl die englischen Maschinen, wie?» Er lehnte sich an das Motorrad. «Harley. Ich hatte immer eine Harley. Meine erste war ein 1960er Hog, 750 ccm, in Einzelteilen. Hab sie zusammengebaut. Dann hab ich für 'n Kumpel eine Ducati zusammengebaut, und eh ich mich's versah, hatte ich mehr Arbeit, als ich bewältigen konnte.»

«BMW?»

Der Motorradfahrer schüttelte den Kopf. «Nichts für mich. Geile Maschinen, aber ohne Seele. Und der Kardanstatt Kettenantrieb – wenn du so 'ne Maschine in einen anderen Gang schaltest, gibt's einen Ruck. Macht dir den Pimmel kaputt.» Er lachte, zeigte kräftige, ebenmäßige Zähne. «Ketten gibt's natürlich nicht mehr. Heute nehmen sie Riemen aus Kevlar.» Er deutete auf das Material des Raumfahrtzeitalters, das die Kette ersetzt hatte.

«Mein Dad hatte eine Indian.» Blair bekam glänzende Augen. «Was würde ich heute nicht für diese Maschine geben.»

«Eine Indian. Nicht schlecht. He Mann, kommen Sie, ich geb Ihnen ein Bier aus. Wir müssen uns mal richtig unterhalten.»

«Danke, ich hab eine Verabredung. Sie wartet im Haus auf mich. Ich komm aber später gern auf die Einladung zurück.» Blair deutete mit dem Kopf in Richtung Ash Lawn, wo Harry am Ende des Weges stand, der zum Eingang führte. Sie wollte sich vergewissern, daß Blair keine Gefahr drohte.

«Ich wohne im Best Western.»

Blair lächelte. «Okay, danke.»

«Ich geh hier nicht weg, bevor ich das Miststück gefunden habe.»

«So entschlossen, wie Sie wirken, finden Sie sie bestimmt.»

Der Motorradfahrer tippte sich mit der Faust an den Kopf. «Blech in der Birne, Mann, Blech in der Birne, aber ich geb nie auf. Bis dann, Kumpel.» Er sprang auf seine Maschine, drehte den Zündschlüssel, und ein kräftiges Bollern erfüllte die Luft. Dann rollte er langsam die Zufahrt hinunter.

Mrs. Murphy beobachtete ihn, als er verschwand. *«Motorräder wurden erfunden, um die Männerherde auszudünnen.»*

Tucker lachte. Die beiden Tiere gingen mit Blair zurück.

«Was hast du da draußen gemacht?» fragte Harry, während die anderen Frauen aus dem Haus kamen und Blair umringten.

«Mich über Motorräder unterhalten.»

«Mit diesem Idioten?» Marilyn konnte es nicht fassen.

«Oh, so schlimm ist er gar nicht. Er sucht seine Freundin, und er wohnt im Best Western, bis er sie gefunden hat. Vielleicht trink ich sogar mal ein Bier mit ihm. Er ist gar nicht ohne.»

Kerry und Aysha waren inzwischen über die Suche nach Malibu informiert worden.

Laura sagte: «Haben Sie keine Angst vor ihm?»

«Nein. Er ist harmlos. Bloß ein bißchen bedröhnt, das ist alles.»

Harry lachte. «Solange du nicht Malibu bist, ist er vielleicht harmlos.»

«Könnt ihr euch vorstellen, daß jemand Malibu heißt?» Ayshas eisiger Ton war durchtränkt von gesellschaftlicher Überheblichkeit.

«Ob mein Leben wohl besser liefe, wenn ich mich in Chattanooga umtaufen würde?» witzelte Kerry zum Vergnügen der anderen. Sie hätte Aysha am liebsten die Augen ausgekratzt.

Harry kicherte. «Petting. Als ich in Deutschland war, bin ich durch einen Ort gekommen, der Petting hieß. Ändere deinen Namen in Petting, dann wirst du fühlen, wie's ringsum prickelt.»

«O ja.» Laura Freeleys aristokratische Stimme mit der perfekten Modulation verlieh jeder ihrer Äußerungen Gewicht. «Wenn ich mich recht entsinne, gibt es da auch Ortschaften, die Ficksburg und Möse heißen.»

«Meine Damen» – Blair senkte den Kopf –, «ich muß doch sehr bitten.»

3

Die John-Deere-Vertragshandlung, ein niedriger Ziegelbau an der Route 250, stellte ihre neuen Traktoren am Straßenrand aus. Diese grünen und gelben Verlockungen ließen Harry das Wasser im Mund zusammenlaufen. An die tausend Autofahrer kamen täglich auf dem Weg nach Charlottesville an den Traktoren vorbei. Immer mehr Menschen zog es nach Albemarle County, Leute aus dem öffentlichen und diplomatischen Dienst, die auf fünf Morgen großen Grundstükken riesige Häuser kauften und deren Tempo von fahrbaren Rasenmähern bestimmt wurde. Sie gelüstete es wahrscheinlich kaum nach diesen Maschinen, die in einer ordentlichen Reihe aufgestellt waren. Aber die Leute vom Land fuhren in der Abenddämmerung vorbei, hielten an und spazierten um die neuesten Nutzfahrzeuge herum.

Harrys Maschine, ein 1958er 420 S Traktor, schleppte einen Dungstreuer, zog einen kleinen Bodenfräser und war für sie wie ein Freund. Ihr Vater hatte den Traktor neu gekauft und liebevoll gepflegt. Harrys Service-Heft, ein dickes Buch, war angefüllt mit seinen Anmerkungen, denen sie jede Menge eigene hinzugefügt hatte. Das kleinere Benutzerhandbuch steckte abgegriffen und zerfleddert in einer Plastikschutzhülle.

Johnny Knatterton, wie Doug Minor seinen Traktor getauft hatte, knatterte und tuckerte noch immer. Im vorigen Jahr hatte Harry einen neuen Satz Hinterreifen gekauft. Die Originalreifen hatten am Ende den Geist aufgegeben. Aufgrund dieser erwiesenen Zuverlässigkeit wollte Harry wieder einen John Deere, den Rolls-Royce unter den Traktoren.

Nicht daß sie plante, Johnny Knatterton stillzulegen, aber ein Traktor mit 75 PS, mit einem Frontlader und Spezialgewichten für die Hinterräder, könnte viele von den größeren, schwierigeren Arbeiten auf ihrer Farm übernehmen, die die Kräfte von Johnny Knattertons bescheidener PS-Zahl überstiegen. Der Grundpreis für das Gerät, das sie benötigte, belief sich auf ca. 29000 $ ohne Zubehör. Sie wurde jedesmal ganz verzagt, wenn sie an die Kosten dachte, die sie von ihrem Gehalt als Posthalterin unmöglich aufbringen konnte.

Mrs. Murphy und Tucker warteten in der Fahrerkabine von Harrys Transporter, auch ein Fahrzeug, das ersetzt werden müßte. Das Supermannblau war verblaßt, die Kupplung war schon zweimal repariert worden, und Harry hatte insgesamt vier Sätze Reifen abgenutzt. Aber immerhin, der Ford fuhr. Die meisten Leute würden eher einen neuen Transporter kaufen als einen Traktor, aber für Harry, die zuallererst Farmerin war, hatte der Traktor Vorrang.

Sie schlenderte um die Maschinen herum, auf denen kein einziger Schmutzfleck war. Manche hatten geschlossene Fahrerkabinen mit Klimaanlage, was ihr sündig vorkam; wenn man allerdings über ein Erdbienennest führe, wäre die geschlossene Kabine ein Segen. Es machte ihr Freude, zu träumen, hinaufzuklettern, um das Lenkrad zu berühren, mit den Fingern über den Motorblock zu fahren. Deswegen kam sie am liebsten in der Abenddämmerung. Nicht so sehr, weil sie nicht mit den Händlern sprechen mochte. Sie kannte sie seit Jahren, und sie wußten, daß sie keinen Penny besaß. Sie wollte ihnen nicht lästig fallen, weil sie keine ernsthafte Kundin war.

Sie öffnete die Tür ihres Transporters, die leise quietschte. Sie lehnte sich über den Sitz, stieg aber nicht sofort ein.

«Na, Kinder, was meint ihr? Sagenhaft, was?»

«Die sehen noch genau so aus wie letztes Mal.» Tucker war hungrig.

«Phantastisch, Mom, einfach phantastisch.» Mrs. Murphy fuhr gelegentlich auf Harrys Schoß mit, wenn sie Johnny Knatterton steuerte. *«Ich persönlich würde mich für den mit der geschlossenen Kabine entscheiden, dann kannst du für mich ein Körbchen mit einem Handtuch reinstellen. Ich hab's gern gemütlich.»*

«Los jetzt, wir fahren nach Hause.» Sie stieg in den Transporter, ließ den Motor an und fuhr auf die Schnellstraße Richtung Westen.

Fünfzehn Minuten später hatte sie den Stadtrand von Crozet erreicht. Sie fuhr an der alten Del-Monte-Lebensmittelverpackungsfabrik vorbei und beschloß, beim Supermarkt anzuhalten.

«Ich will nach Hause», winselte Tucker.

«Wenn du fressen willst, muß ich dir Futter kaufen.» Harry sprang aus dem Wagen.

Tucker sah die Katze fragend an. *«Glaubst du, sie hat verstanden, was ich gesagt habe?»*

«Nee.» Mrs. Murphy schüttelte den Kopf. *«Purer Zufall.»*

«Wetten, ich könnte aus dem Fenster springen?»

«Wetten, das könnte ich auch, aber ich renn doch nicht auf diesem Parkplatz rum, bei der Fahrweise, die die Leute draufhaben.» Sie legte die Pfoten auf den Fensterrahmen und überblickte den Platz. *«Anscheinend braucht alle Welt Hundefutter.»*

Tucker sah mit ihr hinaus. *«Mim.»*

«Wetten, das ist ihre Köchin. Sie ist mit dem Farmwagen da. Mim würde sich nie dazu herablassen, ihre Lebensmittel selbst einzukaufen.»

«Da dürftest du recht haben. Guck mal, da steht der silberne Saab, also ist Susan hier.»

«Und Ayshas grüner BMW. He, da ist ja der Falcon von Mrs. Hogendobber.»

«Und guck mal, wer da kommt – Fair. Hm-hm.» Tucker zwinkerte mit den Augen.

Als Harry mit einem Korb am Arm durch den Gang eilte, stieß sie als erstes mit Susan zusammen.

«Wenn du nicht viel kaufen willst, hättest du zu Shiflett's Market gehen und dir die Schlange an der Kasse ersparen können.»

«Er hat heute früher zugemacht. Zahnarzttermin.»

«Doch nicht schon wieder ein Wurzelkanal?» Harry zählte die Waren in Susans Einkaufswagen. «Gibst du eine Party oder so was? Ich meine, eine Party ohne mich?»

«Nein, du neugierige Nuß.» Susan stupste Harry an der Schulter an. «Danny und Brookie wollen grillen. Ich hab gesagt, ich kauf das Essen, wenn sie die Arbeit machen.»

«Danny Tucker am Grill?»

«Ja, stell dir vor, seine neue Freundin will Köchin werden, und er denkt nun, wenn er ein Interesse am Essen zeigt, das übers bloße Vertilgen hinausgeht, wird er bei ihr Eindruck schinden. Er hat seine Schwester überredet, ihm zu helfen.»

«Überredet oder bestochen?»

«Bestochen.» Susans breites Lächeln war ansteckend. «Er hat versprochen, mit ihr und einer Freundin zum Gestüt Virginia in Lexington zu fahren, und dann will er sich die Washington und Lee University angucken, ohne Mom natürlich.»

Mrs. Hogendobber kam um die Ecke gefegt, ihr Wagen balancierte auf zwei Rädern. «Aus der Bahn, Mädels. Sonst verpaß ich die Chorprobe.»

Die zwei Frauen traten auseinander, und Miranda warf mit beachtlichem Geschick Waren in ihren Wagen.

«Trefferquote hundert Prozent», bemerkte Susan.

Aysha Cramer, die mit ihrer Mutter Ottoline vom anderen Ende des Ganges kam, stieß beinahe mit Mrs. Hogendobber zusammen. «Oh, Verzeihung, Mrs. Hogendobber.»

«Tüüt-tüüt!» Mrs. Hogendobber manövrierte sich geschickt um sie herum, und fort war sie.

Ottoline, die eine schulterfreie Bauernbluse trug, die den sahnigen Teint ihrer Haut und ihres Busens zur Geltung brachte, schnappte sich die Einkaufsliste aus Ayshas Wagen. «Wenn du dich mit Quatschen aufhalten willst, nehm ich mir schon mal die Liste vor.»

Aysha zuckte die Achseln, während ihre Mutter weiterzog und um die Ecke bog. Aysha schob ihren Wagen zu Harry und Susan hinüber. «Wir wissen, daß sie nicht beschickert ist.»

Mrs. Hogendobber trank keinen Alkohol.

«Chorprobe», sagte Susan.

«Ich hoffe, daß ich in ihrem Alter auch noch so viel Energie habe», meinte Aysha bewundernd. «Wie alt ist sie eigentlich?»

«Geistig oder körperlich?» Susan schob ihren Wagen vor und zurück.

«Mutter sagt, sie muß über Sechzig sein; denn sie war auf der High-School, als Mutter in der achten Klasse war», informierte Aysha sie.

Freilich sagte Ottoline, diese unausstehliche Mistbiene, nie etwas Nettes über andere, es sei denn, es spiegelte ihre eigene eingebildete Herrlichkeit wider, daher war Ayshas Erklärung eine fingierte Variante von Mrs. Gills wahren Gedanken.

Wie aufs Stichwort kam Ottoline aus der entgegengesetzten Richtung, in der sie abgezogen war, durch den Gang getänzelt. Sie warf Waren in den Wagen, nickte Harry und Susan kurz zu, um dann ihren Weg durch den Gang fortzusetzen, wobei sie über die Schulter rief: «Aysha, ich hab's eilig.»

«Ja, Mumsy.» Dann senkte sie dic Stimme: «Sie hat sich heute mit dem Dekorateur angelegt. Hat schlechte Laune.»

«Ich dachte, sie hätte gerade umdekoriert.»

«Vor zwei Jahren. Die Zeit rennt. Diesmal steht sie auf farbneutral.»

«Besser als geschlechtsneutral», witzelte Harry.

Aysha rümpfte die Nase. «Das ist überhaupt nicht komisch.»

«Ach komm, Aysha.» Harry konnte es nicht ausstehen, wenn Aysha oder sonst jemand sich aufführte wie ein humorloser Sittenwächter.

Abgesehen von einem gelegentlichen Anfall von Korrektheit, hatte Aysha sich ganz gut gemacht, fand Harry, ausgenommen ihre verhängnisvolle Überzeugung, eine Aristokratin zu sein. Es war eine klägliche Illusion, denn die Gills waren gleich nach dem Ersten Weltkrieg nach Albemarle County eingewandert. Schlimmer noch, sie waren aus Connecticut eingewandert. Trotz ihrer Yankee-Wurzeln stolzierte Aysha umher wie eine Schöne des Südens. Ihr frischgebackener Ehemann, nicht gerade der Hellste, wenn es um Frauen ging, kaufte es ihr ab. Er nannte sie «Liebelein». Gott allein weiß, wie sie ihn nannte. Jungvermählte waren ziemlich abstoßend, egal, wer sie waren.

Susan fragte: «Aysha, du hast doch von diesem Threadneedle-Virus gehört. Morgen ist der große Tag. Bist du beunruhigt?»

«Himmel, nein.» Sie lachte, ihre Stimme schwang aufwärts, bevor sie sie senkte. «Aber mein Norman hat deswegen Besprechungen anberaumt. Die Bank nimmt das wirklich ernst.»

«Was du nicht sagst.» Harry lud noch ein paar Dosen Hundefutter in ihren Einkaufswagen.

«Ihr könnt euch vorstellen, was los ist, wenn Konten durcheinandergeraten, aber Norman glaubt, das eigentliche Ziel ist die Federated Investments Bank in Richmond, und das Ganze dient nur dazu, einen Tumult zu erzeugen, während sie, wer immer das ist, bei FI zuschlagen.»

Susan stellte die naheliegende Frage: «Warum ausgerechnet bei FI?»

«Denen ist es in letzter Zeit nicht gutgegangen. Neuer Präsident, drastische personelle Veränderungen, Hunderte von Leuten wurden entlassen. Wer ist besser geeignet als ein FI-Angestellter, um einen Plan auszuhecken, bei dem Computer als Waffe dienen? Norman sagt, am zweiten August wird FI verhedderter sein als eine Angelschnur.»

«Meine Damen!» Von Sonderangebotsschildern für Holzkohle eingerahmt, winkte Fair vom Ende des Ganges herüber.

Aysha lächelte Fair zu, dann überprüfte sie Harrys Miene auf verräterische Anzeichen von Gefühlsregungen. Harry lächelte ebenfalls und winkte zurück. Sie hatte ihren Exmann gern.

«So, ich muß abschieben, im doppelten Sinne des Wortes.» Susan steuerte zum Ausgang. «Danny wird Crozets jüngstes Schlaganfallopfer sein, wenn ich nicht mit seinem Essen erscheine.»

«Ich muß auch Essen machen.»

«Harry, du willst kochen?» Aysha konnte es nicht fassen.

Harry wies auf ihren Wagen. «Tucker und Mrs. Murphy.»

«Grüß sie von mir.» Aysha verschwand unter klingendem Gelächter in die andere Richtung.

Die Hände in die Hüften gestemmt, erschien Ottoline am Gangende. «Beeil dich, ja?»

Harry kam ans Ende des Ganges, wo Fair auf sie wartete. Er tat so, als würde er Holzkohle im Sonderangebot kaufen.

«Wie geht's?»

«Gut, und dir?»

«Ich krieg mehr Griffelbeinrisse zu sehen, als ich zählen kann. Zu viele Trainer überfordern ihre jungen Pferde auf diesem festen Boden.» Griffelbeinrisse sind bei jungen Rennpferden ein häufiges Problem.

Harry besaß drei Pferde; eins davon, noch ziemlich neu, war ein Geschenk von Fair und Mim. Mim hatte Harry seit neuestem in ihr Herz geschlossen. Tatsächlich schien die hochmütige Mrs. Sanburne in den letzten paar Jahren erheblich sanftmütiger geworden zu sein.

«Uns geht's richtig gut zu Hause. Komm doch mal vorbei, dann reiten wir den Yellow Mountain rauf.»

«Okay.» Fair nahm mit Freuden an. «Morgen sieht's schlecht aus, aber wie wär's mit übermorgen? Ich komm um sechs vorbei. Bis dahin dürfte es sich ein bißchen abgekühlt haben.»

«Prima. Welches Pferd willst du?»

«Gin Fizz.»

«Okay.» Sie wollte weiter; Katze und Hund waren bestimmt mürrisch vom langen Warten.

«He, ich hab gehört, du warst gestern mit Blair Bainbridge in Ash Lawn. Ich dachte, er ist gar nicht in der Stadt.» Fair betete, er möge bald wieder aus der Stadt verschwinden – am liebsten morgen.

«Er hat die Aufnahmen beendet, und anstatt bei seiner

Familie vorbeizuschauen, ist er gleich nach Hause gekommen. Er ist ziemlich groggy, glaube ich.»

«Wie kann man groggy sein, wenn man sich Klamotten anzieht und vor der Kamera Pirouetten dreht?»

Harry weigerte sich, darauf einzugehen.

«Da bin ich nun wirklich überfragt, Fair, mich hat nie jemand gebeten, als Model zu arbeiten.» Sie schob weiter. «Dann bis übermorgen.»

4

«Holen Sie schon mal die Schaufeln raus», rief Harry Mrs. Hogendobber zu, die im selben Moment zum Hintereingang hereinmarschierte, als Rob Collier, der Mann, der die Post anlieferte, das Postamt durch den Vordereingang verließ.

Er steckte den Kopf wieder herein. «Morgen, Mrs. H.»

«Schönen guten Morgen, Rob.» Sie erspähte die riesigen Postsäcke auf dem Fußboden. «Was um alles in der Welt ...»

«Ein höllischer Auftakt in den August.»

Als der große Lieferwagen aus der Zufahrt fuhr, konnten die zwei Frauen nur wie gebannt auf den Haufen Post starren.

«Dann mal los. Ich hol den Postkarren und fang mit dem ersten Sack an.»

«Bin gleich wieder da.» Mrs. Hogendobber eilte zur Tür hinaus und war nach knapp fünf Minuten zurück; Zeit genug für Harry, den großen Leinensack auszukippen, und Zeit genug für Mrs. Murphy, sich mit Karacho in den Haufen zu stürzen, so daß Briefe und Zeitschriften umherstoben. Dann wälzte sie sich herum, zerbiß einige Umschläge und zerkratzte andere.

«Tod den Rechnungen!» brüllte die Katze. Sie breitete alle vier Pfoten auf dem schlüpfrigen Haufen aus, blickte nach rechts, dann nach links, bevor sie mit einem mächtigen Satz nach vorn sprang, so daß die Post unter ihr hervorquoll.

«Du hast es erfaßt, Murph.» Harry mußte über die Kapriolen der Tigerkatze lachen.

«Dies ist meine Meinung zur Elektrizitätsgesellschaft.» Sie packte mit den Zähnen eine Rechnung und biß fest zu. *«Da hast du's. Und das hier ist für alle Rechtsanwälte in Crozet.»* Sie zog die rechte Pfote über eine Fensterscheibenrechnung und hinterließ fünf parallele Risse.

Tucker beteiligte sich an dem Spaß, aber da sie nicht so wendig war wie Mrs. Murphy, konnte sie nur durch den Postpacken rennen und rufen: *«Guck mal, was ich kann!»*

«Schluß jetzt, ihr zwei. Dies ist das einzige Postamt in Amerika, wo man Briefe mit Zahnabdrücken bekommt. Aber genug ist genug.»

Mrs. Hogendobber öffnete die Hintertür just in dem Moment, als Pewter durch das Katzentürchen hereinkam. *«He, he, ich will auch mitspielen.»*

Mrs. Murphy setzte sich in das Postchaos und lachte, als ihre dicke Freundin auf sie zugesaust kam. Mrs. Hogendobber lachte ebenfalls.

«Sehr komisch.» Erbost wand sich Pewter aus dem Haufen.

«Heute morgen sind alle übergeschnappt.» Harry bückte sich, um das Durcheinander zu ordnen, fand aber, daß die Katze die richtige Idee gehabt hatte. «Was ist das für ein unglaublicher Duft?»

«Zimtteilchen. Wir müssen uns stärken. Eigentlich wollte ich warten und sie für unsere Pause rüberholen, aber Harry, wir werden wohl durcharbeiten.» Sie sah auf die große alte Bahnhofsuhr an der Wand. «Und Mim wird in einer Stunde hier sein.»

«Mim wird noch mal wiederkommen müssen.» Harry warf Briefe in den Postkarren und schob ihn auf die Rückseite der Schließfächer. «Wenn Sie keinen Knüller auf Lager haben, machen Sie das Radio an.» Zwinkernd schnappte sich Harry ein heißes Zimtteilchen und begann mit dem Sortieren.

«Ich will mir heute morgen keine Country- und Western-Musik anhören.»

«Und ich möchte mich nicht geistlich erbauen lassen, Miranda.»

«Stellen Sie sich nicht so an.» Mrs. Hogendobber schaltete das Radio ein.

Der Sprecher verkündete die Nachrichten. «... ein Verlust von acht Millionen Dollar für dieses Geschäftsquartal, der schlimmste in der neunundsechzigjährigen Geschichte der FI. Eintausendfünfhundert Beschäftigte, fünfundzwanzig Prozent der Belegschaft des renommierten Unternehmens, mußten entlassen werden ...»

«Verdammt.» Harry pfefferte eine Postkarte in Market Shifletts Schließfach.

«Ich kann mir vorstellen, die Leute, die die blauen Briefe kriegen, sagen noch was viel Schlimmeres.»

Die Nachrichten wurden nach einem Werbespot für den neuen Dodge Ram fortgesetzt. Die tiefe Stimme tönte: «Threadneedle, der gefürchtete Computervirus, hat heute bereits am frühen Morgen zugeschlagen. Leggett's Warenhaus hat einige geringfügige Probleme gemeldet, ebenso die Spar- und Darlehenskasse von Albemarle County. Das ganze Ausmaß des Durcheinanders wird sich erst im Laufe des Ar-

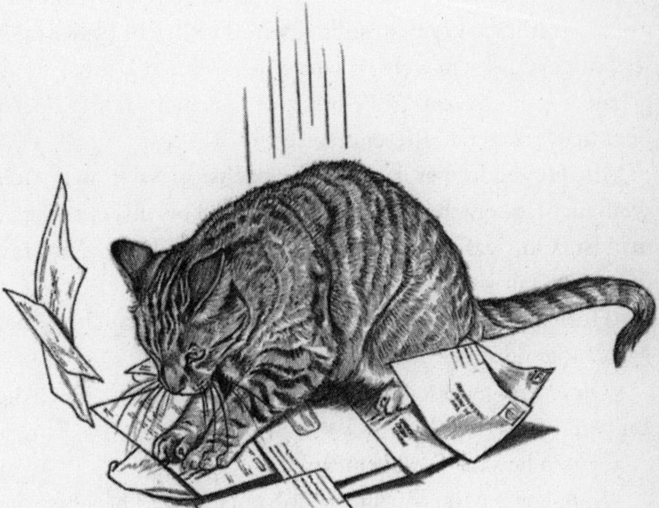

beitstages erweisen. Doch es wurden bereits erste Unregelmäßigkeiten gemeldet.»

«Wissen Sie was, wenn irgend so ein Computergenie Amerika wirklich einen Dienst erweisen wollte, würde er oder sie das Finanzamt zerstören.»

«Wir zahlen zu viele Steuern, Harry, aber Sie entwickeln sich langsam zu einer Anarchistin.» Miranda wischte etwas Vanilleglasur von ihren Lippen, die heute leuchtend korallenrot geschminkt waren, passend zu ihren quadratischen korallenroten Ohrringen. Mrs. Hogendobber kleidete sich gern adrett, im Stil der fünfziger Jahre.

«Alles in allem zehn Prozent, wenn man mehr als hunderttausend verdient, und fünf Prozent, wenn man weniger verdient. Wer unter fünfundzwanzigtausend im Jahr verdient, sollte keine Steuern zahlen müssen. Wenn wir das Land damit nicht stützen können, sollten wir es vielleicht besser umstrukturieren – wir werden langsam zu einem Dinosaurier, genau wie FI ... Zu groß, um zu überleben. Wir stolpern über unsere eigenen Riesenquanten.»

Mrs. Hogendobber kippte den nächsten Sack aus. «Ich weiß nicht, aber ich stimme Ihnen zu, daß bei uns der Wurm drin ist. Oh, was will sie denn hier?» Sie sah Kerry McCray durch die Tür kommen.

«Hoffentlich brauchen Sie Ihre Post noch nicht», rief Mrs. Hogendobber hinaus.

«Die hab ich sowieso zerrissen.» Mrs. Murphy leckte sich die Lippen.

«Echt?» Pewter war beeindruckt.

«Klar, hier.» Mrs. Murphy schob ein Couvert herüber, das deutliche Spuren von Reißzähnen aufwies.

«Wetten, das ist ein Staatsvergehen», bemerkte die graue Katze weise.

«Das will ich hoffen», erwiderte Mrs. Murphy frech.

«Ich bin nicht wegen der Post hier», sagte Kerry. «Wollte bloß Bescheid sagen, daß Samstag abend in der Opernreihe in Ash Lawn *Don Giovanni* gegeben wird und daß Sie unbedingt kommen müssen. Der Sänger der Hauptpartie hat eine so klare Stimme. Ich verstehe nicht soviel von Musik wie Sie, Mrs. Hogendobber, aber er ist gut.»

«Danke, daß Sie an mich gedacht haben, Kerry. Ich will versuchen zu kommen.»

Harry lugte hinter den Schließfächern um die Ecke. «Na, Kerry, warst du schon mit dem Sänger aus?»

Kerry bekam einen roten Kopf. «Ich habe ihm die Universität von Virginia gezeigt.»

«Sei einfach du selbst, Schätzchen. Dann wird er bald über beide Ohren in dich verknallt sein.»

Kerry errötete abermals, dann ging sie hinaus und über die Straße zur Bank.

«Wo ist die Zeit geblieben?» Harry warf die Umschläge etwas schneller in die Postfächer.

«Sie sind zu jung, um sich Gedanken über die Zeit zu machen. Das ist meine Aufgabe.»

Harry schnappte sich noch ein Zimtteilchen. Pewter hatte dieselbe Idee. «He, Schweinchen. Das ist meins.»

«Ach, lassen Sie sie doch.»

«Miranda, Sie waren diejenige, die Katzen nicht leiden konnte. Die meinte, sie seien verwöhnt und hinterlistig, und à propos Zeit, soweit ich mich erinnere, ist das noch keine zwei Jahre her.»

Pewter, deren goldene Augen glänzten, wälzte sich schnurrend zu Mirandas Füßen, die heute in zehenfreien Sandalen mit Keilabsätzen à la Joan Crawford steckten. *«Oh, Mrs. Hogendobber, ich liiiiiebe Sie.»*

«Ich muß gleich kotzen», murrte Mrs. Murphy.

«Unser kleiner Liebling möchte nur ein ganz kleines Häppchen.» Mrs. Hogendobber zupfte etwas süßen, flockigen, großzügig mit Vanilleglasur überzogenen Teig ab. Der Zimtduft durchzog den Raum, als das Gebäck auseinanderbrach. «Hier, Pewter. Und wie steht's mit dir, Mrs. Murphy?»

Mrs. Murphy lehnte ab. *«Danke, sehr liebenswürdig, aber ich bin Fleischfresserin.»*

«Ich eß alles.» Die schwanzlose Tucker wackelte aufgeregt mit dem Hinterteil.

Mrs. Hogendobber hielt ein Stückchen in die Höhe, und Tucker stellte sich auf die Hinterbeine, was Corgis nicht leichtfällt. Sie verschlang ihre Belohnung.

Der Rest des Tages verging mit dem üblichen Kommen und Gehen; jeder äußerte eine Meinung zu dem Threadneedle-Virus, der, wie so vieles, was im Fernsehen berichtet wurde, eine Seifenblase sei. Die Leute äußerten auch ihre Meinung, ob Boom Boom Craycroft, die schwüle Sirene von Crozet, sich wieder an Blair Bainbridge heranmachen würde, nachdem er jetzt aus Afrika und sie aus Montana zurück war.

Um fünf vor fünf erschien Mim Sanburne wieder. Sie hatte morgens um halb neun schon hereingeschaut, ihre übliche Zeit. Postämter schließen um siebzehn Uhr, aber dies war das Postamt von Crozet, und wenn jemand etwas brauchte, blieben Harry und Mrs. Hogendobber eben etwas länger.

«Mädels», erklang Mims gebieterische Stimme, «der Virus hat die Crozet National Bank infiziert.»

«Unsere kleine Bank?» Harry konnte es nicht glauben.

«Ich habe Norman Cramer getroffen, und er hat gesagt,

das verflixte Ding hat dauernd Informationen von anderen Unternehmen angezeigt, Futtermittelfirmen. Blödes Zeug, aber sie haben auf der Stelle mit den ‹Ungültig›-Befehlen gekontert und den Virus rasch außer Gefecht gesetzt.»

«Ein Schlaukopf, dieser Norman», sagte Mrs. Hogendobber.

Harry kicherte. «Klar, er hat sich rettungslos in Aysha verknallt. Sehr schlau!»

«Ich habe nie eine Frau so hart arbeiten sehen, um einen Mann an Land zu ziehen. Man hätte meinen können, er sei ein Wal und nicht» – Mim überlegte einen Moment – «ein schmallippiger Barsch.»

«Drei zu null für Sie, Mrs. Sanburne», jubelte Harry.

«Das Beste war, wie ich in Farmington das elfte Loch gespielt habe. Aysha, die in ihrem Leben keinen Golfschläger angeguckt hatte, machte den Caddy für Norman und seinen Golfpartner, diesen gutaussehenden Buchhalter David Wheeler. Und sie war da am Brunnen und hat die Golfbälle ins Wasser gelegt. Ich sagte: ‹Aysha, was machst du da?›, und sie erwiderte: ‹Oh, ich wasche Normans Bälle. Sie haben so viele Grasflecken.›»

Darauf bogen sich die drei Frauen vor Lachen.

Pewter, die hinten auf dem Tisch lag, hob den Kopf. Mrs. Murphy war neben ihr zusammengerollt, hatte aber die Augen offen.

«Was hältst du von Norman Cramer?»

Mrs. Murphy erwiderte wie aus der Pistole geschossen: *«Eine Niete.»*

«Warum war Aysha dann so scharf drauf, ihn zu kriegen?» fragte Tucker, die auf dem Boden lag.

«Gute Familie. Aysha will Queen der White Hall Road sein, bevor sie vierzig ist.»

«Mach fünfzig draus, Murphy, sie muß jetzt Mitte Dreißig sein.» Pewter stupste die Tigerkatze mit der Hinterpfote an. Murphy stieß sie zurück.

«Hast du *Don Giovanni* schon gesehen?» erkundigte sich Mrs. Hogendobber bei Mim. «Ich geh vielleicht morgen hin, am Freitag.»

«Ich fand's phantastisch. Little Marilyn kann Opern nicht ausstehen, aber sie hat durchgehalten. Jim ist natürlich eingeschlafen. Als ich ihn weckte, sagte er, seine Pflichten als Bürgermeister unserer schönen Stadt hätten ihn ausgelaugt. Das einzige musikalische Ereignis, bei dem Jim nicht durchschläft, ist die Kapelle des Marine Corps. Die Pikkoloflöte rüttelt ihn jedesmal wach. So, ich hab heute abend eine Bridgeparty –»

«Warten Sie, eine Frage. Wie sieht die Hauptpartie aus?» Harry war neugierig.

«Sie hatte eine Perücke auf –»

«Ich meine, die männliche Hauptpartie.»

«Oh, der sah gut aus. Aber Harry, Sie werden doch nicht an so was denken. Sie haben doch schon zwei Männer, die verrückt nach Ihnen sind. Ihren Exmann und Blair Bainbridge, und ich muß sagen, der ist der bestaussehende Mann, den ich in meinem Leben gesehen habe, ausgenommen Clark Gable und Gary Cooper.»

Harry tat Mims Bemerkung mit einer Handbewegung ab. «Verrückt nach mir? Ich sehe Fair ab und zu, und Blair ist mein Nachbar. Bauschen Sie das bloß nicht zu einer Romanze auf. Sie sind meine Freunde, weiter nichts.»

«Wir werden sehen», lautete die überlegene Antwort. Und damit verabschiedete sich Mim.

Harry wusch sich die Hände. Ihre Fingerspitzen waren von der kastanienbraunen Stempelfarbe des Postamts verschmiert. «Wir sollten die Farbe unseres Stempelkissens jedes Jahr wechseln. Ich kann dieses Braun nicht mehr sehen.»

«Und Sie beklagen sich über die Steuern ... bedenken Sie, was das kosten würde.»

«Ja schon, aber dauernd sehe ich die Briefmarken anderer Länder und die Farbe der Poststempel, und einige sind sehr hübsch.»

«Solange die Post pünktlich ankommt ...», sagte Miranda. «Und wenn man bedenkt, wie viele Briefe der US-Postdienst an einem einzigen Tag befördert, an einem normalen Geschäftstag, das ist schon erstaunlich.»

«Okay, okay.» Harry lachte und hielt ihre Hände zur Begutachtung in die Höhe. «Ich möchte an meine Finger keine kostspielige Stempelfarbe verschwenden.»

«Sagen wir, Sie haben rosige Fingerspitzen von einer Farbe, die in der Natur nicht zu finden ist.»

«Okay, ich mach Schluß für heute.»

5

Die Batterieanzeige in Harrys Transporter flackerte, deshalb hielt sie an der alten Amoco-Tankstelle an, die eine Mobil-Tankstelle gewesen war. Der uralte Cola-Automat verlockte Harry. Sie schob das Geldstück ein und «bewegte» dann die kurvenreiche Flasche, bis das metallene Maul sich öffnete und sie die Flasche in die Freiheit zog. Sie mochte die alten Geräte, weil man den Deckel hochheben und die Hand in den kalten Kasten stecken konnte. Die neuen Getränkeautomaten waren so glitzernd und mit Lichtern gespickt, daß sie das Gefühl hatte, eine Sonnenbrille aufsetzen zu müssen, um sie zu bedienen. Als sie klein war, bekam man eine Coca-Cola für ein Fünfcentstück. Dann, als sie zur Grundschule ging, war der Preis auf zehn Cents hochgeschnellt. Jetzt kostete eine Cola fünfzig Cents, aber in einer Großstadt konnte man leicht fünfundsiebzig berappen. Wenn das Fortschritt war, dann fand Harry ihn schrecklich deprimierend.

Gewöhnlich machte sie sich nach der Arbeit sofort auf den Heimweg, aber die Pferde grasten auf einer fetten Weide. Im Sommer mußte sie keine Körner zufüttern. Die strahlende Abenddämmerung verweilte. Warum sich beeilen?

Geistesabwesend lenkte sie das aufgeladene Gefährt auf der Route 810 nach Norden.

«Wo fahren wir hin?» Tucker legte die Schnauze auf das Fenstersims.

«Das ist wieder so eins von Moms Abenteuern.» Mrs. Murphy rollte sich hinter dem langen Schalthebel zusammen. Diesen Platz mochte sie am liebsten.

«Das letzte Mal, als sie so was gemacht hat, sind wir in Sperryville gelandet. Ich hab Hunger. Ich will nicht so lange Auto fahren.»

Mrs. Murphy lachte. *«Dann mußt du winseln. Quetsch dir die süßen Hundetränchen aus den Augen. Das weckt ihre mütterlichen Instinkte.»*

«Du weißt ja, wie ich übertreiben kann. Aber das muß ich mir für besondere Gelegenheiten aufsparen.» Tucker ergab sich in ihr Schicksal.

Harry schaltete das Radio ein, dann schaltete sie es wieder aus. Die Werbung für eine Hämorrhoidensalbe störte die sanfte Stimmung des schwindenden Lichtes, das zuerst scharlachrot war und dann in ein verschwommenes, mit indigoblauen Streifen durchsetztes Rosa überging.

Sie verlangsamte das Tempo an der Abzweigung nach Sugar Hollow. Diese Gegend im Westen von Albemarle County war bei Motorradfahrern und Campern sehr beliebt. Der Hohlweg führte zu einem dunstigen Einschnitt im Berg. Egal, wie heiß der Tag war, die bewaldeten Wege waren immer kühl und einladend. Man konnte mit dem Auto ein paar Kilometer auf dem Hohlweg bis zu einem Parkplatz fahren und dann spazierengehen.

Ein Dröhnen veranlaßte Harry, so heftig auf die Bremse zu treten, daß Tucker und Mrs. Murphy vom Sitz purzelten.

«He!» Die Katze krallte sich auf den Sitz zurück. Ein verschwommenes schwarzes Gebilde schlitterte vor ihnen, legte sich in die Kurve und raste dann die dämmrige Straße entlang, die von Sugar Hollow wegführte.

Harry blinzelte dem Motorrad hinterher. Es war die schwarze Harley, der Fahrer in schwarzes Leder gezwängt, und das an einem so heißen Tag. Sie hatte sich das Motorrad genau angesehen, als Blair den Mann aus Ash Lawn hinauskomplimentiert hatte. Es gab kein zweites Motorrad dieser Art in der Gegend, außerdem hatte es kalifornische Nummernschilder.

Harry verzog das Gesicht. «Sieht aus, als hätte er Malibu in Sugar Hollow auch nicht gefunden.»

6

Eine Kaltfront schob riesige Wolken über die Berge, zusammen mit einer erfrischenden Brise. Obwohl es erst Anfang August war, lag ein Hauch von Herbst in der Luft. In ein, zwei Tagen würde die Schwüle zurückkehren, doch fürs erste gönnte Mutter Natur, überraschend wie immer, Mittelvirginia eine Atempause.

Harry und Fair lenkten ihre Pferde zurück zum Stall. Die schwarzäugigen Susannen schwankten im Verein mit wilden Möhren und dem hohen, purpurfarbigen Wasserdost auf dem Feld. Tucker lief nebenher. Mrs. Murphy hatte beschlossen, Simon zu besuchen, das Opossum, das auf dem Heuboden wohnte. Da oben wohnte auch eine große schwarze Schlange, um die Mrs. Murphy immer einen weiten Bogen machte. Die Eule schlief hoch in der Kuppel. Katze und Eule konnten sich nicht riechen, aber da sie einen unterschiedlichen Tag- und Nachtrhythmus hatten, ließen sich schroffe Worte meistens vermeiden.

Tucker, die selig war, weil sie die Menschen für sich hatte, hielt gut mit, bei jedem Tempo. Corgis, robust und erstaunlich schnell, fühlen sich bei Pferden ebenso wohl wie bei Rindern. Diesen Wesenszug hatte Harry bremsen müssen, als Tucker ein Welpe war, sonst hätte ein rascher Tritt dem Dasein des Hundes womöglich ein Ende bereitet, obwohl die Rasse behende genug ist, um auszuweichen. Tucker trottete munter an der Seite von Poptart, der großen grauen Stute. Sie hoffte, daß ihre Mutter mit Fair flirten würde. Tucker liebte Fair, aber Harry hatte Flirten am Tag ihrer Scheidung abgelegt. Tucker wußte, daß Harry normalerweise offen und aufrichtig war, aber ein kleiner Flirt könnte nicht schaden. Sie wünschte, die zwei würden wieder zusammenfinden.

«... direkt über die Ohren. So was Komisches hast du noch nicht gesehen, und als sie aufsetzte, hat sie so laut ‹Scheiße› geschrien» – Fair grinste beim Erzählen –, «daß die Jury es nicht überhören konnte. Little Marilyn hat kein Band errungen.»

«War ihre Mom dabei?»

«Mim und die alte Garde. Vollzählig. Zungenschnalzend und außer sich. Man sollte meinen, sie wäre vernünftig genug, sich von ihrer Mutter zu lösen und ihre eigenen Wege zu gehen.»

Harry erwiderte nachdenklich: «Dreiunddreißig Jahre sind eine lange, lange Reifezeit. Sie hätte in dem Haus bleiben können, wo sie mit ihrem Exmann gewohnt hat, aber sie hat gesagt, die Farben der Wände würden sie an ihn erinnern. Drum ist sie wieder in das Nebengebäude auf Mims Farm gezogen. Das könnte ich nicht.»

«Manchmal tut sie mir leid. Du weißt schon, sie hat alles und nichts.»

«Mir tut sie auch leid, bis ich meine Rechnungen bezahlen muß; dann bin ich zu neidisch für Mitleid.» Eine tiefe Wolke zog über ihren Kopf hinweg. Harry hatte das Gefühl, hinauflangen und eine Handvoll Zuckerwatte greifen zu können. «An einem Tag wie heute pfeif ich aufs Geld. Die Natur ist vollkommen.»

«Ja, das ist wahr.» Fair erspähte vor ihnen die alte Palisade, die Harry und ihr Vater vor fünfzehn Jahren errichtet hatten: große, stabile Akazienstämme, zusammengebunden mit einem dicken Seil, das Harry alle paar Jahre erneuerte. Das Hindernis war etwa einen Meter hoch. Es wirkte größer, weil es so sperrig war. Fair trieb Gin Fizz zu einem scharfen Galopp, hielt auf das Hindernis zu und schwebte hinüber.

Harry folgte ihm. Tucker sauste wohlweislich um das Ende herum.

«Wer hat in der Kategorie beim Wohltätigkeitsjagdrennen gewonnen?» erkundigte sich Harry.

«Aysha, heftig unterstützt von ihrer Mutter und Norman. Man hätte meinen können, wir seien in Ascot.»

«Gut. Sag mal, hab ich dir schon erzählt, daß Aysha als Fremdenführerin in Ash Lawn war, als ich neulich dort gewesen bin?»

«Sie war auf dem William and Mary College, stimmt's?» erinnerte sich Fair, während er ins Schrittempo zurückfiel.

«Kerry war auch da, irgendein Kuddelmuddel bei der Einteilung, und Laura Freely. Die Aufsicht hatte Little Marilyn, aber der Höhepunkt des Tages war, als dieser Motorradfahrer aufkreuzte und vom Gelände eskortiert werden mußte ...» Sie sprach nicht weiter. Wenn sie Ash Lawn erwähnte, wurde Fair daran erinnert, daß sie mit Blair dort war, was eine eisige Reaktion zur Folge hätte.

«Ein Motorradfahrer?»

«So ein Hell's-Angel-Typ.»

«In Ash Lawn?» Fair lachte. «Vielleicht ist er ein Nachkomme von James Monroe. Was hast du da überhaupt mit Blair gemacht?»

«Oh – Blair hatte es noch nicht gesehen. Er wollte etwas Entspannendes machen.»

Fair kniff die Lippen zusammen. «Oh.»

«Komm, Fair, hab dich nicht so. Er ist mein Nachbar. Ich mag ihn.»

«Ja, Fair, guck nicht so böse», gab der Hund seinen Senf dazu.

«Hast du was mit diesem Kerl, oder was?» Harry und ihr Exmann waren seit dem Kindergarten unzertrennlich gewesen, und sie kannte seine Launen. Sie wollte nicht, daß Fair in eine von seinen männlichen Schmollereien verfiel. Männer gaben nie zu, daß sie schmollten, aber genau das tat er. Manchmal brauchte sie Tage, um ihn da herauszuholen. Sie beschloß, zum Angriff überzugehen. «Erstens, ich muß dir nicht antworten. Ich stell dir ja auch keine Fragen.»

«Weil ich mit niemandem zusammen bin.»

«Im Moment.»

«Das war einmal. Ich bin mit niemandem zusammen, und ich will keine außer dir. Ich gestehe meinen Fehler ein.»

«Mach einen Plural draus», riet Harry sarkastisch.

«Na gut – ich gestehe meine Fehler ein und bereue sie. Du wirst darüber wegkommen, und wir werden –»

«Fair, mach mir keine Vorschriften. Ich hasse es, wenn du mir sagst, was ich zu tun, zu fühlen und zu denken habe. Damit hat unser ganzer Ärger angefangen, dabei will ich gar nicht sagen, daß ich nicht auch meine Fehler habe. Als Ehefrau war ich eine regelrechte Niete. Kann nicht kochen, will es auch nicht lernen. Kann nicht bügeln, aber Waschen krieg ich ganz gut hin. Ich halte das Haus sauber, aber manchmal ist mein Kopf in Unordnung, und ich hab deinen Geburtstag öfter vergessen, als ich zugeben mag. An unseren Hochzeitstag hab ich auch nie gedacht. Und je mehr du dich von mir zurückzogst, desto härter hab ich gearbeitet, damit ich nicht mit dir reden mußte – ich hatte Angst zu explodieren. Ich hätte explodieren sollen.»

Er dachte darüber nach. «Ja – vielleicht.»

«Geschehen ist geschehen. Ich weiß nicht, was die Zukunft bringt, aber sie bringt uns bestimmt nicht zusammen, wenn du mich bedrängst.»

«Du bist die einzige Frau auf der Welt, die so mit mir spricht.»

«Ich schätze, die anderen schmachten dich an, klimpern mit den Wimpern und sagen dir, wie wunderbar du bist. Mit gurrenden Stimmen, nehm ich an.»

Er unterdrückte ein Grinsen. «Sagen wir einfach, sie überschütten mich mit Aufmerksamkeit. Und ich muß es mir gefallen lassen. Ich kann sie deswegen nicht in der Luft zerreißen. Aber mit dir langweile ich mich nie, wie ich mich mit der, hm, konventionellen Sorte langweile.»

«Danke.»

«Gehst du mit mir am Samstag auf Mims Party?»

«Oh» – ihr Gesicht zeigte Verwirrung –, «eigentlich gern, aber ich bin schon verabredet.»

«Mit Blair?»

«Wenn du's genau wissen willst: ja.»

«Verdammte Scheiße!»

«Er hat mich zuerst gefragt, Fair.»

«Ich muß auf die Warteliste, um mich mit meiner Frau zu verabreden!»

«Deiner Exfrau.»

«Für mich fühlst du dich nicht nach Ex an.» Er war wütend. «Ich kann den Kerl nicht ausstehen. Neulich ist Mim über seine lockigen Haare aus dem Häuschen geraten. Na und? Lockige Haare? Eine feine Empfehlung für eine Beziehung.»

«Für Marilyn Sanburne.» Harry konnte sich diese Bemerkung nicht verkneifen. Sie wünschte, sie wäre ein besserer Mensch, aber sie weidete sich an Fairs Unbehagen.

«Dann bitte ich um Thanksgiving, Weihnachten und Silvester.»

«Und was ist mit dem Labor-Day-Wochenende?» neckte sie ihn.

«Da hab ich eine Laminitis-Konferenz in Lexington», sagte er. Er meinte die Hufkrankheit.

«Ich hab bloß Spaß gemacht.»

«Ich nicht. Reservierst du die Termine für mich?»

«Fair, laß es uns einfach nehmen, wie es kommt. Ich sage ja zur nächsten Sommerparty – irgendwer muß ja eine geben –, und von da sehen wir weiter.» Sie seufzte. «Wenn man bedenkt, wie die Tage verfliegen, sollte ich auch für Thanksgiving zusagen.»

«Tempus fugit», stimmte er zu. «Weißt du noch, wie Mrs. Heckler uns ihre Glückwünsche vorgesungen hat?»

«Ja.» Sie wurde wehmütig. «Ist es nicht komisch, an was wir uns erinnern? Ich erinnere mich an den alten Pullover, den Dad zu jedem Schultreffen angezogen hat.»

«Sein Crozet-Football-Pullover.» Fair lächelte. «Ich glaube nicht, daß er ein einziges Spiel verpaßt hat. Dein Dad war ein guter Sportler. Er hatte Auszeichnungen in Football, Baseball, und hat er nicht auch Basketball gespielt?»

«Ja. Ich glaube, damals haben alle alles gemacht. Das war besser. Und gesünder. Heute träumen Zehntkläßler von einem Übernahmevertrag. Spielt denn niemand mehr zum Vergnügen? Dad hat es ganz bestimmt aus Spaß getan.»

«In welchem Jahr hat er seinen Abschluß gemacht?»

«Fünfundvierzig. Er war zu jung für den Krieg. Das hat ihn sein Leben lang gewurmt. Er hat ein paar von den Jungs gekannt, die nicht mehr nach Hause gekommen sind.»

«Gott sei Dank ist mein Vater aus dem Koreakrieg zurückgekehrt – es scheint, daß sich niemand an den Krieg erinnert, außer denen, die gekämpft haben.»

«Ich bin auch froh, daß er zurückgekommen ist. Wo wärst du sonst?» Sie lenkte Poptart neben Gin Fizz und boxte Fair in den Arm.

«Hiebe aus Liebe? Mutter, kannst du ihm nicht mit den Fingern durch die Haare fahren oder so was?» empfahl Tucker. Tucker hatte zuviel ferngesehen. Sie behauptete, das tue sie, um die Gewohnheiten der Menschen zu studieren, aber Mrs. Murphy sagte, die könnte sie zur Genüge direkt vor ihrer Nase studieren. Tucker liebte Fernsehen, weil sie dabei so schön einschlafen konnte.

«Tucker, jaul nicht so laut», bat Harry.

«Du bist unmöglich!» Der Hund rannte vor ihnen her. Tucker konnte Mrs. Murphy in der Tür zum Heuboden sitzen sehen. *«Der Inbegriff von Romantik.»*

Mrs. Murphy lachte. *«Du oder Mom?»*

«Was weißt du schon von Liebe», erwiderte der Hund.

«Ich weiß, daß sie einen in alle möglichen Schwulitäten bringt.»

7

Harry bemerkte sie als erste, weil sie an diesem Montagmorgen zu Fuß zur Arbeit ging. Wie ein Rabe mit zusammengelegten Flügeln hockte die Harley vor dem Postamt. Obwohl Harry von Tucker und Mrs. Murphy begleitet wurde, wollte sie nicht mit diesem Mann im Postamt allein sein, auch wenn Blair ihn nicht für gemeingefährlich hielt.

Sie spähte in Markets Laden.

«Hallo.»

«Halli-hallo», rief Market ihr zu.

Als die Vordertür geöffnet wurde, raste Pewter hinaus, wobei ihr Hängebauch hin und her schwabbelte. Sie und Mrs. Murphy rannten augenblicklich um die Rückseite der Häuser herum. Tucker kämpfte mit sich, ob sie sich ihnen anschließen oder dableiben sollte. Schließlich folgte sie den Katzen.

«Wo ist der Motorradfahrer?»

«Der was?» Market wischte sich die Hände an seiner Schürze ab und ging um die Theke herum zu Harry.

«Der Hell's Angel, dem die Harley gehört. Wenn er in deinem Laden war, wäre er dir aufgefallen.»

«So einer war heute morgen nicht hier. Allerdings haben wir erst halb acht, vielleicht macht er gerade seinen morgendlichen Verdauungsspaziergang, und ich werde das Vergnügen noch haben.» Market bot ihr ein süßes Teilchen mit Zimtfüllung an. «Ist er wirklich ein Hell's Angel?»

«Er sieht jedenfalls so aus.»

«Sieh an, du Tugendbold, woher kennst du ihn denn? Hast du dich in Motorradfahrerkneipen rumgetrieben?» zog Market sie auf.

«Er kam neulich nach Ash Lawn gedonnert, als ich Blair herumgeführt habe.»

«Ein Hell's Angel mit Kultur. Harry, du willst mich wohl auf den Arm nehmen.»

Harry hob die Stimme, als sie ihre Unschuld beteuerte. «Nein, wirklich nicht.»

«Vielleicht ist es eine Überraschung von Fair.»

«So siehst du aus.»

«Blair?»

«Market, was soll das? Du bist genauso schlimm wie all die Klatschweiber hier, die versuchen, mich wieder an die Leine zu legen.»

«Besser an die Leine gelegt als mit Ketten gefesselt.» Er hielt inne. «Allerdings ...»

«Hast du in letzter Zeit mit Art Bushey gesprochen?»

Da Art bekannt war für seinen Humor, der sich meistens um Sadomaso und andere sexuelle Themen drehte, war diese Frage naheliegend.

«Ja, ich stehe bei Art in Verhandlung wegen einem neuen Ford Transporter. Ich möchte auf einen Dreivierteltonner umsteigen.»

«Dafür mußt du aber eine Menge Kartoffelchips verkaufen.»

«Da hast du ein wahres Wort gesprochen.»

«Das Teilchen schmeckt köstlich. Läßt du dich von einer neuen Bäckerei beliefern?»

«Miranda. Sie meint, sie braucht Nadelgeld, wie sie sich ausdrückt, und sie bringt mir von jetzt an vorbei, was immer sie zaubert. Sie ist so eine gute Bäckerin, ich denke, diese Abmachung dürfte funktionieren.»

«Mach gleich nebenan eine Weight-Watchers-Klinik auf, und du bist ein gemachter Mann. Niemand kann Mirandas Kreationen essen, ohne Übergewicht mit sich rumzuschleppen.»

Aysha und Norman Cramer stießen die Tür auf. Harry trat beiseite.

«Hi.» Aysha sprudelte über. «Süßstoff, bitte. Ich steh heute am Telefon beim Wohltätigkeitstreffen der Junior League meinen Mann, ich wollte sagen, meine Frau. Wir werden Unmengen Kaffee trinken.»

«Norman, wie steht's mit dir?» Market deutete auf ein süßes Teilchen.

Norman blinzelte. Er blinzelte ausgesprochen viel, fand Harry.

«Ich, ah, ja, ich probier mal eins.»

«Aber Liebster, ich will keine Speckwülste.» Aysha kniff ihn in die Seite.

«Liebelein, bloß ein klitzekleines Stückchen.» Er lächelte. Er hatte schöne, große weiße Zähne.

Laura Freely und Mim kamen herein.

Laura ging zu dem Regal mit den Kopfschmerzmitteln, während Mim Harry fragte: «Und wieso sind Sie nicht im Postamt? Sie sind fünf Minuten zu spät dran.»

«Weil Mirandas Gebäck mir aufgelauert hat», erwiderte Harry.

Norman schluckte. «Die sind köstlich.»

«Führe mich nicht in Versuchung!» verlangte Laura. «Und bringen Sie meinem Mann bloß keine in die Bank.» Sie nickte zur National Crozet Bank auf der anderen Straßenseite hinüber. «Hogan nimmt schon zu, wenn er Süßigkeiten auch nur ansieht.»

Mim schwankte, was das Gebäck anging. Der Duft verführte sogar ihre beachtliche Willenskraft. Die Zimtspiralen in den Teilchen glichen niedlichen Windrädchen. «Ach, was soll's.»

Sie warf einen Dollar hin und nahm sich zwei Stückchen. «Bringt sie die zur Arbeit mit?»

Harry nickte. «Sie hat in den letzten Wochen eine Menge gebacken. Aber sie hat mir nicht gesagt, daß sie damit ein Geschäft machen will. Schätze, ich war ihr Versuchskaninchen.»

«Und du hast kein Pfund zuviel auf den Rippen», bewunderte Aysha sie.

«Oh, danke.»

Laura legte ihr Kopfschmerzpulver auf die Theke. «Wenn Sie die ganze Farmarbeit machen würden, bräuchten Sie sich auch keine Sorgen um Ihr Gewicht zu machen. Harry kann vermutlich dreitausend Kalorien am Tag essen, ohne ein Gramm zuzunehmen.»

«A propos Fett, wo ist Pewter?» Norman, der Katzen liebte, beugte sich über die Theke, um nach ihr zu sehen.

«Sie ist vorne rausgegangen, um mit Mrs. Murphy zu tratschen. So, Leute, wird Zeit, daß ich die Post sortiere.»

Aysha lachte. «Wirf meine Rechnungen weg, ja?»

«Ich geb dir meine.» Harry grinste und ging.

Sie schloß den Vordereingang auf. Mrs. Hogendobber war noch nicht hinten hereingekommen. Rob Collier hielt auf dem vorderen Parkplatz, bevor Harry die Tür zumachte. Sie ließ sie angelehnt und ging zu ihm.

«Bloß ein großer Sack heute.»

«Gott sei Dank. Sie haben uns vorige Woche fast umgebracht.»

Er bemerkte das Motorrad. «Wem gehört das?»

«Ich weiß seinen Namen nicht.»

«Kalifornische Nummernschilder. Weit weg von zu Hause.» Rob sprang aus dem Lieferwagen, den Sack über der Schulter, und begann in Erinnerungen zu schwelgen. Motorräder weckten bei Männern nostalgische Gefühle. «Hab ich Ihnen schon von der kleinen Vespa erzählt, die ich mal hatte? Die war richtig schnuckelig. Ich wollte Motorradfahren lernen, auf einem richtigen Motorrad. Ich war damals vierzehn, und ich hab Jake Berryhill fünfzig Mäuse gegeben für die alte Vespa von seinem Bruder. Die lief noch. Im ersten Monat bin ich nur im zweiten Gang gefahren. Dann hab ich den Dreh rausgekriegt, und ich hab die Vespa gegen eine 250er Honda getauscht. Ich hielt mich für 'nen Mordskerl, und ich bin mit dem Ding auf Nebenstraßen rumgefahren, weil ich keinen Führerschein hatte und keine Nummernschilder.»

«Wie haben Sie's geschafft, nicht erwischt zu werden?»

«Mensch, Harry, damals gab es für ganz Albemarle County bloß zwei Hilfssheriffs. Die hatten was anderes zu tun, als sich um einen Halbwüchsigen auf einer Honda zu kümmern.» Er fuhr fort: «Ich hab meinen Führerschein an meinem sechzehnten Geburtstag gemacht. Prüfung bestanden. Hab gespart und wieder getauscht – eine 500er Honda.» Er warf den Sack hinter den Schalter, winkte Miranda zu, die gerade hereinkam, und blickte wehmütig auf die Harley. «Wissen Sie, ich könnte mir glatt eine zulegen. Ja, so war das. Du bist auf deine Maschine gestiegen, hast sie angelassen, und der Starter ist jedesmal hochgeflutscht und hat dir das Schienbein aufgeschürft. Rechtes Handgelenk einwärts biegen, mit der linken Hand die Kupplung kommen lassen, ganz sachte und locker, Füße hoch und rollen – rollen in die Freiheit.»

«Rob, das ist ja richtig poetisch», sagte Miranda.

Er wurde rot. «Das waren Zeiten.» Dann seufzte er. «Wie passiert das bloß? Ich meine, wann ist der Moment da, wo wir alt werden? Vielleicht war er für mich gekommen, als ich die 500er verkauft habe.»

«Es gibt einen Honda-Händler in der Stadt. Harley-Händler sind in Orange und Waynesboro», sagte Harry.

«Ja, ja. Ich werde darüber nachdenken. Im Ernst.»

«Während Sie nachdenken, gehen Sie nach nebenan, und kaufen Sie sich eins von Mirandas süßen Teilchen. Sie ist ins Backgeschäft eingestiegen.»

«Mach ich.» Er ging rückwärts aus der Tür und begab sich zu Markets Laden.

Miranda strahlte. «Finden Sie meine Idee gut?»

«Hm, ja.» Harry klang überzeugt.

Hinter dem Haus reckten Mrs. Murphy, Tucker und Pewter die Hälse zum Abflußrohr des Postamtes. Von innen ertönte ein leises Piepsen.

«Hab's heute morgen gehört», bemerkte Pewter ernst. *«Hab niemand rein- oder rausfliegen sehen. Ich hätte natürlich jeden erwischt, der's versucht hätte.»*

Tucker kicherte. *«Träum schön weiter, Pewter.»*

«Ich kann einen Vogel fangen. Ganz bestimmt», sagte sie eingeschnappt.

«Den hier fangen wir nicht.» Mrs. Murphys Schnurrhaare richteten sich nach vorn, dann entspannten sie sich. *«Kommt jetzt, wird Zeit zum Postsortieren.»*

«Gibt's da was zu essen?» erkundigte sich Pewter.

«Du arbeitest in einem Lebensmittelgeschäft. Wieso willst du dauernd wissen, ob wir im Postamt was zu essen haben?» Tucker ließ die Zunge heraushängen. Der Tag wurde jetzt schon heiß.

«Neugierde. Weißt du denn gar nichts, Tucker? Katzen sind von Natur aus neugierig.»

«Menschenskind!» Der Hund stieß das Katzentürchen auf und trat ins Postamt.

Am Mittag war der Motorradfahrer noch immer nicht erschienen. Harry konnte nicht länger widerstehen. Sie ging zum Vordereingang hinaus und setzte sich auf die Harley. Es war ein großartiges Gefühl, so schön verboten. Sie sah sich um, um sicherzugehen, daß der Hell's Angel nicht aus einem Haus geschossen kam und sie anschrie, weil sie seine kostbare Maschine angefaßt hatte.

Um drei noch immer kein Anzeichen vom Besitzer.

«Harry, ich rufe Rick Shaw an.» Miranda griff zum Telefon.

Harry überlegte kurz. «Warten Sie einen Moment. Ich schreib die Nummer auf.» Sie lief hinaus und kritzelte die Nummer auf einen Zettel.

Miranda rief die Dienststelle des Sheriffs an. Cynthia Cooper ging an den Apparat. «Wieso sind Sie nicht im Streifenwagen?»

Mirandas Stimme war unverwechselbar. Cynthia erkannte die Anruferin sofort. «War ich bis eben. Was kann ich für Sie tun?»

«Ein schwarzes Harley-Davidson-Motorrad parkt schon den ganzen Tag vor dem Postamt, und der Besitzer scheint nirgends in der Nähe zu sein.»

«Kennen Sie den Besitzer?»

«Nein, aber Harry kennt ihn. Momentchen.» Miranda reichte Harry den Hörer.

«Hi, Cynthia. Eigentlich kenne ich den Besitzer gar nicht, aber ich habe ihn vorige Woche in Ash Lawn gesehen.»

«Haben Sie irgendeine Vermutung?»

«Ah, nein, wir haben uns bloß gewundert, warum die Maschine den ganzen Tag hier stand. Vielleicht hat er sich von einem Auto mitnehmen lassen oder so was, aber wir sind kein öffentlicher Parkplatz. Möchten Sie die Zulassungsnummer?»

«Ja, okay.»

Sie las die Nummer ab. «Kalifornische Nummernschilder. Sehr schön sind die.»

«Ja, wirklich. Die Gebühren dort sind auch sehr schön. Wenn ich soviel bezahlen würde, hätte ich gern vergoldete Schilder. Okay, Harry, ich überprüf das und ruf Sie zurück.»

Fünfzehn Minuten später klingelte das Telefon. Es war Cynthia.

«Die Maschine gehört Michael Huckstep, Los Angeles, Kalifornien. Er ist Weißer – vierunddreißig Jahre alt.»

«Das ging aber schnell.» Harry war beeindruckt.

«Computer. Wenn die Maschine morgen noch da ist, rufen Sie mich an. Ich komm heute abend sowieso vorbei und überprüf sie, aber rufen Sie mich auf jeden Fall morgen früh an. Manche Leute stellen ihre Fahrzeuge einfach auf Behördenparkplätzen ab. Die Maschine wird vermutlich morgen nicht mehr da sein.»

8

Von wegen. Am nächsten Morgen, einem Dienstag, stand die Harley immer noch da.

Cynthia kam herüber und untersuchte das Motorrad, während Harry und Mrs. Hogendobber sich beeilten, mit dem morgendlichen Sortieren fertig zu werden. Mrs. Hogendobber lief unentwegt zum Postamt hinaus und wieder hinein, um nur ja nichts zu verpassen.

Als sie wieder einmal hereinkam, teilte sie Harry atemlos mit: «Sie untersucht es nach Fingerabdrücken – für den Fall, daß es gestohlen ist.»

«Also, wenn es gestohlen wäre, glauben Sie nicht, daß er das längst gemerkt und gemeldet hätte?»

«Nicht, wenn er selbst der Dieb ist.»

Harry legte den Kopf zurück. «Haben Verbrecher rechtmäßige Führerscheine?»

«Little Marilyn hat einen. Ihre Fahrweise ist ein Verbrechen.» Miranda lachte über ihren eigenen Witz.

Außerstande, ihre Neugierde noch länger zu zügeln, schlenderte Mrs. Murphy bei Mirandas nächstem Standortwechsel zum Vordereingang hinaus. Tucker lag auf dem Rücken, die Beine senkrecht in die Luft gestreckt, und war der Welt entrückt.

Die Katze beschloß, sie nicht zu wecken.

Cynthia, die groß und schlank war, kniete sich links neben die Maschine und notierte die Seriennummer.

Mrs. Murphy sprang auf den Motorradsitz. Und sprang schleunigst wieder herunter, denn er war glühend heiß. *«Autsch! Gibt es keine Schaffellüberzüge für Motorradsitze?»*

Die Menschen vergaßen einen Augenblick, weshalb sie eigentlich hier waren, und klatschten über Little Marilyns neuesten Verehrer, einen Mann, den Mrs. Hogendobber und Cynthia beide für ungeeignet hielten. Sie kamen dann auf Boom Boom Craycrofts Sommerurlaub zu sprechen, drückten ihre Hoffnung aus, daß Kerry McCray sich bald mit einem netten Mann über Normans Verlust hinwegtrösten würde, und erwähnten die erfreuliche Tatsache, daß Mirandas Gebäck an diesem Morgen schon um halb neun ausverkauft war.

Die Tigerkatze, deren Fell im Sonnenlicht glänzte wie Lackleder, beschnupperte das Motorrad rundum. Sie hütete sich, allzu nahe heranzukommen, denn das Metall würde ebenfalls heiß sein. Ein vertrauter Geruch an der rechten Satteltasche, die kohlschwarz war wie alles an dem Motorrad, ließ sie innehalten. Sie stellte sich auf die Hinterbeine, in perfekter Balance, und schnupperte intensiver. Dann ging sie so nahe heran, wie sie sich traute, und atmete ein. *«Cynthia, Cynthia, an der Satteltasche ist Blut.»*

«– Blair Bainbridge, aber wissen Sie, wenn Boom Boom ihn noch einmal zu erobern versucht, erliegt er ihr womöglich. Die Männer finden sie sexy.» Cynthia konnte der Versuchung zum Klatsch nicht widerstehen.

«Sie wird ihm nicht den Kopf verdrehen.» Mrs. Hogendobber verschränkte die Arme über ihrem mächtigen Busen.

«Alle drehen sich nach Boom Boom um.» Cynthia konnte nicht verstehen, wieso ein gutes Make-up und große Titten angeblich intelligente Männer zu Idioten machten.

«He, he, hört denn keiner auf mich!»

«Na, du kleines Plappermäulchen?» Miranda bückte sich und streichelte den hübschen Kopf der Katze.

«An der Satteltasche ist Blut. Wie oft soll ich euch das noch sagen?» heulte die Katze. Sie machte ihrem Frust über die Begriffsstutzigkeit der Menschen Luft.

«Meine Güte, die ist ja völlig außer sich.» Cynthia wischte sich die Hände an ihrer Hose ab.

«Ihr seid so helle wie eine Schweinsblase», fauchte Mrs. Murphy angewidert.

«So hab ich Mrs. Murphy ja noch nie fauchen sehen.» Miranda wich unwillkürlich einen Schritt zurück.

Die Katze drehte sich blitzschnell um und flitzte zum Vordereingang. Sie rief über die Schulter: *«Das ist kein Hühnerblut. Das ist Menschenblut, und es ist ein paar Tage alt. Wenn ihr alle eure kümmerlichen Sinne zusammennehmen würdet, könntet ihr's vielleicht selbst feststellen.»* Sie hämmerte mit den Pfoten gegen die Tür. *«Laß mich rein, verdammt noch mal. Es ist heiß hier draußen.»*

Da Harry nicht auf der Stelle reagierte, sauste Mrs. Murphy in rasender Wut auf die Rückseite des Postamtes. Sie stieß das Katzentürchen auf, lief hinein und versetzte Tucker einen Nasenstüber. *«Wach auf!»*

«Aua!» Der Hund hob den Kopf und ließ ihn wieder sinken. *«Du bist ekelhaft und gemein!»*

«Komm mit nach draußen. Sofort, Tucker, es ist wichtig.»

«Wichtiger, als bei laufendem Ventilator zu schlafen?»

Mrs. Murphy boxte sie noch einmal auf die Nase. Harry schimpfte: «Murphy, was fällt dir ein?»

«Sei du bloß still. Ihr habt ja alle keinen Riecher. Ihr verlaßt euch viel zu sehr auf eure Augen, und die sind nicht mal gut. Menschen sind schwach, eitel und stinkig!»

Tucker war unterdessen auf den Beinen und hatte sich wach geschüttelt. *«Die Menschen können nichts dafür, wie sie sind, sowenig wie wir.»*

«Komm jetzt.» Mrs. Murphy verschwand nach draußen.

Tucker folgte ihr zu dem Motorrad.

Miranda und Cynthia waren unterdessen in Markets Laden verschwunden.

«Hier.» Die Katze zeigte auf die Stelle.

Tucker hob die Nase vom Boden. *«O ja.»*

«Faß das Motorrad nicht an, Tucker, es ist glühend heiß.»

«Okay.» Die Corgihündin ging näher heran. Sie hatte den Kopf zurückgelegt, die Ohren nach vorne gestellt; ihre Augen waren hell und klar. *«Menschenblut. Eindeutig Mensch, und die Witterung läßt schon nach.»*

«Vier Tage alt, möchte ich meinen.»

«Schwer zu sagen in dieser Hitze, aber es ist bestimmt ein paar Tage alt. Wenn die Satteltasche davon durchtränkt wäre, würden sogar sie es merken. Blut hat einen strengen Geruch.»

«Sie mögen den Geruch nicht, das heißt, wenn sie ihn überhaupt wahrnehmen.»

«Wenn er stark genug ist, fällt er sogar ihnen auf. Ich weiß nicht, warum sie ihn nicht mögen. Sie essen doch Fleisch, genau wie wir.»

«Ja, aber sie essen auch Brokkoli und Tomaten. Ihr Organismus ist empfindlicher als unserer.» Mrs. Murphy drückte sich an Tucker vorbei. *«Ich verlaß mich auf deine Nase. Ich bin froh, daß du mit mir nach draußen gekommen bist.»*

«Hast du versucht, sie auf den Geruch aufmerksam zu machen?»

«Ja.» Die Katze zuckte mit den Schultern. *«Immer dasselbe. Sie raffen's nie.»*

«Sind ja auch nur ein paar Blutstropfen. Nicht der Rede wert, oder?»

«Tucker, ein Hell's Angel kreuzt in Ash Lawn auf, macht eine Szene, als er sich nach einer Frau erkundigt, die nach einer Stadt benannt ist. Blair sorgt dafür, daß er dort verschwindet. Richtig?»

«Richtig.»

«Dann drängt er uns fast von der Straße, als er aus Sugar Hollow abhaut. Und jetzt parkt sein Motorrad seit zwei Tagen vor dem Postamt.»

Tucker kratzte sich am Ohr. *«Etwas ist faul im Staate Dänemark.»*

9

Etwas war faul, und zwar in Sugar Hollow. Eine Gruppe von Grundschülern, die am Mittwoch eine Exkursion auf einem Naturpfad unternahm, stieß auf die Überreste eines Menschen. Bei der großen Hitze wimmelte die Leiche von Würmern.

Von dem Gestank tränten den Kindern die Augen, und einige mußten sich übergeben. Dann rannten sie wie der Teufel durch den Hohlweg zum nächsten Telefon.

Cynthia Cooper nahm den Anruf entgegen. Danach traf sie sich mit Sheriff Rick Shaw auf dem Parkplatz von Sugar Hollow. Der Leiter des Zeltlagers, ein hübscher junger Mann von neunzehn Jahren namens Calvin Lewis, führte den Sheriff und seine Stellvertreterin zu dem grausigen Schauplatz.

Cynthia zog ein Taschentuch heraus und hielt es sich vor Mund und Nase. Rick bot Calvin eins an. Der junge Mann nahm es dankbar entgegen.

«Und Sie?» fragte er.

«Ich halt mir die Nase zu. Ich hab schon mehr von so was gesehen, als Ihnen lieb sein kann.» Rick ging zu der Leiche.

Cynthia, darauf bedacht, die Leiche nicht anzurühren und das Gelände ringsum nicht zu zertreten, nahm die schwärzliche Masse von Kopf bis Fuß in Augenschein.

Dann entfernten sie sich von dem Gestank und gingen zu Calvin, der wohlweislich Abstand gehalten hatte.

«Ist Ihnen sonst noch etwas aufgefallen, als Sie die Leiche gefunden haben?» fragte Rick.

«Nein.»

Cynthia kritzelte etwas in ihr Notizbuch. «Mr. Lewis, wie sieht es mit abgebrochenen Zweigen aus, oder mit Schleifspuren, falls die Leiche durchs Unterholz gezogen wurde?»

«Nichts dergleichen. Wenn wir keine Pilze gesucht hätten – die Klasse soll verschiedene Pilzarten bestimmen –, ich glaube nicht, daß wir ... äh, das da gefunden hätten. Ich hab's gerochen und bin, äh, meiner Nase gefolgt. Der Gestank war überall so stark, daß ich ihn zuerst nicht orten konnte. Wenn ich das gewußt hätte, dann hätte ich die Kinder ferngehalten. Leider haben einige die Leiche gesehen. Das wollte ich nicht – ich hätte ihnen gesagt, es sei ein totes Reh.»

Rick legte dem jungen Mann den Arm um die Schultern. «Ein ziemlicher Schock. Es tut mir leid.»

«Die Kinder, die das gesehen haben – ich weiß nicht, was ich ihnen sagen soll. Sie werden noch wochenlang Alpträume haben.»

Cynthia sagte: «Es gibt eine Menge guter Therapeuten hier in der Gegend, die Erfahrung darin haben, Kindern über ein Trauma hinwegzuhelfen.» Sie verschwieg, daß die meisten Therapeuten nie in so enge Berührung kommen mit dem nackten Leben oder vielmehr dem nackten Tod.

Nachdem sie das Gelände um den Leichnam abgeriegelt hatten, warteten Cynthia und Rick auf ihre Mannschaft. Calvin ging wieder zu den Schülern auf dem Parkplatz.

Rick lehnte sich an eine große Eiche und zündete sich eine Zigarette an. «Ist lange her, seit ich so was zuletzt gesehen habe. Ein regelrechter Würmerhamburger.»

«Der ganze Rücken ist weggeschossen. Eine .357er Magnum?»

«Größer.» Rick schüttelte den Kopf. «Muß einen lauten Knall gegeben haben.»

«Die Leute ballern doch dauernd mit Schießeisen in der Gegend herum.» Cynthia schnorrte eine Zigarette von ihrem Chef. «Auch wenn keine Jagdsaison ist.»

«Ja, ich weiß.»

«Noch ein paar Tage, und die Tiere hätten wohl die Arme abgerissen, und die Beine auch. Wenigstens ist die Leiche intakt.»

«Hoffen wir, daß uns das weiterhilft.» Er blies eine blaue Rauchwolke aus, was sich beruhigend auf ihn auswirkte. «Wissen Sie, hier hat es früher mal Schwarzbrennereien gegeben. Klares Bergwasser. Einfach ideal. Die Kerle hätten einen glatt abgeknallt. Die Hanfanbauer haben da subtilere Methoden. Hier auf alle Fälle.»

«Hier ist weit und breit keine Brennerei – glaub ich wenigstens nicht.»

Rick schüttelte den Kopf. «Nicht mehr, seit Sugar Hollow für die Öffentlichkeit zugänglich ist. Haben Sie das Zeug je getrunken?»

«Nein.»

«Ich schon, ein einziges Mal. Brennt wie der Teufel. Heißt ja nicht umsonst ‹heiße Ware›.» Er sah über die Schulter zu der Leiche. «Bin neugierig, in was wir da reingeraten sind.»

«Schätze, das werden wir herausfinden.»

«Könnte eine Weile dauern, aber Sie haben recht. Jedesmal, wenn ein Mord geschieht, hoffe ich, daß es ein Einzelfall ist und nicht der Anfang von ... Sie wissen schon.»

Sie wußte, er meinte einen Massenmörder. Bislang war so etwas in ihrer Gegend noch nicht vorgekommen. «Ich weiß.

Oje, da kommen Diana Robb und die Mannschaft. Wenn Diana mich rauchen sieht, kriege ich einen Grundkurs in Gesundheit verpaßt.» Cynthia trat flugs ihren Zigarettenstummel in der weichen Erde aus.

«Würde das was nützen?»

«Aber sicher – bis zur nächsten Zigarette.»

10

Ein feuchter Wind blies von den Bergen. Harry ruckelte und zuckelte auf Johnny Knatterton. Der Dungstreuer wendete und warf Holzspäne und Mist aus. Die Sonne sah aus wie auf die Bergspitze gesteckt, die Schatten der Eichenreihe wurden länger. Sonnenaufgang und Sonnenuntergang waren Harry die liebsten Tageszeiten. Und heute erfüllte der süße Duft ihres roten Klees die Luft und bereicherte den Sonnenuntergang. Harry baute auf ihren Feldern Alfalfa, roten Klee und Timotheusgras an. Das brachte ihr gewöhnlich eine sehr gute Heuernte ein.

Katze und Hund schliefen im Stall. Ein voller Arbeitstag im Postamt hatte sie erschöpft. Tucker hörte einen schweren Wagen in der Einfahrt knirschen. Sie sprang hoch und weckte Mrs. Murphy.

«Wer ist das?» Tucker wetzte nach draußen.

Blair Bainbridges Kombi kam in Sicht. Blair hielt an und sprang heraus, beschattete mit der Hand die Augen, erspähte Harry und sprintete aufs Feld.

«Komisch», sagte Tucker bei sich. *«Sonst sagt er uns immer hallo.»*

Mrs. Murphy, die in der Türöffnung lag und gähnte, antwortete auf Tuckers unausgesprochenen Gedanken: *«Vielleicht ist ihm klargeworden, daß er in Mom verliebt ist.»*

«Sei nicht so sarkastisch.» Tucker setzte sich, stand auf, setzte sich hin, stand endgültig auf und trottete zum Traktor.

Mrs. Murphy wälzte sich auf die andere Seite. Sie hatte keine Lust, sich vom Fleck zu rühren. *«See you later, Alligator.»*

Tucker raste Blair nach, holte ihn ein und fegte an ihm vorbei.

Als Harry die beiden sah, stellte sie den Motor ab. Bei Johnnys lautem Geknatter konnte man nicht gut hören. «Blair, hallo.»

Er keuchte atemlos: «Ein Mord!»

Harrys Augen wurden weit. «Wer?»

«Das weiß man nicht.»

«Woher weißt du's?»

Er legte eine Hand an den Sitz des Traktors. «Zufall.»

«Zufall oder zufällig?» Sie lächelte über sich selbst; denn dies war genau die Frage, die ihre Mutter gestellt hätte.

Er holte tief Luft, als Tucker den Traktor umrundete. «Zufällig war da ein Unfall auf der 810 bei Wyant's Store. Ich hab das Tempo gedrosselt und sah Cynthia Cooper, die völlig außer sich war, da hab ich bei ihr angehalten. Es war ein Jugendlicher in einem alten Izuzu-Trooper, den er fuhr wie einen Pkw. Er ist an den Straßenrand geraten, hat zu stark eingeschlagen und dann Cynthia abgedrängt, die aus der Gegenrichtung kam. Sie hat geschäumt vor Wut. Der Junge hat natürlich geheult und sie angefleht, seinen Eltern nichts zu sagen.»

«Ist ihr was passiert?»

Er schüttelte den Kopf. «Dem Jungen auch nicht. Ich bin

aber dageblieben, um ihr beizustehen, auch wenn's nicht viel zu tun gab; aber sie ist sonst nicht der Typ, der die Nerven verliert. Sie sagte, sie käme gerade von Sugar Hollow, wo eine Naturkundetruppe einen Toten entdeckt hat. Sie sagte, er sähe übel zugerichtet aus und sie würde heute abend nichts essen. Sie hat beschrieben, was der Mann anhatte – Harry, ich glaube, es ist der Motorradfahrer.»

Harry sprang vom Traktor. «Was?»

Blair nickte. «Schwere schwarze Stiefel, Lederweste mit Symbolen und Nieten – auf wen würde diese Beschreibung sonst zutreffen?»

«Blut an den Satteltaschen!» jaulte Tucker.

«Er ist bestimmt nicht der einzige Mann im ganzen Land mit einer schwarzen Lederweste.» Sie zuckte die Achseln. Ein Frösteln überlief sie. «Verdammt, er hat mich fast von der Straße abgedrängt, als er von Sugar Hollow kam. Er steckte von Kopf bis Fuß in Leder.»

«Du sprichst am besten mit Cynthia.»

«Hast du ihr gesagt, was du dachtest?»

«Ja.» Er starrte das riesige Traktorrad an. «Er war ein bißchen seltsam. Auf dem absteigenden Ast.»

Harry beobachtete die schwindende Sonne. «Mal steigt man auf, mal steigt man ab – oder stirbt.»

«Warum hört keiner auf mich? Der Beweis ist auf den Satteltaschen von dem Motorrad!»

«Tucker, still, du kriegst gleich was zu fressen.»

Tucker setzte sich bedrückt auf Blairs Fuß. Blair bückte sich und kraulte sie.

Blair sah Harry mit seinen strahlenden braunen Augen fest an. «Hast du auch manchmal so ein ganz bestimmtes Gefühl bei jemandem? Ein richtiges Gespür dafür, wer er ist?»

«Manchmal.»

«Trotz seines Äußeren und seines Benehmens neulich hatte ich das Gefühl, der Kerl ist okay.»

«Blair, so okay kann er nicht gewesen sein, sonst wäre er jetzt nicht tot.»

11

Eine kleine Menschenmenge hatte sich auf dem Parkplatz des Postamtes versammelt. Harry, Mrs. Hogendobber, Reverend Jones, Market Shiflett, Aysha, Norman, Ottoline, Kerry, die Marilyn Sanburnes – senior und junior –, Blair, Mrs. Murphy, Tucker und Pewter sahen zu, wie die Männer des Sheriffs das Motorrad auf einen niedrigen Autoanhänger luden. Hogan Freely, der Direktor der Crozet National Bank, und seine Frau Laura kamen herüber und stellten sich zu den anderen.

Cynthia gab den Arbeitern Anweisungen.

Reverend Jones sprach allen aus der Seele: «Wissen Sie etwas, Cynthia?»

Während Cynthia antwortete, kam Susan Tucker angefahren. «Wartet, wartet auf mich.»

«Was ist das hier, eine Stadtversammlung?» fragte Cynthia halb im Scherz.

«So was Ähnliches.» Susan schlug die Tür des neuen Saab zu. «Fair hat Bereitschaftsdienst. Er kann nicht kommen, aber ich sorge dafür, daß Ihr Bericht an Fair geht und an Boom Boom, die einen Arzttermin hat.»

«Da gibt es nicht viel zu berichten. Gestern am späten Nachmittag wurde in Sugar Hollow die verwesende Leiche eines Mannes, weiß, Alter etwa Anfang Dreißig, gefunden. Dank Blairs akkurater Beschreibung haben wir Grund zu der Annahme, daß es sich um die Leiche des Besitzers von diesem Motorrad handelt. Wir lassen Zahnanalysen vornehmen und hoffen, bald mehr zu wissen. Das wäre alles.»

«Sind wir in Gefahr?» Mim stellte diese naheliegende Frage.

Cynthia verschränkte die Arme. «Das kann ich Ihnen unmöglich exakt beantworten. Wir vermuten, daß etwas faul ist, aber wir wissen es nicht genau. Im Moment befürchtet die Polizei nicht, daß ein Mörder frei herumläuft.»

Aber es lief ein Mörder frei herum. Die kleine Versammlung wähnte sich in Sicherheit, weil sie das Opfer nicht kannten und deshalb irrtümlicherweise glaubten, sie könnten den Mörder nicht kennen.

Als Deputy Cooper hinter dem Wagen mit dem Motorrad losfuhr, quetschten sich die Versammelten in Markets Laden, um sich mit Getränken zu erfrischen. Das Motorrad war günstigerweise in der Mittagszeit abgeholt worden. Die Sonne knallte auf Mensch und Tier herunter. Ein eiskaltes Getränk und eine Klimaanlage taten jetzt gut.

Die Tiere huschten zwischen Menschenbeinen umher.

«Kommt hierher.» Pewter führte sie zu den hinteren Regalen, die Wasch- und Putzmittel enthielten. *«Von hier oben können wir alles sehen.»* Sie sprang vom Boden auf Kisten und von da auf das obere Regal. Mrs. Murphy folgte ihr.

«Das ist unfair», knurrte Tucker.

«Du kannst hinter die Theke gehen. Market ist so beschäftigt, der merkt das gar nicht.»

«Na gut.» Tucker, froh, daß auch sie nun Informationen von den Menschen aufschnappen konnte, schlängelte sich zwischen den Beinen hindurch zur Theke.

Susan, die geborene Organisatorin, richtete das Wort an die Versammlung. «Wer von uns das Motorrad gesehen hat, bevor es vor dem Postamt abgestellt wurde, sollte das für Sheriff Shaw und Deputy Cooper aufschreiben. Und das sollten natürlich auch alle tun, die mit dem Verstorbenen Kontakt hatten.»

«Kontakt? Er ist in Ash Lawn hereingeplatzt und hat eine Szene gemacht!» stieß Laura hervor.

«Hast du das Deputy Cooper erzählt?» fragte Mim.

«Nein, aber das tu ich noch. Ich meine, wie konnte ich es ihr erzählen? Wir haben es doch eben erst erfahren – falls es tatsächlich derselbe Mann ist. Es könnte ja auch jemand anders sein.»

Miranda beobachtete glücklich, wie die Leute ihre Doughnuts, Brownies und Törtchen kauften – die heutige Lieferung an Leckereien. Jeden Tag buk sie größere Mengen, und jeden Tag verschwanden sie. Sie riß sich von ihren Erzeugnissen los und sagte: «Diejenigen von Ihnen, die in Ash Lawn dabei waren, können morgen zu Sheriff Shaw gehen. Es würde ihm Zeit ersparen, wenn Sie alle zusammen gingen.»

«Was ist in Ash Lawn passiert?» Die Frage kam von Herbie Jones.

«Der abgerissene Kerl, dieser schmutzige Motorradfahrer, stieß die Eingangstür auf, als wir schon geschlossen hatten –», begann Laura.

«So abgerissen war er gar nicht», unterbrach Blair sie.

«Also, gepflegt war der bestimmt nicht», widersprach Laura.

«Herrje.» Market hob die Hand ans Gesicht. «Wenn Sie sich noch nicht mal einigen können, wie er aussah, kann's ja noch heiter werden.»

«Ich war hinten, deshalb kann ich nichts dazu sagen.»

Aysha kaufte ein Zitronenquarktörtchen. Sie konnte nicht widerstehen, trotz des finsteren Blicks, den ihre Mutter ihr zuwarf.

Harry ergänzte die Schilderung des Vorfalls: «Blair und ich waren im Wohnzimmer. Wir sahen ihn nicht hereinkommen, aber wir haben ihn gehört. Richtig grob war er eigentlich nicht, aber er war, hm, heftig.»

«Heftig? Der hatte 'nen Knall.» Kerry stemmte die Hände in die Hüften. Kerry neigte zu leicht übertriebenen Reaktionen. Sie war gerade von den Sklavenquartieren hereingekommen und hatte nur noch den Schluß des Vorfalls miterlebt. «Er wollte nicht weggehen, und Marilyn, die an dem Tag die Aufsicht hatte –»

«Ich bat ihn zu gehen», warf Little Marilyn ein. «Er wollte nicht. Er sagte, er wollte zu Marin–»

«Malibu», unterbrach Harry sie.

«Ja, genau. Er wollte zu dieser Malibu, und er behauptete, sie wäre in Ash Lawn. Natürlich war sie nicht da. Aber er war so hartnäckig.»

«Wer ist Malibu?»

«Eine alte Freundin», erklärte Blair.

«Das sagt uns noch nicht, wer sie ist.» Mim, dominierend wie immer, hatte den Nagel auf den Kopf getroffen.

Ottoline sagte sarkastisch: «Bei einem Namen wie Malibu schlage ich vor, wir halten Ausschau nach einer Frau in Schlauchtop, hohen Absätzen, knappen Shorts und mit toupierten Haaren – selbstverständlich gebleicht.»

12

Das triste, aber praktisch eingerichtete Büro des Sheriffs paßte zu Rick. Er konnte Protz nicht ausstehen. Sein Schreibtisch war fast immer aufgeräumt, weil Rick die meiste Zeit im Streifenwagen verbrachte. Er konnte Schreibtischarbeit sowenig ausstehen wie Protz. Meistens haßte er es, drinnen eingesperrt zu sein.

Heute war sein Schreibtisch mit Aktenordnern übersät; der große Aschenbecher quoll über von Zigarettenkippen, und das Telefon klingelte pausenlos. Er war von dem lokalen Fernsehsender, dem Lokalblatt und der großen Richmonder Zeitung interviewt worden. Dies ließ er über sich ergehen, weil er es für eine unumgängliche Pflicht hielt. Er war kein Sheriff, der sein Gesicht gerne in den Elfuhrnachrichten sah. Manchmal überließ er die Fragen Cynthia.

Der Coroner arbeitete bis spät in die Nacht an der Untersuchung der Gewebeproben.

Bei der Leiche waren weder Führerschein noch sonstige Ausweispapiere gefunden worden. Cynthia wußte, daß die Maschine auf Michael Huckstep zugelassen war. Aber handelte es sich bei der Leiche um Michael Huckstep? Sie konnten es vermuten, aber solange sie keine eindeutige Identifizierung hatten, wußten sie es nicht mit Sicherheit. Es hätte ja auch jemand Huckstep umgebracht und sich für ihn ausgegeben haben können.

Rick hatte um eine Liste der vermißten Personen und eine mit gestohlenen Motorrädern gebeten. Er hatte sie bekommen. Nichts auf den beiden Listen aus Kalifornien stimmte mit der abgestellten Harley oder dem Toten überein.

Cynthia hastete ins Büro. Rick bedeutete ihr mit erhobener Hand, zu warten. Er beendete sein Telefongespräch, sobald er konnte.

«Mim», sagte er.

Cynthia leerte den Aschenbecher in den Papierkorb. «Sie will immer alles als erste erfahren.» Sie stellte den Aschenbecher wieder an seinen Platz. «Wir haben das Motorrad untersucht. Nichts. Keine Fingerabdrücke. Wer immer es zum Postamt fuhr, hat Handschuhe getragen.»

«Motorradfahrer tragen meistens Handschuhe.»

«Was wollte der wohl in Sugar Hollow?»

Rick hielt die Hände in die Höhe, während er auf seinem Drehstuhl kreiste. «Sich die Gegend angucken?» Er drehte sich in die Gegenrichtung, hielt dann an. «Mir wird schwindlig.»

«Ohne Drogen wären wir arbeitslos», scherzte Cynthia. «Ich wette, er wollte dort einen Deal abwickeln. Sugar Hollow ist hübsch, aber nicht gerade eine Touristenattraktion. Er war mit jemandem dort, der sich in dieser Gegend auskennt – jede Wette.»

Sie nahm sich bedächtig eine Zigarette aus Ricks Päckchen, zündete sie an und sagte: «Wir haben sein Motelzimmer durchsucht. Der Motorradfahrer hatte Blair erzählt, daß er im Best Western wohnt. Der Geschäftsführer, der Nachtportier und die Zimmermädchen haben Mike Huckstep – unter diesem Namen hatte er sich eingetragen – seit Tagen nicht gesehen. Sie achten wohl nicht besonders auf das Kommen und Gehen der Leute. Sie sind sich nicht einig, wann er zuletzt gesehen wurde, aber er soll ganz ruhig und höflich gewesen sein, als er sich anmeldete – und er hat für eine Woche im voraus bezahlt.»

«Irgendwas im Zimmer?»

«Drei T-Shirts und eine saubere Jeans. Sonst nichts. Kein Notizblock, kein Bleistift, nicht mal Socken und Unterwäsche. Keine Taschenbücher oder Illustrierten. Null.»

«Ich habe mir das Protokoll Ihrer Befragungen des Personals von Ash Lawn sowie von Harry und Blair noch mal durchgelesen. Wissen Sie –» er kippte auf seinem Stuhl nach hinten und legte die Füße auf die Ordner auf dem Schreibtisch –, «das paßt nicht zusammen.»

«Sie meinen die Aussagen?»

«Nein, nein, die sind in Ordnung. Ich meine den Mord. Er führt zu nichts. Vielleicht war es ein verpatzter Deal, und der Mörder hat sich gerächt und das Geld genommen. Der Tote hatte kein Geld in seinen Taschen.»

«Könnte sein ...» Ihre Stimme verlor sich, wurde dann wieder fest. «Aber Sie glauben nicht, daß es ein verpatzter Drogendeal war, oder?»

«Sie sind schon zu lange mit mir zusammen. Sie und meine Frau durchschauen mich total.» Er legte die Hände hinter den Kopf. «Nein, Coop, das glaube ich nicht. Ich empfinde einen Mord als persönliche Beleidigung. Ich kann den Gedanken nicht ertragen, daß jemand damit durchkommt. Die Regeln, wie man auf dieser Welt zurechtkommt, sind denkbar einfach. Du sollst nicht töten, du sollst nicht stehlen – scheint mir vernünftig. Klar, es gibt Zeiten, da könnte ich meiner Frau den Schädel einschlagen und umgekehrt – aber ich tu's nicht, und sie tut's nicht. Ich zähl bis zehn, manchmal auch bis zwanzig. Wenn ich mich beherrschen kann, nehm ich an, daß andere es auch können.»

«Ja, aber ich glaube, Mord hat mit etwas zu tun, das tiefer liegt. Etwas Infantilem. Unterschwellig sagt ein Mörder: ‹Ich will meinen Willen.› So einfach ist das. Mörder können nicht begreifen, daß andere Menschen rechtmäßige Bedürfnisse haben, die sich von ihren eigenen unterscheiden und zu ihnen im Widerspruch stehen. Immer heißt es nur ich, ich, ich. Oh, sie können sich reif, besorgt oder wie auch immer stellen, aber unterschwellig sind sie Kinder in gewaltiger, bebender Wut.»

Rick fuhr mit den Händen über seinen fliehenden Haaransatz. «Haben Sie heimlich Bücher über Psychologie gelesen, Coop?»

«Nee.»

Das Telefon klingelte. Ein Beamter ging außerhalb von Ricks Büro dran, rief dann herüber: «Cynthia, die Kfz-Meldestelle in Kalifornien. Soll ich's in Ricks Büro legen?»

«Ja bitte.» Sie drückte auf einen Knopf. «Hier Deputy Cooper.» Sie hielt inne, hörte zu. «Das wäre prima.» Sie gab die Faxnummer ihrer Dienststelle durch. «Vielen Dank.» Sie legte auf. «Mike Huckstep. Sie faxen uns seine Papiere und seinen Führerschein. Dann haben wir endlich eine Personenbeschreibung.»

Rick grunzte. «Wer zum Teufel ist Mike Huckstep?»

13

Ein bewachter Parkplatz bildete das Entree zu Mims Party. Auf den Einladungen hatte sie eine Western-Party angekündigt, komplett mit Square dance und Barbecue. Die Parkwächter, Susan Tuckers Sohn Danny und seine Schulfreunde, hatten karierte Hemden mit spitz zulaufenden Passen an, dazu Jeans und Cowboystiefel.

Mim prunkte mit edlen Cowboystiefeln aus Straußenleder

in der Farbe von Erdnußkrokant. Ihre weißen Lederjeans waren maßgeschneidert und saßen wie angegossen. Sie trug ein weißes Hemd mit türkisfarbener Passe. Ihr Schal war von Hermès und ihr Stetson ein 20prozentiger Biber. Der Hut allein mußte 300 Dollar gekostet haben; die meisten Cowboyhüte hatten nur 2 Prozent, höchstens 4 Prozent Biberanteil. Der Hut war selbstverständlich rein weiß.

Ihr Ehemann hatte eine alte Jeans angezogen, abgetragene Stiefel und ein ordentlich gebügeltes Wrangler-Westernhemd. Seine Gürtelschnalle, ein großes, schön gearbeitetes silbernes Oval mit goldenen Initialen in der Mitte, ließ den Wohlstand der Familie erkennen.

Ganz Crozet fand sich zu dem Western-Tanzvergnügen ein.

Harry hatte sich ein Rehlederhemd mit Fransen an der vorderen und hinteren Passe und langen Fransen an den Ärmeln geliehen. Sie trug ihr einziges Paar Toni-Lama-Stiefel, die Susan ihr vor drei Jahren zum Geburtstag geschenkt hatte. Blair sah aus wie ein jüngerer, stattlicherer Marlboro-Mann, komplett mit Überhosen. Fair kochte innerlich, als er seinen Rivalen erblickte. Nicht, daß Fair schlecht aussah, beileibe nicht, aber irgendwie kriegte er es nie hin, daß seine Kleidungsstücke zusammenpaßten. Aber da er groß gebaut war, stand ihm die Cowboykluft gut, und er sah besser aus als gewöhnlich.

Mrs. Hogendobber, die sich mit Unmengen Kostümschmuck behängt hatte, stolzierte in einem weiten roten Rock und einer mexikanischen Bluse umher. Ihr blauer Cowboyhut hing auf ihrem Rücken, die schmale Seidenkordel hatte sich wie ein Halsband um ihre Kehle gelegt.

Reverend Jones hatte eine alte Kavallerie-Uniform ausgegraben. Er wollte niemandem verraten, wo er sie gefunden hatte. Er hätte direkt aus dem Jahre 1880 eingeritten sein können.

Die Musik, das Essen und der nie versiegende Alkohol versetzten die Anwesenden in eine Bombenstimmung.

Kerry McCray war früh und allein gekommen. Sie sagte, ihre Verabredung, der Opernsänger, käme nach seiner Vorstellung in Ash Lawn zu ihnen. Das hinderte sie nicht daran, zu Norman Cramer zu tänzeln, während Aysha mit einem anderen Partner auf der Tanzfläche herumhüpfte.

«Norman.»

Beim Klang der vertrauten und einst geliebten Stimme drehte er sich um. «Kerry.»

«Darf ich dich was fragen?»

«Sicher.» Sein Ton war zögernd.

«Bist du glücklich?»

Es folgte eine sehr, sehr lange Pause. Er sah mit seinen lang bewimperten blauen Augen tief in die ihren. «Es gibt Tage, da glaube ich, daß ich glücklich bin, und es gibt Tage, da glaube ich, daß ich den größten Fehler meines Lebens gemacht habe. Und du?»

«Nein. Ich bin alles andere als glücklich.» Sie deutete ein Lächeln an. «Norman, wir können trotz allem ehrlich zueinander sein.»

Ein gequälter Ausdruck huschte über sein Gesicht, dann sah er über Kerrys Schulter, weil die Musik aufgehört hatte. «Herrje, da kommt Aysha.» Er flüsterte: «Wir sehen uns bei der Arbeit. Vielleicht können wir mal zusammen Mittag essen – irgendwo.»

Sie sah ihm nach, als er sich beeilte, den Arm seiner Frau zu nehmen und sie zurück auf die Tanzfläche zu bugsieren. Kerry traten die Tränen in die Augen. Little Marilyn hatte die Unterhaltung beobachtet. Sie kam herüber.

«Er ist es nicht wert.»

Kerry schniefte und unterdrückte die Tränen. «Es ist keine Frage des Wertes, Marilyn. Entweder du liebst einen Mann oder nicht.»

Marilyn legte ihren Arm um Kerrys Taille und führte sie fort von der Tanzfläche.

Fair und Susan Tucker schwenkten sich gegenseitig herum, während die üppige Witwe Boom Boom Craycroft, die sagenhaft angezogen war, Blair umgarnte. Es schien ihm nichts auszumachen. Harry tanzte mit Reverend Jones. Sie liebte den Reverend von Herzen und bekam fast nichts mit von den Dramen, die sich ringsum abspielten. Harry verschloß sich oft solchen Emotionsstürmen. Manchmal war das eine gute Idee, manchmal nicht.

Als das Stück zu Ende war, machte die Kapelle eine Pause. Beim Sturm auf die Bar blieben die Frauen an den Tischen sitzen, während die Männer sich nach den Getränken drängelten, um sie «den Mädels» zu bringen.

Blair und Fair kamen beide an Harrys und Susans Tisch. Mrs. Hogendobber saß mit Herbie sowie Bob und Sally Taylor, Freunden von der Kirche, am Nebentisch. Ned unterhielt sich irgendwo mit den anderen Rechtsanwälten über Politik.

«Coca-Cola, Liebling.» Fair stellte ein Glas vor Harry hin.

Ehe sie reagieren konnte, knallte Blair einen Gin Tonic auf den Tisch. «Harry, du brauchst einen richtigen Drink.»

«Sie trinkt keinen Alkohol.» Fair lächelte und entblößte seine Fänge.

«Jetzt schon.» Auch Blair entblößte seine Fänge.

«Willst du Harry betrunken machen? Ganz schön primitiv, Blair.»

«Mach kein Theater. Du hast dich von ihr scheiden lassen, Freundchen. Zufällig halte ich sie für eine faszinierende Frau. Dein Verlust ist mein Gewinn.»

Inzwischen taten alle, als ob sie sich miteinander unterhielten, während sie in Wirklichkeit die Ohren in Richtung Auseinandersetzung spitzten.

«Sie ist kein Lotterielos. Ich hab sie nicht verloren, und du hast sie nicht gewonnen.» Fair straffte die mächtigen Schultern.

Blair drehte sich um und wollte sich hinsetzen. «Laß den Scheiß.»

Im Nu hatte Fair den Stuhl unter Blair weggezogen. Blair ging mit einem Plumps zu Boden.

Blair sprang auf. «Du blöder Hinterwäldler!»

Fair holte aus und traf daneben. Blair war äußerst fix auf den Beinen.

Binnen Sekunden schlugen die zwei starken Männer aufeinander ein. Blair versetzte dem Tierarzt einen Hieb, daß er gegen den Tisch krachte, der daraufhin in sich zusammenfiel.

«Wollt ihr zwei wohl erwachsen werden!» schrie Harry. Sie war drauf und dran, auszuholen und dem, der in ihre Reichweite kam, einen Kinnhaken zu verpassen, als sich eine Hand wie ein stählerner Schraubstock um ihr Handgelenk schloß.

«Nein, Sie kommen mit mir.» Reverend Jones zerrte sie aus dem Getümmel.

Susan und Mrs. Hogendobber verzogen sich, als Hiebe und Gegenhiebe sich steigerten. Jedesmal wenn eine Faust ihr Ziel traf, erschütterte ein *Boing!* die Party. Die Kapelle eilte zurück aufs Podium und stimmte eine Melodie an. Jim Sanburne begab sich zu den Kämpfenden, ebenso Reverend Jones, nachdem er Harry bei der Gastgeberin abgeliefert hatte.

Harry murmelte mit hochrotem Gesicht: «Mim, es tut mir so leid.»

«Warum wollen Sie sich für die entschuldigen? Sie können doch nichts dafür. Außerdem, seit mir die berauschten Schwäne damals meine *Town-&-Country*-Party verdorben haben, nehme ich alles, wie's kommt.»

Mims berühmt-berüchtigte *Town-&-Country*-Party hatte vor Jahren stattgefunden, mit Stars und Geschäftsgrößen aus dem ganzen Land. Sie hatte Schwäne für den in einen Lilienteich verwandelten Swimmingpool kommen lassen. Die Schwäne waren für den Anlaß mit einem Betäubungsmittel ruhiggestellt worden, aber als die Wirkung des Mittels verflog, hatten die Schwäne die Party gestürmt, waren über Alkohol und Essen hergefallen und streitsüchtig geworden. Berichte von der Party hatten die Abendnachrichten aller Sender im Land beherrscht. Der Präsidentschaftskandidat, zu dessen Ehren dieses extravagante Ereignis veranstaltet worden war, wurde gezeigt, wie er vor einem Schwan Reißaus nahm, der mit ausgebreiteten Flügeln und gerecktem Hals den Schnabel nach dem dicken Präsidentschaftskandidatenhintern ausstreckte.

«Die Schwäne haben sich besser benommen als diese zwei Männer.»

«Harry, ich habe Ihnen gesagt, daß beide in Sie verliebt sind. Sie wollten ja nicht auf mich hören.»

«Jetzt höre ich.»

Mim kippte eine erfrischende Gin Cola hinunter. «Sie können mit Männern nicht einfach befreundet sein. Das funktioniert so nicht. Und nehmen Sie's ihnen nicht krumm, daß Sie nicht mit ihnen befreundet sein können wie mit Frauen. Wenn ein Mann daherkommt, will er mehr als Freundschaft. Das wissen Sie.»

Harry sah zu, wie Jim Sanburne und Herbie die zwei Männer, die sie für ihre Freunde hielt, endlich trennten. Fairs Nase blutete, und Blairs Lippe war aufgeplatzt. Boom Boom Craycroft eilte zu Blair, um ihm beizustehen, aber er schüttelte sie ab.

«Ich weiß es, und ich hasse das.»

«Dann können Sie ebensogut die Männer hassen.»

«Sie wissen, daß ich sie nicht hasse.»

«Dann müssen Sie sich zwischen diesen beiden entscheiden oder ihnen sagen, was Sie für sie empfinden.» Sie hielt inne. «Was empfinden Sie für sie?»

Harry zögerte. «Ich weiß nicht. Ich habe Fair mit Leib und Seele geliebt, bedingungslos. Ich liebe ihn immer noch, aber ich weiß nicht, ob ich noch einmal so lieben kann wie früher.»

«Vielleicht ist *Vertrauen* das Wort, auf das es ankommt.»

«Ja.» Sie wischte sich mit der rechten Hand über die Augen. Warum war das Leben so kompliziert?

«Blair?»

«Er ist zärtlich. Äußerst sensibel, und ich habe ihn sehr gern – aber ich habe Angst. Ach, Mim, ich weiß einfach nicht, ob ich das durchhalten kann, noch einmal jemanden zu lieben.»

«Wen Sie auch lieben, er wird Ihnen weh tun. Sie werden ihm weh tun. Wenn Sie lernen, zu verzeihen, durchzuhalten – dann haben Sie etwas Reelles.» Sie befühlte ihren Hermès-Schal. «Ich wünschte, ich könnte das besser erklären. Sie wissen, daß Jim mich nach Strich und Faden betrogen hat.»

«Ach –» Harry schluckte.

«Sie brauchen nicht höflich zu sein. Er hat es getan. Und die ganze Stadt hat's gewußt. Aber Jim war ein großer, gutaussehender, wilder armer Junge, als ich ihn kennenlernte, und ich habe meinen Reichtum dazu benutzt, ihn zu beherrschen. Weiber vernaschen, das war seine Rache. Ich war drauf und dran, mich scheiden zu lassen, aber dann konnte ich es doch nicht. Als ich erfuhr, daß ich Brustkrebs habe, ich glaube, da habe ich Jim wiederentdeckt. Wir waren offen zueinander und haben geredet. Nach jahrzehntelanger Ehe haben wir endlich einfach *geredet* und uns gegenseitig verziehen und – wir sind immer noch zusammen. Und wenn eine reiche Pute wie ich sich dem Leben und der Liebe stellen kann, dann sehe ich nicht, wieso Sie das nicht können.»

Harry saß eine ganze Weile schweigend da. «Ich verstehe, was Sie meinen.»

«Sie müssen sich zwischen den beiden Männern entscheiden.»

«Blair hat seine Absichten eigentlich nie deutlich erklärt.»

«Mir geht es im Moment gar nicht um seine Gefühle. Es geht mir um Ihre. Entscheiden Sie sich.»

14

Noch genervt von dem gestrigen Abend, wachte Harry früh auf und stellte fest, daß es regnete. Da der Regen dringend nötig war, störte das Grau sie kein bißchen. Sie schlüpfte in ihr uraltes Smith-College-T-Shirt, eine abgeschnittene Jeans und Turnschuhe und eilte zum Stall.

Nachdem sie die Pferde gefüttert hatte, hängte sie einen Zügel an einen Sattelhaken im Mittelgang, nahm ein Stück Sattelseife, einen kleinen Eimer Wasser, einen Schwamm und ein Tuch und begann mit der Reinigungsprozedur.

Rhythmische Betätigungen halfen ihr immer, mit sich und den Ereignissen in ihrem Leben ins reine zu kommen.

Mrs. Murphy kletterte auf den Heuboden, um Simon zu besuchen. Da er ein Nachttier war, schlief er fest, also sprang sie auf eine Boxentür und von da auf eine alte, aber gut gepflegte Truhe mit Sattelzeug. Die Holztruhe, die auf vier Hohlziegeln stand, war blau und golden gestrichen und trug in der Mitte die Initialen M. C. M., Mary Charlotte Minor.

Nach der Scheidung hatte sie den Namen Haristeen beibehalten. Es war schon schwer genug, seinen Nachnamen bei der Heirat abzulegen; ihn dann aber wieder anzunehmen war für alle schlichtweg verwirrend. Jedenfalls behauptete das Harry, aber Susan Tucker erklärte, sie würde ihren Ehenamen beibehalten, weil sie mit Fair noch nicht fertig sei. Alle Welt hatte eine Meinung zu Harrys Gefühlslage, und niemand scheute davor zurück, sie ihr unter die Nase zu reiben.

Sie hatte gestern abend genug Emotionen und bohrende Fragen gehabt. Jetzt wollte sie in Ruhe gelassen werden. Von wegen.

Blair hielt in der Zufahrt zum Stall. Sie hatte die Lichter im Stall an, daher wußte er, wo sie war. Er duckte sich unter den Regentropfen und trug einen Weidenkorb in den Gang.

«Dies ist sozusagen eine Entschuldigung.» Er ließ den Deckel des Korbes aufschnappen, der angefüllt war mit köstlichen Hörnchen, Marmeladen und Gelees von Fortnum und Mason, mundgerechten Schinkenbiskuits, einem duftenden Stiltonkäse, einem kleinen Glas erlesenen französischen Senf und einer großen Packung Erdnußbutterplätzchen. Die Ekken waren mit Crackern und Pastetenkonserven ausgestopft. Noch ehe sie etwas sagen, ihm danken konnte, eilte er mit einem Paket Luxuskaffee in die Sattelkammer.

«Blair, ich hab hier bloß eine Kochplatte. Ich hab nichts, womit du Kaffee machen kannst, jedenfalls keinen anständigen.» Sie wollte sich schon entschuldigen, weil sie den Satz mit einem Adjektiv beendet hatte, aber dann dachte sie, na und! Was hat die Grammatik in der Umgangssprache verloren?

Er ging wortlos zu seinem Kombi und kam mit einer schwarzen Krups-Kaffeemaschine, einer elektrischen Kaffeemühle und einem kleinen Apparat zum Aufschäumen von Milch für Cappuccino zurück.

«Jetzt hast du was.» Er zeigte auf die Espressomaschine. «Das kommt in die Küche. Jetzt hast du alles, was du brauchst.»

«Blair» – ihr klappte der Unterkiefer herunter – «das ist so, ah, ich weiß nicht, was ich sagen soll – danke.»

«Ich war ein Esel. Es tut mir leid. Wenn du meine Entschuldigung annimmst, brühe ich dir auf, was dein Herz begehrt. Wie wär's mit einem starken kolumbianischen Kaffee für den Anfang? Dann können wir im Korb kramen und mit Espresso fortfahren oder mit Cappuccino, was du willst.»

«Klingt prima.» Harry rieb feste an einem Zügel. «Und ich nehm deine Entschuldigung an.»

Mrs. Murphy ruhte, den Schwanz um sich gelegt, auf der Truhe mit dem Sattelzeug. Sie schien im Sitzen zu schlafen. Die Menschen fielen immer wieder auf diesen Trick herein. Es war die ideale Lauschpositur.

Tucker, die weniger raffiniert war, machte sich am Korb zu schaffen.

Blair breitete eine kleine Tischdecke über den wackligen Tisch in der Sattelkammer. Auf einem Bord erspähte er eine alte Kaffeebüchse, die Harry als Getreidemaß benutzte. Die füllte er mit Wasser, dann flitzte er nach draußen in den

Regen, um schwarzäugige Susannen zu pflücken. Als er zurückkehrte, war der Kaffee schon aufgebrüht.

«Du bist ja pitschnaß.»

«Ist ein gutes Gefühl.» Seine haselnußbraunen Augen strahlten.

Sie stemmte die Hände in die Hüften und sah auf den Tisch. «Ich bewundere Leute, die eine künstlerische Ader haben. Ich könnte aus lauter wertlosem Kram nicht so was Hübsches zaubern.»

«Dafür hast du andere Talente.»

Harry lachte. «Nenn mir eins.»

«Fishing for compliments», murmelte Tucker.

«In deiner Gegenwart fühlt man sich einfach wohl. Du hast ein ansteckendes Lachen, und ich glaube, du verstehst mehr von Landwirtschaft als sonst irgend jemand, den ich kenne.»

«Blair», lachte sie, «du bist nicht auf einer Farm aufgewachsen. Jeder, der das von der Pike auf kennt, versteht auch was davon.»

«Ich sehe doch die anderen Farmer in dieser Gegend. Ihre Weiden sind nicht so fett, ihre Zäune sind nicht so gut in Schuß, und sie nutzen Raum und Gelände nicht so logisch. Du bist die Beste.»

«Danke.» Sie biß in ein Schinkenbiskuit, das dick mit Senf bestrichen war. «Ich hab gar nicht gewußt, wie hungrig ich bin.»

Sie aßen, schwatzten und beendeten ihr Mahl mit einem sagenhaft guten Cappuccino.

Blair atmete den intensiven Duft von Leder, Sattelseife, Kieferspänen, den warmen Duft der etwas weiter entfernt stehenden Pferde ein.

«Dieser Stall strahlt Glück und Frieden aus.»

«Dad und Mom haben da viel Liebe hineingesteckt. Dads Familie ist unmittelbar vor dem Unabhängigkeitskrieg aus Ostvirginia hierhergezogen, aber dieses Stück Land haben wir erst um 1840 gefunden. Die reichen Hepworths, das war Moms Familie, sind in Ostvirginia geblieben. Die Minors, arme, bescheidene Bauern, nahmen, was sie konnten. Die Depression hat Großpapa und Großmama hart zugesetzt, und als Dad kam und alt genug war, zuzupacken, gab es eine Menge zu tun. Als er feststellte, daß die Farm nicht genug abwarf, um davon zu leben, arbeitete er außerhalb und brachte Geld mit nach Hause. Nach und nach gelang es ihnen, die Dinge wieder ins Lot zu bringen, Äpfel, Heu, eine bescheidene Maisernte. Mom arbeitete in der Bücherei. Früh am Morgen und spät am Abend erledigten sie die Farmarbeit. Ich vermisse sie, aber wenn ich mich umschaue, sehe ich die Liebe, die sie hinterlassen haben.»

«Sie haben auch in dir eine Menge Liebe hinterlassen.»

Tucker legte den Kopf auf Harrys Knie. *«Sag was Nettes, Mom.»*

«Danke.»

«Ich bin heute hergekommen, um mich zu entschuldigen, und, hm, dir zu sagen, daß ich dich sehr gern habe. Ich bin nicht sehr gefestigt ... ich meine, finanziell schon, aber nicht emotional. Ich hab dich wirklich gern, Harry, und ich war nicht, oh –» Er hielt inne, denn dies war schwieriger, als er gedacht hatte. «Ich war dir gegenüber nicht fair. Ich weiß jetzt, daß unser Zusammensein hier eine viel größere Bedeutung für die Leute hat, als wenn wir in New York leben würden. Ich möchte dir nichts vormachen.»

«Ich hab nicht das Gefühl, daß du das tust. Ich bin froh über unsere Freundschaft.»

«Schön, daß du das sagst. Ich bin auch froh, aber ich

schwanke. Manchmal will ich mehr, aber wenn ich daran denke, was das hier bei euch bedeuten würde, mache ich einen Rückzieher. Wenn wir in New York lebten, ich wüßte, was zu tun wäre. Hier, hm, ist mehr Verantwortung dabei. Ich bin gerne hier, aber ich bin auch gerne unterwegs, und ich schätze, mein Ego braucht das, diese Beachtung. Ich gebe es ungern zu, aber –»

«Dein Ego macht, daß du gut bist in dem, was du tust.»

Blair errötete bei dieser Bemerkung. Mit einem verlegenen Lächeln sagte er:

«Ja, aber es hat schon was Albernes, in Klamotten herumzustehen und fotografiert zu werden. Es ist einfach – wenn ich ein bißchen Mumm hätte, Harry, würde ich Schauspielunterricht nehmen, aber ich glaube, im tiefsten Innern weiß ich, daß ich nicht die Spur Talent habe. Ich bin bloß ein hübsches Ding.» Er lachte, weil er einen Ausdruck benutzt hatte, mit dem gewöhnlich nur Frauen beschrieben werden.

«Du bist mehr als das. Es liegt ganz bei dir, und he, was kostet es, Schauspielunterricht zu nehmen – an Geld und an Zeit? Niemand bewirft dich im Unterricht mit Tomaten. Wenn es dir liegt, wirst du's merken. Frisch gewagt ist halb gewonnen.» Sie überlegte einen Moment. «Die Universität von Virginia hat einen guten Schauspielzweig.»

«Du bist in Ordnung.» Er langte über den Tisch nach ihrer Hand, aber da klingelte das Telefon.

«Entschuldigung.» Sie stand auf und ging an den Wandapparat. «Hi. Im Stall.»

Am anderen Ende der Leitung sagte eine tiefe warme Stimme, die Fair gehörte: «Sprichst du noch mit mir?»

«Ich spreche jetzt mit dir.»

«Sehr komisch. Ich bin im Wagen, hatte gerade bei Mim zu tun und bin unterwegs zu dir.»

«Nicht jetzt.»

«Was soll das heißen, nicht jetzt?»

«Ich hab Besuch und –»

«Blair? Ist der Kerl bei dir?»

«Ja, er ist gekommen, um sich zu entschuldigen.»

«Verdammt!» Fair schaltete sein Mobiltelefon ab.

Harry setzte sich wieder hin.

«Fair?»

«In einem Aufruhr der Gefühle, wie meine Mutter gesagt hätte.»

Das Telefon klingelte wieder. «Wetten, das ist er. Tut mir leid, Blair.» Sie nahm den Hörer ab. Es war nicht Fair, es war Susan Tucker. «Susan, ich bin froh, daß du's bist.»

«Natürlich bist du froh, daß ich's bin. Ich bin deine beste Freundin. Weißt du schon das Neueste?»

«Ich höre.» Harry sagte lautlos den Namen Susan zu Blair.

«Ned und Rick Shaw hatten heute ein Treffen wegen der Finanzen in seiner Abteilung, und nebenbei ließ Rick fallen, daß der Tote Mike Huckstep ist, derselbe Kerl, dem das Motorrad gehört. Es steht morgen in der Zeitung.»

«Schätze, das ist keine Überraschung. Ich meine, das hatten wir doch ohnehin schon vermutet – daß der Motorradbesitzer der Tote war.»

«Ja, ich denke, damit ist der Fall erledigt. Hast du eine Minute Zeit?»

«Eigentlich nicht. Blair ist hier.»

«Ah, darüber wollte ich mit dir reden. Ich hoffe, er ist gekommen, um sich zu entschuldigen.»

«Ja.»

«Wir können das später ausführlich bekakeln, aber hier schon mal in aller Kürze: Little Marilyn ist scharf auf Blair.»

«In aller Kürze: Vergiß es.» Harry fand, jede Frau unter neunzig müßte für Blair schwärmen.

«Aha, meldest wohl schon Besitzansprüche an, was?»

«Nein», log Harry.

«Soso. Okay, ich ruf dich später an für ein Gespräch von Frau zu Frau.»

«Verschon mich damit. Ich kann keine emotionale Enthüllung mehr ertragen. Meine oder deine oder sonst eine. Wir sprechen uns später. Tschüs.»

Blairs Gesicht verfinsterte sich. «Hab ich, hm, zuviel gesagt?»

«O nein, nein, das hatte ich nicht gemeint, aber, Blair, alle meine Freunde beschäftigen sich damit, mich, dich und Fair zu analysieren. Ich hab das satt. Allmählich denke ich, ich bin Freiwild für jedermann.»

«Ich glaube, ein alleinlebender Mann kränkt sie, und eine alleinlebende Frau erregt ihr Mitleid.» Er hielt seine Hand hoch, ehe sie widersprechen konnte. «Das ist sexistisch, aber das ist die Welt, in der wir leben.»

Sie fuhr mit dem Zeigefinger über die glatte Fläche der High-Tech-Kaffeemaschine. «Möchtest du heiraten? Halt, nein, nicht mich, so ist die Frage nicht gemeint, sondern ganz theoretisch, möchtest du heiraten?»

«Nein. Im Augenblick, in diesem Abschnitt meines Lebens, jagt mir der Gedanke eine Heidenangst ein.» Er war aufrichtig bis dorthinaus. «Und du?»

«Dito. Ich meine, ich war verheiratet und dachte, ich hätte das große Los gezogen. Die Ereignisse haben mich widerlegt.»

«Das war seine Dummheit, nicht deine.»

«Vielleicht, aber ich bin sehr unabhängig, und ich glaube, Fair und vielleicht die meisten Männer behaupten, daß sie diese Eigenschaft bewundern, aber das ist gelogen. Fair wollte mich, na ja, konventioneller, abhängiger, und, Blair, das bin ich einfach nicht.»

«Ist dir schon mal aufgefallen, wie die Leute dir sagen, sie lieben dich, und dich dann ändern wollen?»

Sie fühlte sich unendlich erleichtert. Er hatte ihr aus der Seele gesprochen. «Stimmt. So habe ich das noch nie gesehen, aber du hast recht. Ich bin, die ich bin. Ich bin nicht vollkommen, und ich bin beileibe kein Filmstar, aber ich komme zurecht. Ich will kein bißchen anders sein, als ich bin.»

«Wie steht es mit Sex?»

Sie schluckte. «Wie bitte?»

Er warf den Kopf zurück und lachte schallend. «Harry, so direkt war das nicht gemeint. Wie ist die Einstellung der Leute zum Sex? Wenn du eine Affäre hast, giltst du dann in dieser Gegend als Flittchen?»

«Nein, ich denke, diese Ehre gebührt Boom Boom.»

«Uuhu.» Er stieß einen Pfiff aus. «Aber wenn du mit jemandem schläfst, deutet das nicht auf eine Bindung hin, auf eine Verpflichtung? Du kannst nicht ungeschoren davonkommen. Hier scheinen alle alles zu wissen.»

Sie legte den Kopf schief. «Stimmt. Deshalb muß man erst wägen, dann wagen. Du könntest es dir viel eher erlauben als ich. Die berühmte doppelte Moral.»

«Dieselbe doppelte Moral, die du eben auf Boom Boom angewendet hast?»

«Ahhh – nein. Auf Boom Booms Grabstein wird stehen: ‹Endlich schläft sie allein.› Sie übertreibt es. Aber von einem Mann würde ich genauso denken. Du hast ihn nie kennengelernt, aber Boom Booms verstorbener Mann war ein richtiges Tier. Er war witzig und alles, aber als Frau hast du bald gelernt, ihm nicht zu trauen.»

«Tier! Ich fasse das als Beleidigung auf.» Tucker winselte und tappte wütend auf den Gang. Sie sah Mrs. Murphy und ging zu ihrer Freundin. Sie stupste sie mit der Nase an. *«Aufwachen.»*

«Ich schlaf nicht.»

«Das sagst du immer. Du verpaßt was Spannendes.»

«Nein, tu ich nicht.»

«Meinst du, sie gehen zusammen ins Bett?»

«Ich weiß nicht. Heute nacht jedenfalls nicht.»

In der Sattelkammer räumten Blair und Harry ab. Sie packte die ungegessenen Sachen wieder in den Korb.

«Der Korb gehört dir auch.»

«Du bist schrecklich nett zu mir.»

«Ich mag dich.»

«Ich mag dich auch.»

Er zog sie an sich und küßte sie auf die Wange. «Ich weiß nicht, was mit uns passieren wird, aber auf eins kannst du dich verlassen, ich bin dein Freund.»

Harry gab ihm auch einen Kuß, umarmte ihn und ließ ihn dann los. «Ich nehm dich beim Wort.»

15

Die Crozet National Bank, ein flacher Holz- und Ziegelbau aus dem Jahre 1910, stand an der Ecke der Railroad Avenue in einer Reihe von Gebäuden, zu denen auch der alte Rexall's Drugstore gehörte. Das Holzwerk war weiß, der Eindruck schmucklos und zweckmäßig.

Dank der Sparsamkeit einer jahrzehntelangen Folge von guten Direktoren war wenig Geld auf das Interieur verschwendet worden. Die alten Hängelampen baumelten immer noch an der Decke. Bankierslampen mit grünen Schirmen standen auf schweren Holzschreibtischen. Die Kassierer arbeiteten an einem Marmortresen hinter Bronzegittern. Die Strenge verlieh der Bank etwas Gediegenes. Die einzigen Eindringlinge der Moderne waren die Computerterminals an allen Kassenschaltern und auf allen Angestelltenschreibtischen.

Das Büro des Bankdirektors Hogan Freely befand sich im ersten Stock. Mrs. Murphy, die Harry zur Bank begleitet hatte, stieg die Hintertreppe hinauf. Sie wollte einen Höflichkeitsbesuch abstatten. Als sie aber in Norman Cramers Büro am Ende des Stockwerks kam, beschloß sie, sich hinter dem Vorhang zu verstecken. Hogan hatte einen Tobsuchtsanfall, der sich gewaschen hatte.

«Sie wollen mir erzählen, daß Sie es nicht wissen? Verdammt noch mal, Norman, wofür bezahle ich Sie eigentlich?»

«Bitte, Mr. Freely, die Situation ist höchst ungewöhnlich.»

«Ungewöhnlich! Vermutlich ist sie kriminell! Ich rufe Rick Shaw an.»

«Lassen Sie uns einen Schritt nach dem anderen tun.» Norman, nicht eben der maskulinste unter den Männern, wirkte herrischer, als Mrs. Murphy ihn je erlebt hatte. «Wenn Sie die Behörden verständigen, bevor ich eine eingehende Überprüfung vornehmen kann, riskieren Sie eine schlechte Publicity, und Sie riskieren außerdem, daß amtliche Buchprüfer bestellt werden. Die Unregelmäßigkeit bei den Einlagen könnte auf einen Fehler im System zurückzuführen sein. Dann hätten wir blinden Alarm geschlagen. Wir würden dumm dastehen. Der Ruf der Crozet National Bank gründet sich auf konservative Anlagestrategie, den Schutz des Vermögens unserer Kunden und gesunden Menschenverstand. Wenn es sein muß, arbeite ich Tag und Nacht, aber geben Sie mir etwas Zeit, um unsere Dateien durchzukämmen.»

Hogan tappte mit dem rechten Fuß auf den Boden. Mrs. Murphy konnte das Lochmuster in seinen Schuhen sehen, als sie unter dem Vorhang hervorlugte. «Wie viele Leute und wie lange brauchen Sie?» Er überlegte. «Und ziehen Sie Kerry nicht zu dieser Arbeit heran. Die Spannung zwischen Ihnen beiden wirkt sich auf alle zermürbend aus.»

«Geben Sie mir die gesamte Kontenabteilung und alle Kassierer», erwiderte Norman, der vor Verlegenheit rote Ohren bekam.

«Wie lange?»

«Zwei Tage und zwei Nächte. Und wir müssen Essen kommen lassen, jede Menge.»

Es folgte ein langes Schweigen, dann eine entschlossene Antwort. «In Ordnung. Sie haben bis zum Geschäftsschluß am Mittwoch Zeit. Wenn Sie es bis dahin nicht geschafft haben, rufe ich den Sheriff an. Ich muß wissen, warum der Bildschirm leer bleibt, wenn ich unsere Aktivposten aufrufe. Und ich lasse Computerspezialisten kommen. Norman, Sie arbeiten an den Büchern. Die Spezialisten werden an den Terminals arbeiten.»

Als er zur Tür ging, rief Norman ihm nach: «Mr. Freely, ich bin Chef dieser Abteilung. Die Entscheidungsgewalt liegt bei mir. Wenn ich die Gelder nicht orten kann oder wenn die Techniker den Computerfehler nicht finden können – und ich glaube wirklich, daß es sich hier um einen solchen handelt –, dann werde ich mich an die Presse wenden. Ich trage hierfür die Verantworung.»

«Norman, es tut mir leid, daß ich Sie angefahren habe. Ich weiß, Sie werden Ihr Bestes tun – ich bin eben nervös. Was, wenn der Threadneedle-Virus bei uns zugeschlagen hat? Ich habe keine Möglichkeit, zu erfahren, wieviel Geld wir haben. Ich kann nicht einmal einfache tägliche Transaktionen verfolgen! Wie kann ich Verluste decken, falls wir welche hatten? Die Zukunft dieser Bank hängt von Ihrer Arbeit ab. Wir wären leichte Beute für eine Übernahme.» Seine Stimme schnappte über. «Und wie soll ich dann dem Vorstand gegenübertreten?»

«Allen voran Mim Sanburne», sagte Norman gedehnt. «Wir finden den Fehler. Versuchen Sie, nicht daran zu denken.»

«Nicht daran denken –?» Hogan ging, bevor er den Satz beendet hatte.

Mrs. Murphy wartete, schlüpfte dann zur Tür hinaus, sprang die Treppe hinunter, zwei Stufen auf einmal. Sie schlich zu Harry, die gerade hundertfünfzig Dollar abhob. Der Transporter brauchte eine neue Batterie, und sie hatte schon über zwei Wochen keine Lebensmittel mehr eingekauft.

«Mom, heb alles ab», riet ihr die Katze.

Harry spürte ein vertrautes Reiben an ihren Beinen. «Besuch zu Ende? Gehen wir wieder an die Arbeit.»

«Mom, die Bank steckt bis zum Hals in der Scheiße. Du solltest auf mich hören.»

Was Harry natürlich nicht tat. Sie ging zurück ins Postamt, Mrs. Murphy folgte ihr niedergeschlagen auf dem Fuße.

Pewter wartete vor dem Lebensmittelladen auf sie.

«Murphy, stimmt es, daß die Jungs sich wegen Harry an die Gurgel gegangen sind?»

«Ja.» Mrs. Murphy zeigte kein Interesse an diesem Thema.

«Wer hat gewonnen?»

«Keiner.»

«Du bist ein Miesepeter.» Pewter trabte neben ihrer Freundin her.

«Pewts, ich bin oben in der Bank gewesen und habe gehört, wie Hogan Freely gesagt hat, daß sie von den Computern keine Meldungen über Transaktionen kriegen können oder darüber, wieviel Geld in der Bank ist.»

«Die Menschen setzen zuviel Vertrauen in das Geld.»

«Schon möglich ... Ich wollte es Mom sagen, aber du weißt ja, wie das ist. Sie sollte ihr Geld von der Bank nehmen.»

«Geld. Man kann es nicht essen, es hält einen nicht warm. Es ist bloß Papier. Komisch, wenn man's recht bedenkt. Ich persönlich halte mehr vom Tauschhandel.»

Mrs. Murphy, die in Gedanken verloren war, entging die Bemerkung ihrer Freundin. *«Was hast du gesagt?»*

«Geld ist bloß Papier. Taugt nicht mal als Schnipsel fürs Katzenklo. Aber ich wollte was von dem Kampf hören.»

«Ich war nicht dabei.»

«Hat sie was darüber gesagt?»

«Nein, aber Blair ist rübergekommen, um sich zu entschuldigen.»

«War er furchtbar zerknirscht?» Pewter wollte alle Einzelheiten wissen.

«Er hat ihr eine teure Kaffeemaschine gekauft. Und er hat einen großen Weidenkorb voll delikater Eßsachen mitgebracht.»

«Was für Eßsachen?» Pewter lief das Wasser im Mund zusammen.

«Ah – Leberpastete, Cracker, Marmelade, Hörnchen. Lauter so Zeug.»

«Oh, ich wünschte, ich wäre dabeigewesen. Leberpastete. Mein Leibgericht.»

«Jedes Essen ist dein Leibgericht.»

«Erdbeeren nicht. Ich hasse Erdbeeren», widersprach Pewter.

«Weißt du, Mom hat am Wochenende mit Susan telefoniert, und dann hat sie heute morgen mit Mrs. Hogendobber über Fair und Blair im besonderen und über Männer im allgemeinen geredet. Sie hat sie beide gern, aber sie ist ...» Mrs. Murphy zuckte die Achseln.

«Sie hat sich die Finger verbrannt. Wie heißt das Sprichwort? Narrst du mich einmal, schäme dich; narrst du mich zweimal, schäm ich mich. Schätze, das quält sie.»

«Da kommt Coop. Sie hat ihre Post doch vorhin schon abgeholt.»

Cooper fuhr auf den Parkplatz und sah die Katzen. «Heiß draußen, Mädels. Gehen wir rein.»

«Okay.» Als sie die Tür aufmachte, huschten die zwei Katzen nach drinnen.

Miranda blickte auf. «Was vergessen?»

«Nein. Hab bloß eine Frage an Sie und Harry.»

Harry kam an den Schalter. «Schießen Sie los.»

«Oh, Harry, sagen Sie das nicht.» Cynthia grinste. «Was ich wissen wollte, ist Ihnen aufgefallen, ob jemand besonderes Interesse an dem Motorrad gezeigt hat, als es hier abgestellt war?»

«Jeder Mann, der vorbeiging, bis auf Larry Johnson.» Larry war der alte Arzt der Stadt. Er benutzte sein Auto höchst selten. Er konnte Maschinen nicht ausstehen, ging überallhin zu Fuß, erledigte eigenhändig das Holzhacken und andere Verrichtungen und erfreute sich einer robusten Gesundheit.

«Namen?»

«Mensch, Cynthia, *jeder*. Rob Collier, Ned Tucker, Jim Sanburne. Hogan Freely, Fair, Market, Blair – Danny Tucker ist fast ausgeflippt, und, ah, hab ich wen vergessen?»

Miranda warf ein: «Herbie und, mal sehen, o ja, Norman Cramer.»

Cynthia kritzelte hektisch mit. «Frauen?»

«Die haben die Maschine kaum eines Blickes gewürdigt, außer mir natürlich.» Harry fügte hinzu: «Warum fragen Sie?»

«Ich habe die Maschine genau unter die Lupe genommen. Dann beschloß ich, mir die Satteltaschen vorzunehmen. Ich war so damit befaßt, zu sehen, was drin war – gar nichts –, daß ich sie außen nicht gründlich untersucht habe. Viel konnte ich sowieso nicht sehen, weil sie schwarz sind, aber ich habe sie auf alle Fälle in unser kleines Labor geschickt.»

Tucker und Mrs. Murphy spitzten die Ohren. Pewter spielte in der Ecke mit einer Grille.

«An einer Tasche war ein bißchen Blut.»

«Ich hab's dir ja gesagt!» schrie die Katze.

«Mrs. Murphy, reiß dich zusammen», schalt Harry sie.

«Wenn man bedenkt, wie der Mann erschossen wurde», sagte Mrs. Hogendobber, «hätte das Blut nicht überallhin spritzen müssen?»

«Wir wissen, wie er getötet wurde, Miranda, aber wir wissen nicht, wo er getötet wurde. Wir wissen nur, wo die Leiche gefunden wurde. Und das Blut ist nicht von ihm. Die Ergebnisse von der Leichenuntersuchung sind gekommen. Er hatte eine seltene Blutgruppe, AB negativ. Das Blut an der Satteltasche war Null positiv.»

«Sie meinen –» Harry sprach den Satz nicht zu Ende.

«Es könnte noch eine weitere Leiche geben», beendete Miranda ihn an ihrer Stelle.

«Ziehen Sie keine voreiligen Schlüsse», warnte Cynthia. «Wir haben ein paar Leute in Sugar Hollow. Wenn dort irgend etwas ist, werden sie es finden. Vor allem, wenn es ...» Sie brach taktvoll ab.

«Aus Fleisch und Blut ist», bellte Tucker.

16

Harry, Miranda und Susan durchkämmten den Wald im Licht des frühen Abends; die blaßgoldenen Strahlen beleuchteten hier und da einzelne Stellen, und ringsum stieg der Geruch von Moos und heruntergefallenen Blättern auf.

Cynthia hatte ihnen zwar gesagt, sie möchten sich da heraushalten, weil sie mehr schaden als nützen würden, doch sobald die Mannschaft des Sheriffs Sugar Hollow verlassen hatte, waren die drei Frauen eingefallen.

Mrs. Murphy schlug einen Purzelbaum, als sie versuchte, einen Grashüpfer zu fangen. *«Spuck, spuck erst Tabaksaft, und dann laß ich dich los.»*

«Zuerst mußt du ihn kriegen.» Tucker befand Grashüpfer ihrer Beachtung nicht für würdig.

«Ich werde ihn fangen, o du, die du arm im Glauben bist, und dann werde ich sagen: ‹Spuck, spuck erst Tabaksaft, und dann laß ich dich los.›»

«Grashüpfer verstehen unsere Sprache nicht.» Tucker senkte die Nase wieder auf die Erde. Sie wollte den Menschen helfen, aber jede Spur von Witterung, abgesehen von dem Modergeruch, der in der Luft hing, war verschwunden. Die Menschen konnten die Verwesung nicht mehr riechen. *«Hier ist nichts. Wir gehen seit einer Stunde im Kreis, und ich weiß gar nicht, wieso sie ihre Nasen überhaupt da reinstecken»*, knurrte Tucker, die ihre Nase überall hineinsteckte.

«Weil dies ein langweiliger Sommer ist. Außerdem, wann konnte Mutter jemals stillsitzen?»

«Ich kann's jedenfalls.» Und damit ließ Tucker sich hinplumpsen.

Der Grashüpfer oder ein naher Verwandter von ihm schnellte wieder an Murphy vorbei, und sie schoß senkrecht in die Luft, kam mit dem Insekt zwischen den Pfoten herunter und wälzte sich auf der Erde.

«Den hätten wir!»

Doch dann öffnete sie eine Pfote ganz leicht, um ihre Beute näher in Augenschein zu nehmen, und der Grashüpfer stieß sich mit den Hinterbeinen ab und wand sich frei. Murphy schlug zu, doch der Grashüpfer sprang hoch, breitete die Flügel aus und entschwand in die Freiheit. Voller Wut hieb Murphy mit den Krallen auf die Blätter auf der Erde ein.

«Ha, ha», lachte Tucker sie aus.

«Ach, halt die Schnauze, Stummelchen.» Sie schlug wieder voll Verdruß auf die Blätter ein. *«Tucker –»*

«Was ist?»

«Guck mal.»

Die Corgihündin erhob sich zögernd und ging zu der Katze. Sie betrachtete die kleine Stelle, die Mrs. Murphy freigekratzt hatte. *«Ein Ring.»*

«Mehr noch. Ein Ehering.» Murphy berührte ihn mit einer Kralle. *«Da ist eine Inschrift. Bleib du hier. Ich geh Mom holen.»*

«Na dann, viel Glück.»

«Ich geh direkt auf ihr Bein los. Ohne zu miauen und um die Beine zu streichen.»

«Wie gesagt, viel Glück.»

Die Blätter, auf die sie trat, knisterten; ein umgekippter Baumstamm, dem ein trockener, modriger Geruch entstieg, versperrte ihr den Weg. Die Katze setzte mit einem Sprung hinüber. Sie schoß mitten zwischen die Menschen.

Mrs. Hogendobber beobachtete Murphys Kaspereien. «Hast du's aber eilig.»

«‹You ain't seen nothing yet›», parodierte Mrs. Murphy Al Jolson – noch habt ihr gar nichts gesehen. Sie nahm Harry ins Visier, drehte sich einmal um sich selbst, rannte geradewegs auf Harrys Bein zu und biß hinein.

«Autsch! Was ist denn in dich gefahren?» Harry schlug nach ihr. Murphy wich der ungeschickten Hand behende aus und biß in das andere Bein.

«Die Tollwut! Die Katze hat die Tollwut.» Mrs. Hogendobber trat rückwärts in eine Schlingpflanze und fiel auf ihr großes Hinterteil.

«Miranda, haben Sie sich weh getan?» Susan eilte zu der älteren Dame, um ihr aufzuhelfen.

«Zum Glück nicht. Ich bin gut gepolstert», grummelte sie, während sie sich den Hintern abklopfte.

«Los, komm mit.» Mrs. Murphy rannte im Kreis herum, dann setzte sie sich still vor Harry hin. *«Okay, Tucker, wie wär's mit der Nationalhymne?»*

«‹O say can you see –›» schmetterte Tucker.

«Das ist ja ein gräßliches Gejaule.» Miranda hielt sich die Ohren zu.

Susan lachte. «Das findet sie aber gar nicht.»

«Kommt mit. Mir nach. Nun kommt. Ich zeig euch was. Immer der Miezekatze nach.» Mrs. Murphy ging ein paar Schritte rückwärts.

Susan beobachtete Murphy. «Sie quasselt und quasselt.»

«Ich seh lieber mal nach.» Harry hatte den Wink verstanden. «Womöglich hat sich Tucker mit dem Fuß in einer Wurzel verfangen oder so was. Ich weiß nie, was die beiden alles anstellen.»

Mrs. Hogendobber rümpfte die Nase. «Solange es kein Stinktier ist.»

«Das hätten wir längst gemerkt.» Susan kletterte über den

vermoderten Baumstamm, den Murphy wieder mit einem Satz überwand.

Mrs. Hogendobber nahm das Hindernis in gemächlicherem Tempo. Bis sie es geschafft hatte, war Harry schon bei Tucker angelangt, die sich nicht von der Stelle rührte.

«‹– at twilight's last gleaming, whose broad stripes and –›»

«Tucker», unterbrach Mrs. Murphy diesen Ausbruch von Patriotismus, *«du kannst jetzt aufhören.»*

«Ich komm gerade erst richtig in Fahrt.»

«Das hör ich.» Die Katze berührte den Ring. *«Wie lange gibst du ihnen?»*

«Eine Minute. Sie sind zu dritt, und vorausgesetzt, keine von ihnen tritt darauf, wird eine ihn sehen.»

Harry kniete sich hin, um Tucker zu streicheln. «Alles in Ordnung, Mädchen?»

«Ihr sollt hierher gucken!» sagte Mrs. Murphy aufgeregt.

Susan gehorchte. «Na so was! Seht mal.»

Miranda beugte sich vor. «Ein Ehering.» Sie griff danach, dann zog sie die Hand zurück. «Lieber nicht anfassen.»

Harry brach einen Zweig ab, schob ihn durch den Ring und hielt ihn sich vor die Augen. «M & M, 6.12.86.»

17

Coop beschloß, nicht mit Harry, Susan und Miranda zu schimpfen. Immerhin hatten sie, etwa fünfzig Meter vom Fundort der Leiche entfernt, den Trauring gefunden. Sie hatte den Ring eingeschickt, um ihn auf Fingerabdrücke untersuchen zu lassen, machte sich aber wenig Hoffnung.

Es war noch nicht Mittag, und schon raste ihr der Tag davon. Zwei Unfälle während des Berufsverkehrs, beide auf der Route 29, was zu einem Verkehrschaos führte. Sie hatte einen Beamten hingeschickt, aber wegen der Sommerferien war das Personal reduziert, und so nahm sie den anderen Unfall selbst auf.

Sobald Cynthia den Bescheid des Kfz-Amtes von Kalifornien erhalten hatte, rief sie die Polizei in Los Angeles an. Sie wollte wissen, ob eine Polizeiakte über Huckstep vorlag. Und tatsächlich kam die Meldung, daß er in San Francisco straffällig geworden war.

Die Polizei von San Francisco teilte ihr mit, daß sie über Mike Huckstep eine Akte wegen kleinerer Vergehen angelegt hatten: Überfall mit Körperverletzung, Verkehrsdelikte sowie eine Anklage wegen unzüchtiger Entblößung. Der diensthabende Beamte riet ihr, Frank Kenton anzurufen, den Besitzer der Anvil-Bar in San Francisco, wo Huckstep gearbeitet hatte. Als Cynthia fragte, warum sie das tun solle, sagte der Beamte, sie hätten immer geglaubt, daß Huckstep in mehr als nur geringfügige Vergehen verwickelt war, daß sie ihm aber nie etwas nachweisen konnten.

Cynthia griff zum Telefon. In San Francisco war es jetzt acht Uhr morgens. Sie hatte sich sowohl die Telefonnummer der Anvil-Bar als auch die Anschrift und Privatnummer des Besitzers geben lassen.

«Hallo, Mr. Kenton, hier spricht Deputy Cynthia Cooper vom Sheriffbüro Albemarle County.»

Eine verschlafene, rauhe Stimme sagte: «Wer?»

«Deputy Cooper, Sheriffbüro Albemarle County –»

«Wo zum Teufel liegt Albemarle County?»

«In Mittelvirginia. Bei Charlottesville.»

«So, und was wollen Sie von mir? Es ist früh am Morgen, Lady, und ich arbeite bis spät in die Nacht.»

«Ich weiß. Entschuldigen Sie. Sie sind der Besitzer der Anvil-Bar, nicht?»

«Wenn Sie das wissen, dann hätten Sie auch wissen müssen, daß ich nicht vor ein Uhr Ortszeit zu sprechen bin.»

«Es tut mir leid, Sie zu stören, aber wir untersuchen einen Mord, und ich glaube, daß Sie uns helfen können.»

«Ha?» Die belegte Stimme ließ eine Spur Interesse erkennen.

«Wir haben eine Leiche gefunden, die wir als Michael Huckstep identifiziert haben.»

«Gut!»

«Wie bitte?»

«Gut, ich bin froh, daß jemand den Mistkerl umgebracht hat. Am liebsten hätte ich es selbst getan. Wie hat's ihn erwischt?» Frank Kenton, hellwach jetzt, wollte es ganz genau wissen.

«Drei Schüsse mit einer .357er Magnum aus kurzer Entfernung in die Brust.»

«Ha, der muß ausgesehen haben wie ein geplatzter Reifen.»

«Er sah tatsächlich noch viel schlimmer aus. Er hat in der Julihitze mindestens drei Tage im Wald gelegen. Alles, was Sie mir sagen können, egal was, könnte uns helfen, den Mörder zu fassen.»

«Scheiße, Lady, ich finde, Sie sollten dem Mörder einen Orden verleihen.»

«Mr. Kenton, ich muß meine Arbeit machen. Vielleicht hat er es verdient, vielleicht nicht. Es steht mir nicht zu, darüber zu urteilen.»

«Und ob er's verdient hat. Ich will Ihnen sagen, warum.

Er hat früher als Barmann bei mir gearbeitet. Mike hatte genau das richtige Aussehen dafür. Breite Schultern, schmale Taille, straffer kleiner Podex. Gutes, markantes Gesicht, und er ließ sich immer einen Dreitagebart stehen. Der Mann war einfach ideal für die Anvil-Bar. Sie müssen ihn sich als Prachtexemplar eines ‹rough trade› vorstellen.»

Cynthia wußte, daß der Ausdruck «rough trade», der aus der Homosexuellenszene stammte, wo er ursprünglich einen gewalttätigen oder sadistischen Sexpartner bezeichnete, in den heterosexuellen Sprachgebrauch übernommen worden war. Hier stand er für jemanden außerhalb des Klassensystems, jemanden mit dem Ruf eines Gesetzlosen, wie etwa ein Hell's Angel. Der Ausdruck wurde für jeden Sexpartner verwendet, der einer niedrigeren Schicht angehörte als man selbst. Cynthia vermutete jedoch, daß auf Mike Huckstep eher die ursprüngliche Bedeutung zutraf.

«Verkehren in der Anvil-Bar Heteros oder Schwule?»

«Schwule.»

«War Mike schwul?»

«Nein. Ich hatte das nicht gewußt, sonst hätte ich ihn nicht eingestellt. Anfangs habe ich nichts gemerkt. Er hat seinen Job gut gemacht, konnte gut mit den Leuten. Er hat mit der Kundschaft geflirtet, einen Haufen Trinkgeld kassiert.»

«Sie meinen, Sie haben nicht gemerkt, daß er nicht schwul war?»

«Lady, es war viel schlimmer. Er hat seine Freundin angeschleppt, dieses flachbrüstige Weibsstück namens Malibu. Wo er die aufgetrieben hat, werde ich nie erfahren. Jedenfalls, er hat mich überredet, sie hier aushelfen zu lassen. Eine Frau hinter der Bar? Bei mir nicht. Aber sie hat sich angepaßt, hat fleißig gearbeitet, und da hab ich sie an die Tür gestellt. Sie konnte die Kundschaft checken und den Eintritt kassieren.»

«Sie nehmen Eintrittsgeld für die Bar?»

«Am Wochenende. Am Wochenende laß ich immer eine Live-Band bei mir spielen.»

«Haben die zwei Sie bestohlen?»

«Nicht einen Penny. Nein, sie haben ganz was anderes gemacht. Mike hat sich einen reichen Typ geangelt. Ich glaub sogar, daß Malibu die Vorarbeit geleistet hat. Niemand hat sie ernst genommen. Sie war halt so eine Schwulenmama, Sie verstehen, was ich meine?»

Cynthia kannte diesen Ausdruck für eine Frau, die sich gern mit schwulen Männern umgab.

«Ich verstehe.»

«Sie hat also Fragen gestellt, hat sich in die Häuser der Leute eingeschlichen, wenn sie ihre Adresse rauskriegen konnte oder wenn sie sie Mike gegeben hatten. Dann hat Mike es mit dem reichen Typ getrieben, und Malibu hat Fotos davon gemacht.»

«Wie sie's zu dritt getrieben haben?»

«Nein», brüllte er, «sie hat sich versteckt und Fotos gemacht, und dann haben sie das arme Schwein ausgenommen.»

«Ich dachte, San Francisco wäre ein Mekka des schwulen Amerika.»

«Wenn Sie in der Finanzwelt tätig sind, ist es sowenig ein Mekka wie Des Moines. Und einige ältere Herren – nun ja, sie haben eine andere Auffassung. Die haben große Angst, sogar hier.»

«Und was ist nun passiert?»

«Ein Stammkunde von mir, prima Kerl, alte San Franciscoer Familie, Mitglied vom Bohemian Club, Frau, Kinder, das ganze Pipapo, den haben Mike und Malibu sich vorgeknöpft. Er hat sich erschossen. Kopfschuß. Ein paar Freunde haben mir gesagt, sie vermuteten, daß Mike dahintersteckte. Schließlich hab ich zwei und zwei zusammengezählt. Er oder sie hat Wind davon gekriegt. Er ist nie wieder zur Arbeit erschienen. Ich hab ihn nach dem Tag, an dem George Jarvis sich umgebracht hat, 28. Januar 1989, nicht mehr gesehen.»

«Und sie?»

«Sie hab ich auch nicht mehr gesehen.»

«Waren sie verheiratet?»

«Das weiß ich nicht. Sie haben sich jedenfalls gegenseitig verdient.»

«Noch eine Frage, Mr. Kenton, und ich kann Ihnen gar nicht genug danken für Ihre Hilfe. Haben die zwei gedealt?»

Frank zögerte mit der Antwort, um sich eine Zigarette anzustecken. «Deputy Cooper, damals, in den siebziger und achtziger Jahren, da haben alle gedealt. Ihre eigene Mutter hat mit Drogen gehandelt.» Er lachte. «Okay, Ihre Mutter vielleicht nicht.»

«Verstehe.»

«Darf ich Sie um einen Gefallen bitten?»

«Versuchen können Sie's.»

«Wenn Sie ein gutes Foto von dem verfaulten Drecksack haben, schicken Sie's mir. Ich kenne eine Menge Leute, die Mike tot sehen möchten.»

«Es ist ziemlich grauenhaft, Mr. Kenton.»

«Was er getan hat, auch. Schicken Sie mir die Bilder.»

«Hm ... Noch einmal vielen Dank, Mr. Kenton.»

«Nächstes Mal rufen Sie nach eins an.» Er legte auf.

Cynthia trommelte mit den Fingern auf die Tischplatte. Es herrschte kein Mangel an Menschen, die Mike Huckstep umbringen wollten. Aber wären sie ihm hierher gefolgt, nachdem Jahre vergangen waren? Was hatte Huckstep von 1989 bis jetzt gemacht? War Malibu bei ihm gewesen? Wo war sie?

Coop rief die Polizei in San Francisco an und sprach mit dem Beamten, der für die Gemeindekooperation zuständig war. Er versprach, mit Albemarle County zusammenzuarbeiten. Er kannte die Anvil-Bar, er kannte Kenton. Er werde jemanden auf den Fall ansetzen und jeden befragen lassen, der sich an Mike Huckstep erinnern könnte. Es werde auf seiner Prioritätenliste nicht obenan stehen, aber er werde es nicht vergessen.

Dann rief Coop noch einmal beim Polizeipräsidium von Los Angeles an. Sie hatte gebeten, jemanden zu Hucksteps Wohnung zu schicken. Yolanda Delgreco war die diensttuende Beamtin. «Was gefunden?» fragte Coop, als Yolanda sich am Telefon meldete.

«Was für ein Zufall, daß Sie gerade anrufen. Ich bin eben erst zurückgekommen. Hier ging's zu wie verrückt. Tut mir leid, daß ich so spät dran bin. Die Wohnung war leergeräumt. Sogar der Kühlschrank war leergeräumt. Der Mann hatte nicht vor zurückzukommen.»

«Haben der Vermieter oder die Nachbarn etwas über ihn gewußt?»

«Der Vermieter sagte, Huckstep hätte nicht gearbeitet. Hatte eine Freundin. Sie hat ihn sitzenlassen. Huckstep hatte ihm erzählt, er lebe von seinem Vermögen, daraufhin habe ich mich bei den Banken erkundigt. Kein Bankkonto. Keine Kreditkarten. Er hat alles bar abgewickelt.»

«Oder er hat das Geld waschen lassen.»

«Ja, daran habe ich auch gedacht. Wenn mein Geld gewaschen wird, dann deswegen, weil ich vergesse, die Taschen auszuleeren, bevor ich meine Sachen in die Waschmaschine stecke.» Yolanda lachte.

«Haben Sie vielen Dank. Sollten Sie mal nach Virginia kommen, schauen Sie bei uns rein. Wir haben ein paar gute Frauen in unserer Abteilung. Dauert hier vielleicht ein Weilchen länger als dort, aber wir arbeiten dran.»

«Danke. Wenn es mich mal nach Virginia verschlägt, komm ich Sie besuchen. Haben Sie viele Morde dort?»

Cynthia sagte: «Nein, in dieser Beziehung ist es ziemlich ruhig.»

«Wenn sich im Fall Mike Huckstep irgendwas ergibt, ruf ich an.»

Cynthia legte auf. Die meiste Arbeit bei einem Fall wie diesem waren Laufereien, Nachforschungen, eine Menge Fragen stellen. Mit der Zeit und mit etwas Glück ergab sich gewöhnlich ein Bild. Bislang hatte sich nichts ergeben.

18

Morgens um halb acht blieb das Thermometer bei erfrischenden 17 Grad stehen. Harry hatte sich vorgenommen, zur Arbeit zu joggen, was zwanzig Minuten gedauert und auch Mrs. Murphy und Tucker Bewegung verschafft hätte. Aber dann wurde sie von ihren Farmarbeiten aufgehalten, und statt zu laufen, nahm sie den Transporter. Die Tiere stiegen mit ihr ein.

«Auf die Plätze, fertig, los.» Sie schaltete die Zündung ein. Der supermannblaue Transporter tuckerte kurz, stotterte und sprang dann an. «Ich laß ihn lieber ein, zwei Minuten laufen.»

Mrs. Murphys goldene, kluge Augen blickten listig. *«Mutter, die Batterie ist nicht das Problem. Der Wagen ist müde.»*

«Jawohl, wir brauchen ein zuverlässiges Transportmittel», nörgelte Tucker.

Harry summte, trat die Kupplung, schaltete in den ersten Gang und fuhr die Zufahrt entlang. Sie drehte am Radioknopf. Ein Country-music-Sender plärrte.

«Ich hasse diese Töne.» Die Katze schlug auf den Knopf, und der Empfang wurde undeutlich.

«Weiter so», ermutigte Tucker sie.

Die Pfote der Tigerkatze schnellte wieder vor, und sie verstellte die Skala noch ein Stück.

«Segne die Führer unserer Nation in dieser Zeit moralischer Gefahren, gib ihnen den Mut, das Übel Satans auszurotten, das sich als Liberalismus verkleidet, und wenn wir nicht –»

«So ein Stuß», schimpfte Murphy über das Radio. *«Menschen sind unglaublich überspannt.»*

Die Klänge einer beliebten Melodie drangen an ihre Katzenohren.

«Schon besser.» Tucker ließ die rosa Zunge heraushängen. *«Runzelmusik.»*

«Was verstehst du unter Runzelmusik?» Die Katze neigte den Kopf zu der gefälligen Melodie.

«Für alte Leute. Ist dir noch nie aufgefallen, daß kein Mensch zugeben will, daß er alt ist? Deswegen kündigen die Radiosender an, daß sie Hits aus den fünfziger, sechziger, siebziger Jahren bis heute spielen. So 'n Quatsch. Das ist Runzelmusik, aber die Zuhörer können sich einbilden, sie sind hip oder was immer man dazu gesagt hat, als sie jung waren.»

«Darauf wär ich nie gekommen.» Mrs. Murphy bewunderte den Scharfblick ihrer Freundin. *«Wie kommt es dann, daß wir nichts von Benny Goodman zu hören kriegen?»*

«Die Big-Band-Generation ist so alt, die Leute werden alle taub.»

Die Katze lachte. *«Das ist gemein, Tucker. Warte nur, bis du alt bist und ich mich über dich lustig mache.»*

«Du wirst mit mir zusammen alt.»

«Katzen altern nicht wie Hunde.»

«So 'n Quatsch!»

Die Nachrichten kamen knatternd aus dem Radio. Harry beugte sich vor, um den Ton lauter zu drehen. «Seid mal still, ihr zwei. Ich will die Nachrichten hören, und danke, Mrs. Murphy, daß du mir die Sender verpatzt hast. Das Radio verkatzt? Hört sich komisch an.»

«Gern geschehen.» Mrs. Murphy legte die Pfoten auf das Armaturenbrett, um durch die Windschutzscheibe sehen zu können.

«Die größten Banken im Staat berichten von Computerausfällen. Die ganze letzte Woche haben Techniker daran gearbeitet, die Computersysteme von Richmond Norfolk United, der Blue Ridge Bank und Federated Investments, die alle dasselbe Problem melden, wiederherzustellen. Auch kleinere Banken haben Probleme. Roland Gibson, der Direktor von United Trust in Roanoke, rät den Leuten zur Geduld. Er glaubt, daß dies Auswirkungen des Threadneedle-Virus sind, der am ersten August bei Geschäften und Banken zuschlug, aber keinen ernsthaften Schaden angerichtet hat, wie man glaubte. Heben Sie Ihr Geld nicht ab –»

«Was sagt man dazu?» Harry stieß einen Pfiff aus.

«Ich würde bei meiner Bank anrufen.» Murphy zog eine seidige Augenbraue hoch.

«Ja, ich auch», pflichtete der Hund ihr bei.

Harry hielt hinter dem Postamt. Als sie die Eingangstür öffnete, schlug ihr der verlockende Duft von Muffins mit Orangenglasur entgegen. Miranda, heute in Hausputzstimmung, legte eine karierte Decke auf den kleinen Tisch. Sie nahm an den Stuhlsitzen Maß für neue Bezüge.

«Morgen.»

Harry blähte die Nasenflügel, um den Duft besser einzufangen. «Haben Sie wieder *House and Garden* gelesen?»

«Fadenscheinig.» Miranda zeigte auf die Stuhlsitze. «Ich kann sie nicht mehr sehen. Nehmen Sie sich ein Orangenmuffin. Mein neuestes Rezept.»

Harry schob sich das Muffin in den Mund und bedankte sich, nachdem sie es gegessen hatte. «Ich hoffe sehr, daß Sie ein paar davon nach nebenan gebracht haben. Das sind die besten. Die besten von allen.» Sie schluckte. «Fadenscheinig, *threadbare*. Threadneedle.»

«Was?» Mirandas Lippenstift war perlrosa.

Ein Klopfen an der Tür riß Harry aus ihren Überlegungen. Susan schob sich durch den Hintereingang. «Wo ist Rob?»

«Hat Verspätung. Warum, willst du etwa die Post sortieren?»

«Nein.» Susan schnupperte. «Was ist das für ein göttlicher Duft?»

Harry zeigte auf den Teller mit den Muffins.

Mrs. Hogendobber nickte, und Susans Hand schnellte in den Haufen. «Oh, oh –» war alles, was sie herausbrachte. Während sie schluckte, leckte Susan sich die Lippen. «So was Köstliches habe ich in meinem ganzen Leben noch nicht gegessen.»

«Aber, aber, bitte keine falsche Schmeichelei. Sie wissen, was die Heilige Schrift über Schmeichler sagt.»

Susan hob abwehrend die Hand. «Ich weiß nicht, was die Heilige Schrift sagt, aber ich schmeichle Ihnen nicht. Diese Muffins sind einfach nicht von dieser Welt!»

«He, ich will auch eins!» jaulte Tucker.

Mrs. Hogendobber gab dem Hund ein Bröckchen.

«Was gibt's Neues, Susan? Muß was Tolles sein, wenn du schon so früh hier bist.»

«Ich stehe früh auf.» Sie wischte Krümel von ihrem magentaroten T-Shirt. «Also, wie man hört, ist Mim fuchsteufelswild – sie hat einen kompletten, totalen, besinnungslosen Wutanfall.»

«Weswegen?»

«Sie ist mit einem großen Anteil, nämlich siebenunddreißig Prozent, an der Crozet National Bank beteiligt.»

«So?» Harry nahm sich noch ein köstliches Orangenmuffin.

«Der Bank fehlen zwei Millionen Dollar!»

«Was?» rief Miranda.

«Zwei Millionen Mäuse.» Susan fuhr sich mit den Fingern durch die blonden Locken. «Ned ist im Vorstand, und Hogan hat ihn gestern angerufen, um ihm zu sagen, daß er Norman Cramer bis Mittwoch abend Zeit gegeben hat, um seine Prüfung abzuschließen. Er hat auch Computerexperten geholt, denn bei den Computern hat der Schlamassel offenbar angefangen, aber er glaubt, daß das Geld futsch ist. Er will alle Leute informieren, bevor er Freitag morgen eine Presseerklärung abgibt. Er ist sich nicht hundertprozentig sicher über die Höhe des Betrages, aber den haben ihm die Computertypen genannt, die das System wieder flottmachen.»

«Großer Gott.» Mrs. Hogendobber schüttelte den Kopf. «Was ist –»

«Das ist der Threadneedle-Virus. Oh, Verzeihung, Miranda, ich habe Sie unterbrochen.»

Mrs. Hogendobber winkte ab.

«Ich hab einen anderen Sender eingestellt. So hat sie's erfahren», prahlte die Katze.

«Aber Crozet National?» fuhr Susan fort. «Die ist ein kleiner Fisch, verglichen mit United Trust. Sicher, sie melden keine fehlenden Gelder – bis jetzt.»

«Die Sowjets.» Miranda schlug auf den Tisch und erschreckte Tucker, die zu bellen anfing.

«Es gibt keine Sowjets mehr», erinnerte Harry sie.

«Falsch.» Miranda schob das Kinn vor. «Es gibt keine Sowjetunion mehr, aber es gibt noch Sowjets. Sie sind schlechte Verlierer, und sie streuen kapitalistischen Unternehmen mit Vorliebe Sand ins Getriebe.»

«Der Crozet National Bank?» Harry mußte sich das Lachen verkneifen.

«Banken sind Symbole des Westens.»

«Das besagt nichts. Ich will genau wissen, daß mein Geld sicher ist. Deshalb hab ich Hogan angerufen. Ned hätte mich umbringen können. Hogan hat beteuert, daß unser Geld sicher ist, und obwohl zwei Millionen ein schrecklicher Verlust für die Bank sind, kann sie es verkraften. Und das Geld könnte ja noch gefunden werden.»

«Ist Norman Cramer damit beauftragt? Ich weiß, er ist dort Chefbuchhalter, aber –»

«Harry, was hat er anderes zu tun, als Zahlen in einen Computer einzugeben? Eine Prüfung ist eine Prüfung. Sie ist zeitraubend, aber dazu braucht es nicht viel Grips.» Miranda, eine gute Buchhalterin, fand immer noch, eine Rechenmaschine genüge für diese Arbeit.

Die Hintertür ging auf. Mim kam trübsinnig herein, dann

hellte sich ihre Miene auf. «Was ist das für ein herrlicher –» Sie erspähte die Muffins. «Darf ich?»

«Nur zu.» Miranda streckte die Hand aus und tat so, als wäre es ihr eine Ehre, ihre alte Bekannte mit einem Orangenmuffin zu beglücken.

«Hmm.» Mim wischte sich die Finger ab, nachdem sie mit der Köstlichkeit kurzen Prozeß gemacht hatte. «Hat Susan es euch schon erzählt?»

«Äh –» Harry wollte nicht heraus mit der Sprache.

«Ja.»

«Wir können nicht viel tun, bis morgen nachmittag die Prüfung abgeschlossen ist. Jammern hilft nicht weiter.» Sie schenkte sich eine Tasse Kaffee ein. «Will noch jemand?»

«Noch einen Schluck Koffein, und ich werde –»

«Eine Nervensäge», beendete Tucker den Satz ihrer Mutter.

«Hallo!» Pewter kam durchs Katzentürchen. *«Herrlicher Tag heute.»*

«Hallo, Graukätzchen.» Susan streichelte Pewters runden Kopf. «Was weißt du Schönes?»

«Ich hab gerade gesehen, wie Kerry McCray zu Aysha Cramer gesagt hat, sie soll sich zum Teufel scheren.»

«Was?» fragten Katze und Hund.

«Ist sie nicht süß?» Mrs. Hogendobber brach ein Stückchen Muffin für die Katze ab.

Rob Collier warf den Postsack durch die Vordertür, als Market Shiflett hinten hereingehetzt kam. Alle begrüßten sich gegenseitig.

«So ein verdammter Morgen!» schimpfte Market. «Verzeihung, meine Damen. Sogar meine Katze mußte aus dem Laden fliehen.»

«Was ist passiert?»

«Cynthia Cooper kam vorgefahren, sobald ich aufgemacht hatte. Sie war wie immer, hat Witze gemacht, Kaffee und ein Orangenmuffin gekauft, ah, Sie haben auch welche hierhergebracht, Miranda. Ich bin ausverkauft, dabei ist es noch nicht mal acht. Jedenfalls, dann kam Aysha rein, und wie's der Teufel will, kam Kerry hinterher. Sie gingen sich aus dem Weg, wie zu erwarten war, aber dann kamen beide gleichzeitig an die Theke. Cynthia hatte sich an die Theke gelehnt, mit dem Gesicht zur Tür. Ich weiß nicht, was der Auslöser war, aber Kerry hat zu Aysha gesagt, sie soll ihren fetten Arsch wegnehmen. Aysha wollte nicht weichen und hat Kerry einen Kretin genannt. Die Beleidigungen eskalierten. Ich wußte gar nicht, daß Frauen so reden können –»

«Wie?» Mims Augen weiteten sich.

«Kerry hat Aysha ein Flittchen genannt. Aysha hat zu Kerry gesagt, wenn sie Norman glücklich gemacht hätte, dann hätte er sie nicht verlassen. Und dann hat Aysha Kerry eine geknallt, und Kerry hat Aysha vors Schienbein getreten. Darauf flogen Doughnuts durch die Gegend, und Cynthia hat ihren Kaffee auf die Kuchentheke gestellt und die beiden getrennt, die inzwischen laut zu kreischen angefangen hatten. Ich hab bloß noch –» Er schüttelte den Kopf.

«So eine verabscheuungswürdige Ausdrucksweise!» Miranda nahm Pewter auf den Arm und hielt der Katze mit einer Hand die Ohren zu, merkte, was sie getan hatte, und zog schnell die Hand zurück.

«Kerry hat zu Aysha gesagt, sie sei eine Schwindlerin. Sie stamme nicht aus einer alten Familie.» Pewter genoß den Klatsch.

Mrs. Hogendobber streichelte die Katze, ohne etwas von den Feinheiten mitzubekommen.

«Das stimmt.» Mrs. Murphy setzte sich und legte den Schwanz um sich. *«Die Gills gehören so wenig zu den ersten Fa-*

milien Virginias wie Blair Bainbridge. Das Tolle an Blair ist, daß er sich nicht die Bohne draus macht.»

Market holte Luft. «Aysha hat Cynthia gekratzt, aus Versehen, hat sie behauptet. Ich bin hin und hab Kerry weggezogen, weil Cynthia zwischen den beiden eingekeilt war, um sie auseinander zu halten – ich war überzeugt, sie würden meinen Laden kurz und klein schlagen. Als wir sie voneinander wegzerrten, bemerkte Kerry einen Ehering auf dem Boden. Sie bückte sich, um ihn aufzuheben, ich hatte sie ja nur an einem Arm, und warf ihn Aysha ins Gesicht. ‹Du hast deinen Ehering verloren. Das bringt Unglück, und das wünsch ich dir tonnenweise.› Aysha besah sich ihre linke Hand. Sie hatte ihren Ehering noch an. Aber sie hat den Ring aufgehoben und gesagt: ‹Der gehört mir nicht.› Dann hat sie ihren Ringfinger hochgehalten, und darauf ist Kerry wieder durchgedreht. Ich dachte, ich würde Kerry nie aus dem Laden kriegen. Sie hat sich ausgiebig entschuldigt, als ich sie endlich draußen hatte, und dann ist sie in Tränen ausgebrochen.» Er hob die Hände. «Es tut mir leid für sie. Der Ring war Cynthia aus der Tasche gefallen, als sie sich sozusagen ins Getümmel stürzte. Eigentlich sollte ich mich nicht darüber lustig machen. Sie haben die Beherrschung verloren, und dabei hätte jemand verletzt werden können. Aysha gab Cynthia den Ring zurück. ‹Verheiratet?› hat sie gefragt. Cynthia sagte nein, sie habe kein Geheimleben. Der Ring ist in der Nähe der Leiche in Sugar Hollow gefunden worden. Sie war ein bißchen verlegen deswegen, aber sie meinte, wenn sie ihn bei sich trüge, nachdem er jetzt aus dem Labor zurück sei, hoffe sie, daß er eine Schwingung ausstrahlen und ihr eine Idee eingeben würde.»

Er schüttelte abermals den Kopf. «Ein verrückter Morgen. Oh, und Laura Freely kam rein, sie sah aus wie der Tod. Was hat sie bloß? Geht Hogan fremd oder was?»

«Hogan geht nicht fremd», sagte Mim kühl.

«Kerry muß über Norman hinwegkommen», warf Susan ein.

«Oder Aysha umbringen», sagte Market.

19

Dunkle Ringe unter den Augen verliehen Norman Cramer das Aussehen eines Waschbären. Er stand vor Hogan Freely, dessen Büro mit Golftrophäen geschmückt war.

«– das Personal war erstklassig, aber wir konnten das Defizit von scheinbar zwei Millionen Dollar nicht finden. Wir stoßen immer wieder auf ein Minus, aber wir können den Verlust nicht lokalisieren. Wir sind alles durchgegangen, und ich fühle mich verantwortlich für –»

Hogan unterbrach ihn. «Machen Sie sich keine Vorwürfe.»

«Ich hatte gehofft, daß es sich hierbei um einen einzelnen Computerfehler handeln würde.»

«Wir haben es offenbar tatsächlich mit dem Threadneedle-Virus zu tun.»

«Ich weiß nicht, Sir. Andere Banken melden keine Verluste. Sie melden abgestürzte Computer.»

«Norman, gehen Sie nach Hause, schlafen Sie sich aus. Ich werde die Suppe auslöffeln.»

«Ich sollte mit Ihnen dort sein. Sie können doch nichts dafür.»

«Das ist nett von Ihnen, aber es ist meine Pflicht, unsere Investoren und Kunden hiervon in Kenntnis zu setzen.

Warum gehen Sie nicht einfach nach Hause und schlafen mal richtig? Sie sehen aus, als hätten Sie's nötig. Ich rechne es Ihnen hoch an, wie Sie sich hierfür ins Zeug gelegt haben.»

«Nun» – Norman verschränkte die Hände hinter dem Rücken –, «es muß eine Lösung geben.»

«Ja» – Hogan lächelte matt –, «ich hoffe bloß, daß ich lange genug lebe, um sie zu finden. Irgendein gewiefter Prüfer wird dahinterkommen. Ich habe mit einem alten Collegefreund bei Atlantic Savings in Virginia Beach gesprochen, und er hat gesagt, die Bank hat bereits Lorton & Rabinowitz hinzugezogen.»

Normans Pupillen weiteten sich. «Die Experten für Firmensabotage.»

Hogan stand auf. «Gehen Sie, Sie brauchen Schlaf.»

Mittwochs arbeitete Fair im Westen von Albemarle County. Das war sein Vorwand, auf Harrys Farm aufzukreuzen. Sie war dabei, Zäune an der hinteren Grenze ihres Grundstücks zu reparieren.

«War gerade in der Nähe.»

«Aha», erwiderte Harry.

«Ich war im Unrecht. Der Kerl bringt mich auf die Palme, aber ich war im Unrecht.»

«Wie wär's mit einer Entschuldigung, weil du einfach aufgelegt hast?»

«Das auch. Dazu wäre ich gleich gekommen. Es tut mir leid, daß ich grob zu dir gewesen bin und aufgelegt habe.» Er schob die Hände in die Taschen.

«Entschuldigung angenommen.»

«Brauchst du Hilfe?»

«Klar.»

Sie arbeiteten Seite an Seite, wie sie es in den Jahren ihrer

Ehe getan hatten. Das Licht schwand, die Mücken kamen, aber sie machten entschlossen weiter, bis es zu dunkel war. Sie kannten sich so gut, daß sie bei der Arbeit schweigen konnten, ohne sich daran zu stören.

20

Die heißen, dunstigen, feuchten Augusttage wichen einer kühlen, belebenden Luftmasse aus Kanada, der zweiten innerhalb von zehn Tagen. Der klare Himmel und eine erfrischende Temperatur von 22 Grad erfreuten alle Gemüter, mit Ausnahme vielleicht von Hogan Freely, Norman Cramer und Mim Sanburne. Die Leute klatschten zwar nicht gerade in die Hände, als sie morgens im Radio und Lokalfernsehen erfuhren, daß der Bank Geld abhanden gekommen war, aber bei der Erlösung von der sommerlichen Schwüle schien das nicht so furchtbar wichtig. Auch glaubten sie Hogans Erklärung, daß ihre Gelder sicher waren.

Mrs. Hogendobber war zur Waynesboro-Baumschule gefahren. Sie wollte eine Sumpfeiche für die Nordecke ihres Anwesens kaufen, ein Grundstück von einem halben Morgen gleich hinter dem Postamt auf der anderen Seite der Gasse.

Mrs. Murphy schlief im Postwagen. Tucker hatte sich unter dem Tisch im hinteren Bereich des Postamtes ausgestreckt. Harry machte sich einen Tee, um ihre Vormittagsschlaffheit zu bekämpfen.

Die Tür ging auf. Aysha sah sich um, bevor sie eintrat. «Morgen.»

«Morgen, Aysha. Niemand hier.»

«Solange Kerry nicht in der Nähe ist.» Aysha steckte den Schlüssel in ihr Postfach, öffnete die schwere kleine Tür und schaufelte ihre Post heraus. «Ich nehme an, du hast gehört, was gestern passiert ist. Schätze, alle wissen es.»

«Market sagte, du und Kerry seid aufeinander losgegangen.» Harry zuckte die Achseln. «Das renkt sich wieder ein.»

Aysha legte ihre Post auf den Schalter. «Die ist doch gestört. Wie kann es sich einrenken, wenn sie von Norman besessen ist und von mir genauso – im negativen Sinn natürlich. Wenn er sie geliebt hätte, wenn es zwischen ihnen gestimmt hätte, dann wäre er doch bei ihr geblieben, oder nicht?»

«Vermutlich.» Harry hatte immer ein ungutes Gefühl, wenn die Leute anfingen, sich gegenseitig zu analysieren. Psychologie war für sie bloß eine weitere Ansammlung von Regeln, um die Menschen zu zügeln. Statt den Zorn Gottes zu beschwören, beschwor man heute Selbstachtung, mangelnde Erfüllung, den Verlust des Kontakts mit den eigenen Gefühlen. Die Liste ließe sich ewig fortsetzen. Harry schaltete ab.

«Was soll ich denn tun?» fragte Aysha. «Mich verstecken? Bei keinem gesellschaftlichen Ereignis erscheinen, wo Kerry anwesend sein könnte, damit ich ihre zarten Gefühle nicht verletze? Jeder will von allen geliebt werden. Das ist Kerrys eigentliches Problem, es ist nicht bloß Norman. Sie muß immer im Mittelpunkt stehen. Und so schafft sie das natürlich. Stell dir vor ... ich hab sogar Angst, in die Bank zu gehen. Wenn Kerry einen Funken Anstand hätte, würde sie zu einer anderen Filiale wechseln. Norman sagt, er meidet sie wie die Pest.»

Harry fand Kerry zwar manchmal ein bißchen empfindlich, aber auf die Kerry, die sie kannte, traf Ayshas Beschreibung nicht zu. «Im Moment ist von keiner von euch zu erwarten, daß sie Sympathie für die andere hegt. Ignorier sie, wenn du kannst.»

«Ignorieren? Eine Frau, die mich umgebracht hätte, wenn sie gekonnt hätte?»

«So schlimm war es nicht.»

«Du warst nicht dabei. Sie hätte mich umgebracht, wenn Cynthia uns nicht getrennt hätte. Gott sei Dank war sie da. Ich sag dir, Harry, das Mädchen hat einen Schaden.»

«Die Liebe stellt seltsame Dinge mit den Menschen an.»

Susan und Mim kamen gleichzeitig herein, die eine durch die Vorder-, die andere durch die Hintertür.

«Wie geht es Norman?» fragte Mim.

«Er ist fix und fertig. Er kann nicht schlafen. Er macht sich verrückt wegen dem fehlenden Geld.» Sie zog die Augenbrauen zusammen. «Und dieser Vorfall mit Kerry läßt ihm keine Ruhe. Er wollte heute unbedingt zur Arbeit gehen, um dabeizusein, wenn Hogan seine Presseerklärung abgibt. Ich sag dauernd zu ihm: ‹Schatz, niemand macht dir Vorwürfe›, aber er macht sich selbst Vorwürfe. Er braucht Urlaub, er muß mal ausspannen.»

Mim wechselte das Thema. «Marilyn will dich morgen in Ash Lawn vertreten. Sie hat bei dir angerufen und dir auf Band gesprochen, aber da ich gerade hier bin, dachte ich, ich sag's dir gleich.»

«Wie lieb von ihr.» Ayshas Miene entspannte sich. «Dann kann ich morgen bei Norman bleiben. Vielleicht kann ich ihm heimlich ein Beruhigungsmittel in den Kaffee schütten oder so was. Der Ärmste.»

Susan, in Tennisbluse und -rock, sah auf die alte Bahnhofsuhr. «Harry, ich komm zu spät zum Training. Bist du heute abend zu Hause?»

«Ja. Ich bin am hinteren Zaun.»

«Okay. Ned muß nach Richmond, dann komm ich zu dir und bring uns was fürs Abendbrot mit.»

«Prima.»

Susan ging, Aysha rauschte hinaus und Mim blieb. Sie ließ die Trennklappe hochschnappen und ging hinter den Schalter. Da Harrys Teewasser schon kochte, goß sie Harrys Teetasse auf und für sich selbst auch eine. «Neue Sitzbezüge.»

«Miranda konnte die alten nicht mehr sehen. Sie ist sehr geschickt in so was.»

«Harry, tun Sie mir einen Gefallen?»

«Wenn ich kann.»

«Wenn Ihnen beim Sortieren der Post ungewöhnlich viele Einschreibebriefe oder große Pakete von Maklerfirmen unterkommen» – sie hielt inne –, «ich nehme an, mir dürfen Sie es nicht sagen, aber rufen Sie sofort Rick Shaw an.»

Harry schlürfte dankbar das heiße Getränk. «Das läßt sich machen.»

«Ich meine, das Geld muß ja irgendwo angelegt werden. Große Aktienpakete wären eine Möglichkeit, wenn auch nicht die sicherste. Ich habe darüber nachgedacht.» Ihre breiten goldenen Armreife klimperten, als sie nach ihrer Tasse griff. «Aber die Betreffenden könnten sagen, sie hätten das Geld geerbt, oder sie könnten sogar mit einem Makler unter einer Decke stecken. Aber der Schuldige kann überall sein, und zwei Millionen Dollar verschwinden nicht einfach.»

Harry, die nicht viel von Hochfinanz verstand, sagte: «Ist es schwer, an ein Nummernkonto in der Schweiz zu kommen?»

«Eigentlich nicht.»

«Ich möchte meinen, die Versuchung, das Geld auszugeben, wäre einfach überwältigend. Ich würde mir auf der Stelle einen neuen Traktor und einen Transporter kaufen.»

«Wer immer dahintersteckt, ist geduldig und unglaublich geschickt im Betrügen, aber ich nehme an, das sind wir mehr oder weniger alle.»

Harry lachte. «Geduldig oder betrügerisch?»

«Betrügerisch. Wir lernen früh, unsere Gefühle zu verbergen, höflich zu sein.»

«Wer könnte gerissen genug sein, so etwas durchzuziehen?»

«Jemand mit einem gierigeren Appetit, als wir uns überhaupt vorstellen können.»

Genau in diesem Moment trat Reverend Jones ins Postamt.

Mrs. Murphy und Mim sahen gleichzeitig Harry an. Dann betrachteten Mim und Harry den beleibten Reverend und sagten: «Unmöglich.»

«Worüber redet ihr Mädels gerade?»

«Über Appetit.»

Kerry McCray knabberte Karottenstifte und Sellerie. Sie war nicht hungrig, und sie hatte so viel geweint, daß ihr übel war. Reverend Jones, soeben aus dem Postamt zurückgekehrt, hatte sie auf die Schieferterrasse hinter seinem Haus geführt, im Kühlschrank nach etwas zu essen gesucht und Eistee gemacht.

«Ich weiß nicht, was ich tun soll.» Sie brach wieder in Tränen aus, ihre Stupsnase schniefte.

«Jedermann oder jede Frau verliert mal die Beherrschung. Ich würde mir deswegen nicht zu viele Gedanken machen.»

«Ich weiß, ich weiß, aber ich liebe ihn, und ich glaube

nicht, daß sie ihn liebt. Oh, sie macht eine Schau daraus, ihn zu verhätscheln, aber sie liebt ihn nicht richtig. Wie könnte sie? Sie denkt bloß an sich. Sie hat sich seit der Grundschule nicht geändert, außer daß sie besser aussieht. Das hat sie der Tittenoperation zu verdanken.»

Herbie wurde rot. «Davon weiß ich nichts.»

«Wie kann man das übersehen?»

«Kerry, wenn Sie sich immer nur mit Aysha und Norman befassen, sind Sie am Ende vor lauter Kummer nur noch ein Schatten Ihrer selbst. Sie haben abgenommen. Sie haben Ihre Ausstrahlung verloren.»

«Reverend Jones, ich bete. Ich flehe um Hilfe. Ich glaube, der liebe Gott hat mich auf ‹bitte warten› geschaltet.»

Herbie lächelte. «Das ist meine Kerry. Ihren Humor haben Sie nicht verloren. Wir werden alle in diesem Leben auf die Probe gestellt, allerdings weiß ich nicht, warum. Ich könnte Ihnen dazu aus der Bibel zitieren. Ich könnte Ihnen sogar eine Predigt darüber halten, aber ich weiß wirklich nicht, warum wir so leiden müssen. Krieg. Krankheit. Verrat. Tod. Einige von uns erleiden größeres Elend als andere, aber leiden tun wir alle. Kummer und Gram erleben die Reichsten und die Ärmsten gleichermaßen. Vielleicht ist das die einzige Möglichkeit, wie wir lernen können, nicht selbstsüchtig zu sein.»

«Dann muß Aysha aber noch viel leiden.»

«Mir geht es ganz genauso mit einigen Leuten, die ich nicht besonders mag, aber wissen Sie, überlassen Sie sie dem Himmel. Vertrauen Sie mir.»

«Das tu ich ja, Reverend Jones, aber ich möchte Aysha leiden sehen. Ich habe keine Lust zu warten, bis ich vierzig bin. Eigentlich würde ich sie am liebsten umbringen.» Kerrys Unterlippe zitterte. «Und das macht mir angst. Noch nie habe ich einen Menschen so gehaßt wie sie.»

«Das wird vergehen, meine Liebe. Versuchen Sie, an etwas anderes zu denken. Legen Sie sich ein neues Hobby zu, machen Sie Urlaub, irgendwas, das Sie aus Ihrem Alltagstrott holt. Dann werden Sie sich besser fühlen, das verspreche ich Ihnen.»

Während Reverend Jones Kerry mit seiner Mischung aus Herzlichkeit und gesundem Menschenverstand gute Ratschläge gab, beendeten Susan und Harry die Reparaturen am Zaun.

Mrs. Murphy jagte eine Maus. *«Hab ich dich!»* Sie schnappte nach der Maus, aber der kleine Teufel wand sich unter ihrer Pfote weg und huschte unter einen Haufen Zweige, den Harry beim Beschneiden der Bäume auf dem hinteren Grundstück aufgeschichtet hatte.

Tucker, ebenfalls auf Jagd, winselte: *«Komm raus, du Feigling.»*

«Das tun die nie.» Murphy untersuchte aber vorsichtshalber doch die Rückseite des Holzhaufens.

«Akazienpfosten sind schwer zu bekommen.» Harry bewunderte die Pfosten, die ihr Vater vor zwanzig Jahren eingesetzt hatte. «Die Bretter halten vielleicht fünfzehn Jahre, aber diese Pfosten werden mich wahrscheinlich überleben.»

«Du wirst ein langes Leben haben. Einmal wirst du sie ersetzen, bevor du den Löffel abgibst.» Susan hob ihren Hammer auf. «Ich sollte so was öfter machen. Kein Wunder, daß du nie ein Gramm zunimmst.»

«Das sagst du, dabei siehst du noch genau so aus wie damals, als wir auf der High-School waren.»

«Ha.»

«Du brauchst das Kompliment ja nicht anzunehmen.» Harry grinste, klaubte Nägel von der Erde und stand auf.

«Schade, daß wir nicht mehr Licht haben. Dann könnten wir über die Feldwege reiten.»

«Ja, schade. Dann laß es uns am Wochenende machen.»

«Hab ich dir eigentlich erzählt, was Mim auf ihrer Party zu mir gesagt hat? Sie sagte, daß Männer und Frauen keine Freunde sein können. Glaubst du das?»

«Nein, aber ich kann mir vorstellen, daß ihre Generation das glaubt. Ich habe massenhaft Freunde, und Ned hat Freundinnen.»

«Aber dann muß man sich über das Thema Sex einigen.»

Susan schwang ihren Hammer auf und ab. «Wenn ein Mann nicht davon anfängt, tu ich's bestimmt nicht. Ich finde, das ist deren Problem, nicht unseres. Überleg mal. Wenn sie einer Frau gegenüber nicht zudringlich werden, haben sie sie dann beleidigt? Ich schätze, es ist noch viel komplizierter, als mir scheint, sie sind übel dran, wenn sie's tun, und sie sind genauso übel dran, wenn sie's nicht tun. Wenn wir ihnen andeuten, daß es okay ist, das Thema zu vergessen, ich glaube, dann werden die meisten sich daran halten. Außerdem, wenn ein Mann erst mal in ein gewisses Alter kommt, stellt er fest, daß die ersten drei Monate im Bett mit einer neuen Frau so aufregend sind wie immer. Was dann kommt, ist dieselbe alte Leier.»

«Bist du jetzt zynisch?»

«Nein, realistisch. Jeder, dem du im Leben begegnest, hat Probleme. Wenn du einen Menschen fallenläßt und einen anderen aufgabelst, hast du dir einen Haufen neue Probleme aufgehalst. Es kann höchstens sein, daß du mit den Problemen von Nummer zwei leichter zurechtkommst.»

«Ich sitze zwischen Nummer eins und Nummer zwei, und ich hab die Nase voll von Problemen. Ich sollte vielleicht Einsiedlerin werden.»

«Das sagen alle. Fair ist Nummer eins, und –»

«Es macht mich wütend, daß er denkt, er kann wieder in mein Leben tanzen.»

«Ja, das würde mich vielleicht auch ärgern, aber du mußt ihm zugute halten, daß er weiß, du bist die Richtige, und er hat's verbockt.»

«Vervögelt.»

«Mutter, hack doch nicht dauernd auf ihm rum», sagte Tucker.

«Jedenfalls, mein Standpunkt steht fest. Und was Blair angeht –»

«Blair hat sich nicht erklärt, deshalb nehme ich ihn nicht so ernst, wie ihr alle es tut.»

«Aber du magst ihn – ich meine, du *magst* ihn?» Susans Stimme klang erwartungsvoll.

«Ja – ich mag ihn.»

«Du kannst einen schon zum Wahnsinn treiben mit deiner Zurückhaltung. Wie gut, daß ich nicht in dich verliebt bin.» Susan gab ihr einen Stups.

«Du bist gemein.»

Sie stapften zum Stall. Es war ein ziemlich weiter Weg. Mrs. Murphy raste voraus, setzte sich hin, und sobald sie sich ihr näherten, raste sie wieder los. Tucker trottete neben den Menschen her.

Während sie das Werkzeug wegräumten, sagte Harry unvermittelt: «Susan, wann ist das Geld von der Bank verschwunden?»

«Letzte Woche, warum?»

«Keiner hat den genauen Zeitpunkt festgestellt, oder?»

«Nicht, daß ich wüßte.»

«Es muß eine Möglichkeit geben, das rauszukriegen.» Harry griff nach dem Telefon in der Sattelkammer und rief Norman Cramer an. Sie bombardierte den erschöpften

Mann mit Fragen, dann legte sie auf. «Er sagt, er weiß den Zeitpunkt nicht genau, aber ja, es könnte am ersten August angefangen haben.»

Susan schob den großen roten Werkzeugkasten in die Ecke der Sattelkammer. «Der verdammte Virus ist aktiv geworden, aber kommt es dir nicht komisch vor, daß andere Banken keine fehlenden Gelder melden?»

«Ja, das ist merkwürdig. Komm, gehen wir ins Haus.»

Harry setzte sich in der Bibliothek im Schneidersitz auf den Fußboden, wie sie es schon als Kind getan hatte. Sie war von Büchern umgeben. Sie blätterte in einem Lexikon, dem *Oxford English Dictionary*. Susan saß in Daddy Minors Sessel, die Füße auf dem Polsterhocker, und nahm sich einen Geschichtsatlas vor.

Mrs. Murphy strich bei den Bücherregalen herum, Tucker hatte sich neben Harry gezwängt.

«Sie haben alle Bücher, die sie brauchen.»

Die Katze verkündete: *«Da ist eine Maus in der Mauer. Die Bücher sind mir schnuppe.»*

«Die kriegst du da nicht raus. Du hattest in letzter Zeit nicht viel Glück mit Mäusen.»

«Du hast ja keine Ahnung.»

«Sag mal, wo ist Paddy?» Tucker wollte wissen, wo Mrs. Murphys Exmann, ein hübscher schwarzweißer Kater mit dem Charme und Witz der Iren, zur Zeit lebte.

«Nantucket. Seine Leute fanden, auf der Insel würde es ohne ihn langweilig sein, drum nehme ich an, er ist dort, jagt Möwen und frißt eine Menge Fische.»

Harry schlug «thread» nach. Es nahm zwei Seiten der ungekürzten Ausgabe des Lexikons ein.

Sie fand «threadbare», fadenscheinig, das im schriftlichen Gebrauch erstmals im Jahre 1362 nachgewiesen wurde. Zwischen der mündlichen Verwendung eines Wortes und seiner Niederschrift können Jahrzehnte liegen, was aber in diesem Fall keine Rolle spielte.

Ihr Blick glitt über das dünne, feine Papier. «Aha.»

«Was, aha?»

«Hör zu! ‹Threadneedle› ist im schriftlichen Gebrauch erstmals 1751 nachgewiesen. Es ist ein Kinderspiel, bei dem sich alle die Hände reichen. Die Spieler am einen Ende der Menschenkette ziehen zwischen den letzten beiden am anderen Ende durch, danach ziehen alle anderen durch.»

«Ich sehe nicht, daß das irgendwas mit dem Problem zu tun hat.»

«Ich auch nicht.»

«Gibt es noch mehr Bedeutungen?»

«Ja. Als Verbform, ‹thread the needle›. Existiert schriftlich seit 1844. Es bezieht sich auf eine Tanzbewegung, wenn eine Dame unter den Armen ihres Partners durchgeht, wobei ihre Hände sich nicht loslassen.» Harry sah von dem Lexikon hoch. «Das hab ich nicht gewußt.»

«Ich auch nicht. Sonst noch was?»

«Es kann auch bedeuten, eine Gewehrkugel durch ein Bohrloch zu schießen, das kaum groß genug ist, daß die Kugel durchgeht, ohne das Loch zu vergrößern.» Harry klappte das dicke Buch mit einem schweren Plumps zu. «Was hast du gefunden?»

«Am 1. August 1137 starb König Ludwig VI. von Frankreich. Königin Anne von Britannien starb am 1. August 1714.» Sie las weiter. «Und 1914 hat Deutschland Rußland den Krieg erklärt. Das hat nun in der Tat die Welt verändert.»

«Versuchen wir's mit einem anderen Buch. Es muß was dasein, das uns bisher entgangen ist.»

«Es könnte ja auch ein Ablenkungsmanöver sein.»

«Ja, ich weiß, aber irgendwas an dieser Geschichte riecht nach Überlegenheit. Wer immer hier herumfummelt –»

«Stiehlt.»

«Richtig. Wer immer hier Geld stiehlt, will uns unter die Nase reiben, wie blöd wir sind.»

«Hier.» Mrs. Murphy zog mit der Pfote ein anderes Buch heraus, in dem geschichtliche Ereignisse aufgelistet waren. Das Buch fiel auf den Boden.

«Murphy.» Harry drohte der Katze mit dem Finger. «So kannst du einem Buch den Rücken brechen.»

«Sei nicht so ekelhaft.»

«Widerworte.» Susan lachte. «Hört sich genau gleich an, ob nun bei Tieren oder bei Kindern.»

«Ich geb nie Widerworte», behauptete Tucker.

«Lügnerin», gab die Katze sofort zurück. Sie sprang vom Bücherregal und setzte sich neben Harry. Susan stand von ihrem Sessel auf und setzte sich auf der anderen Seite zu Harry auf den Fußboden.

«Okay, 1. August. 1834 wurde die Sklaverei im Britischen Empire abgeschafft.»

«Dabei fällt mir ein, Mim hat sich mit Kate Bittner über die Bürgerkriegsserie im Kultursender PBS unterhalten. Mim hat gesagt: ‹Wenn ich gewußt hätte, daß das so viel Ärger gibt, hätte ich die Baumwolle selber gepflückt.›»

Harry beugte sich nach hinten, die Hände auf den Knien.

«Oje, wie hat Kate reagiert?» Da Kate afrikanischer Abstammung war, war dies eine berechtigte Frage.

«Gebrüllt. Einfach nur schlappgelacht.»

«Bravo. Glaubst du, sie wird zur Bezirksvorsitzenden der Demokratischen Partei gewählt?»

«Ja, obwohl Ottoline Gill und –»

«Ottoline ist Republikanerin.»

«Nicht mehr. Sie hat sich mit Jake Berryhill gestritten. Hat sich von der Partei losgesagt.»

«Ein Sturm im Wasserglas. Laß mal sehen, was sonst noch war. Im Mittelalter galt der erste August als ägyptischer Tag, der angeblich Unglück brachte.»

«Gib mal her.» Susan nahm Harry das Buch aus der Hand. «Du bist mir zu langsam.» Ihre Augen überflogen das eng Gedruckte. «Harry, hier ist was.» Sie deutete auf den Eintrag in der Mitte der Seite.

Sie lasen laut: «Im Jahre 1732 wurde in der Threadneedle Street in London der Grundstein für die Bank von England gelegt.»

Harry sprang auf und griff in der Küche zum Telefon. «Hallo, Coop. Hören Sie sich das an.»

Susan, die unterdessen auch aufgestanden war, hielt Harry das Buch zum Vorlesen hin.

Als sie fertig war, sagte Harry: «Susan und ich – was?»

Coop unterbrach sie. «Behalten Sie's für sich. Es muß unter Ihnen und Susan bleiben.»

Harry erwiderte gekränkt: «Wir haben nicht vor, es an die große Glocke zu hängen.»

«Ich weiß, aber in Ihrer Begeisterung könnten Sie es ausplaudern.» Coop entschuldigte sich. «Tut mir leid, daß ich Sie angeblafft habe. Wir sind unterbesetzt. Die Leute gehen der Reihe nach in die Sommerferien. Ich bin überlastet und lasse es an Ihnen aus.»

«Ist schon okay.»

«Sie haben gute Arbeit geleistet. Threadneedle hat etwas zu bedeuten ... vermutlich. Es hat was mit Banken zu tun. Wissen Sie, diese ganze Sache ist verdreht. Der Threadneedle-Virus schien zuerst ein Jux zu sein. Dann sind in der Crozet National Bank zwei Millionen Dollar nicht aufzufinden. Auf der Route 29 häufen sich die Autounfälle, und im Leichenschauhaus liegt ein mausetoter Mike Huckstep, von dem wir wenig wissen. Alles kommt auf einmal.»

«Sieht ganz so aus.» Harry hatte Susan den Hörer hingehalten, so daß sie alles mitbekam.

«Kopf hoch, Coop», ermunterte Susan sie.

«Wird schon gehen. Ich lasse bloß Dampf ab», sagte sie. «Hören Sie, danke für Ihre Hilfe. Wir sehen uns bald.»

«Klar. Bis dann.»

«Bis dann.»

Harry legte auf. «Arme Coop.»

«Auch das geht vorbei.»

«Das weiß ich. Sie weiß es auch, aber ich will nicht, daß mein Geld dabei flötengeht. Ich hab mein Geld auf der Crozet National Bank. Nicht viel, aber es ist alles, was ich habe.»

«Mir geht's genauso.» Susan stützte tief in Gedanken das Kinn in die gewölbte Hand. Kurz darauf fragte sie: «Du wirst langsam richtig gut am Computer, nicht?»

Harry nickte.

Susan fuhr fort: «Ich bin auch nicht schlecht. Das war sozusagen Notwehr, weil Danny und Brookie ständig an dem Ding sitzen. Anfangs habe ich gar nicht verstanden, wovon sie redeten. Es ist wirklich toll, daß sie das alles in der Schule lernen. Für sie gehört es einfach zum Alltag.»

«Willst du an den Computer der Crozet National Bank ran?»

«Du hast es erraten», sagte Susan grinsend. «Aber wir können da nicht rein. Hogan wäre vielleicht einverstanden, aber Norman Cramer würde sterben, wenn jemand seine Schätzchen anrührt. Ich nehme an, seine Mitarbeiter wären auch nicht gerade begeistert. Wenn wir was verpfuschen würden, was dann?»

«Das hat schon jemand anders für uns besorgt», sagte Harry. «Wir könnten uns natürlich reinschleichen.»

«Harry, du bist verrückt. Die Bank hat eine Alarmanlage.»

«Ich könnte mich reinschleichen», prahlte Mrs. Murphy; sie hatte die Ohren nach vorn gestellt, ihre Augen blitzten.

«Sie könnte das. Laßt sie das machen», pflichtete Tucker ihr bei.

«Ihr Kerlchen habt wohl schon wieder Hunger.» Harry tätschelte Tuckers Kopf und rieb ihre langen Ohren.

«Immer wenn wir was sagen, denkt sie, wir wollen austreten oder essen.» Mrs. Murphy seufzte. *«Tucker, wir können allein in die Bank gehen.»*

«Wann willst du hin?»

«Morgen nacht.»

21

Dichter Nebel hüllte die Gebäude ein. Die Innenstadt von Crozet wirkte verzaubert in der trüben, milden Nacht. Mrs. Murphy und Tucker verließen das Haus um halb zwei, als Harry fest schlief. Sie trabten in gleichmäßigem Schritt und kamen um zwei Uhr bei der Bank an.

«Du bleibst draußen und bellst, wenn du mich brauchst.»

«Und wenn du mich brauchst?» fragte Tucker vorsorglich.

«Mir passiert schon nichts. Ob Pewter wohl wach ist? Sie könnte uns helfen.»

«Wenn sie schläft, dauert es zu lange, um sie in die Gänge zu kriegen.» Tucker kannte die graue Katze nur zu gut.

«Da hast du recht.» Die Tigerkatze schnupperte. Ein Duft von Parfüm hing in der schweren Luft. *«Riechst du das?»*

«Ja.»

«Wieso hier?»

«Weiß ich nicht.»

«Also, ich geh jetzt rein.» Mit hochgerecktem Schwanz ging die Katze zum Hintereingang mit den alten Holzstufen. Einige Ziegel im Fundament hatten sich mit den Jahren gelockert, und ein Loch, groß genug für eine Katze, ein Opossum oder einen mutigen Waschbär, kam Mrs. Murphy gelegen. Sie stellte die Schnurrhaare nach vorn, lauschte gespannt, dann sprang sie in den Keller hinunter. Geschwind rannte sie die Treppe hinauf ins Erdgeschoß. Wieder roch sie das Parfüm, jetzt viel stärker. Sie sprang auf den kühlen Marmortresen vor den Kassenschaltern und marschierte bis ans Ende des Tresens. Das teppichbelegte Treppenhaus, das in das erste Stockwerk führte, war ganz nahe. Sie folgte ihrer Nase bis zur Treppe, nahm lautlos zwei Stufen auf einmal. Das einzige Geräusch machten ihre Krallen, die in dem Teppich Halt suchten.

Als sie sich dem oberen Treppenabsatz näherte, hörte sie Menschenstimmen, leise, eindringlich. Sie machte sich ganz flach und schlich durch den Flur. So kam sie zu Hogans Büro, wo Norman Cramer und Kerry McCray im Dunkeln auf dem Boden saßen. Sie erstarrte.

«– zu machen.» Normans Stimme klang rauh.

«Laß dich scheiden.»

«Sie wird niemals einwilligen.»

«Norman, was glaubst du, was sie tun wird – dich umbringen?»

Er lachte nervös. «Sie ist leidenschaftlich in mich verliebt, das sagt sie jedenfalls, aber ich glaube nicht, daß sie mich wirklich liebt. Sie liebt die Vorstellung von einem Ehemann. Wenn niemand in der Nähe ist, kommandiert sie mich herum, als ob ich ein Idiot wäre. Und wenn sie mich nicht herumkommandiert, übernimmt Ottoline die Zügel.»

«Sag ihr einfach, es funktioniert nicht mit euch, so leid es dir tut.»

Er seufzte. «Ja, ja, ich kann's versuchen. Ich weiß nicht, was mit mir los war. Ich weiß nicht, warum ich dich aufgegeben habe. Aber es war, als hätte ich Malaria oder so was. Irgendein Fieber. Ich konnte keinen klaren Gedanken fassen.»

Den Teil der Geschichte wollte Kerry eigentlich gar nicht hören. «Du mußt es ganz deutlich machen. Sag einfach ‹tut mir leid, ich will die Scheidung›; das ist ein guter Anfang. Okay, sie wird die Beherrschung verlieren und dich in der ganzen Stadt schlechtmachen. Das tun alle, wenn sie sich trennen, oder fast alle.»

«Ja – ja, ich weiß. Bloß, ich steh im Augenblick unter einem unheimlichen Druck. Der Schlamassel hier in der Bank. Ich weiß nicht, ob ich zwei Krisen auf einmal verkraften kann. Ich muß die eine bewältigen, bevor ich die andere in Angriff nehme. Ich halte dich nicht hin. Ich liebe dich, das weiß ich jetzt. Ich habe dich immer geliebt, und ich will den Rest meines Lebens mit dir verbringen, aber kannst du nicht warten, bis ich hier alles aufgeklärt habe? Bitte, Kerry. Bitte, du wirst es nicht bereuen.»

«Ich –» Sie fing an zu weinen. «Ich will's versuchen.»

«Ich liebe dich, wirklich.» Er legte den Arm um sie und küßte sie.

Mrs. Murphy, den Bauch am Boden, ging leise ein paar Schritte rückwärts, erst dann drehte sie sich um und schlich auf Zehenspitzen durch den Flur zur Treppe. Sobald sie im Erdgeschoß war, sauste sie in diesem Heiligtum des Geldes über das blankpolierte Parkett, huschte wieder in den Keller und quetschte sich durch das Loch ins Freie.

Vor lauter Erleichterung, ihre Freundin zu sehen, hopste Tucker auf ihren Stummelbeinen auf und ab.

«Kerry und Norman sind da drin, sie flennen und küssen sich. Verdammt.» Mrs. Murphy setzte sich hin und legte ihren Schwanz um sich, denn die Luft war jetzt recht kühl.

«Wo sind ihre Autos?» Tucker war neugierig. *«Sie mußten sie verstecken. Hier kennt doch jeder jeden. Stell dir bloß mal vor, Reverend Jones oder sonstwer würde vorbeifahren und ihre Autos vor der Bank stehen sehen. Ich will wissen, wo sie die versteckt haben.»*

«Ich auch.» Mrs. Murphy atmete die kühle Luft ein. *«Ich hasse Dreiecksverhältnisse. Einer kommt immer zu kurz.»*

«Meistens alle drei», bemerkte der Hund weise. *«Komm. Laß uns in der Gasse hinter dem Postamt nachgucken.»*

Sie überquerten eilig das Bahngeleise. Ihre Mühe wurde nicht belohnt: Kein Wagen parkte auf der anderen Seite.

«Wenn du ein Mensch wärst, wo würdest du deinen Wagen abstellen?» fragte die Katze. *«Unter oder hinter etwas, das entweder nicht benutzt oder nicht beachtet wird.»*

Sie überlegten eine Weile.

«Hinter Berrymans Werkstatt stehen immer Autos. Sehen wir mal nach.»

Sie kehrten zur Railroad Avenue zurück und liefen in westlicher Richtung.

An der Eisenbahnunterführung bogen sie nach Süden ab auf die Route 240. Die kleine Werkstatt, die frisch gestrichen war, befand sich an der nächsten Ecke.

Hinter den Autos, die darauf warteten, repariert zu werden, war Normans Audi geparkt.

«Treffer Nummer eins!» kläffte Tucker.

«Wir sollten lieber machen, daß wir nach Hause kommen. Wenn wir um die Stadt kreisen, um Kerrys Wagen zu suchen, sind wir bis Tagesanbruch nicht zurück. Mom würde sich Sorgen machen. Ein Auto haben wir gefunden, das genügt fürs erste.»

Schritte in der Ferne schreckten sie auf. Norman Cramer war auf dem Weg in ihre Richtung.

«Psst, hierher.» Mrs. Murphy deutete auf einen Transporter, unter den sie mühelos kriechen konnten.

Sie spähten hinaus, rührten sich aber nicht. Norman wischte sich die Augen, öffnete leise die Fahrertür, stieg ein, ließ den Motor an und fuhr ungefähr eine halben Häuserblock weit ohne Licht, bevor er die Scheinwerfer einschaltete.

«Der sieht ja aus wie der lebendige Tod», sagte Tucker.

Sie schafften es, bis Sonnenaufgang zu Hause zu sein. Als Harry sie fütterte, bemerkte sie Schmiere auf Tuckers Rükken. «Verdammt, Tucker, hast du wieder unter dem Transporter gespielt? Jetzt muß ich dich baden.»

«O nein!» Tucker sagte winselnd zu Murphy: *«Da siehst du, was du mir eingebrockt hast!»*

22

«Für wie blöd hältst du mich eigentlich?» Aysha schob schmollend die Unterlippe vor. «Du warst gestern abend nicht im Büro.»

«War ich wohl.»

«Lüg mich nicht an, Norman. Ich bin an der Bank vorbeigefahren, und dein Auto war nicht da.»

«Ich war bis halb elf dort.» Er betete inständig, daß sie

nicht vorher vorbeigefahren war, aber da sie an einer Besprechung in Ash Lawn teilgenommen hatte, bei der es um die Beschaffung weiterer Spendengelder ging, rechnete er sich aus, daß sie nicht vor halb elf oder elf dort weggekommen war. «Dann hab ich Hogan Freely die Papiere vorbeigebracht, und er wollte mit mir reden. Ich konnte meinem Chef nicht gut den Stinkefinger zeigen, oder?»

Mit hochrotem Gesicht griff Aysha zum Telefon und wählte. «Laura, hallo, Aysha Cramer. Ich rufe in Normans Auftrag an. Er meint, er hat gestern abend bei seiner Besprechung mit Hogan seinen Mark-Cross-Füller bei Ihnen liegenlassen. Haben Sie ihn gefunden?»

«Nein. Moment, ich frag Hogan, er ist gerade hier.» Laura kam wieder ans Telefon. «Nein, er hat auch nichts gefunden.»

«Entschuldigen Sie, wenn ich Sie gestört habe.»

«Das macht doch nichts. Sagen Sie Norman, er soll sich ausruhen.»

«Ich richte es aus, und haben Sie vielen Dank. Wiedersehen.» Sie legte den Hörer sorgfältig auf, dann sah sie ihren Mann an. «Ich muß mich entschuldigen. Du bist dort gewesen.»

«Liebelein, was ist los mit dir? Alles wird gut. Ich werde weder weglaufen noch mit einem Herzanfall zusammenbrechen oder was immer es ist, weswegen du dir Sorgen machst. Wir stehen beide unter Druck. Laß uns versuchen zu entspannen.»

«Es ist Kerry, ich mach mir Sorgen wegen Kerry! Ich weiß, du kannst den Job in den Griff kriegen, aber ich weiß nicht, ob –»

Er legte seine Arme um ihre Taille und koste mit den Lippen ihren Hals. «Ich hab dich geheiratet, oder?»

23

«Nie, nie wieder werde ich mit dir reden!» zischte Mrs. Murphy.

«Nur einmal noch», gurrte Dr. Parker, als sie der Katze die Tollwutimpfung verpaßte. «So, das hätten wir mal wieder.»

Die Ohren flach angelegt, machte Mrs. Murphy einen Buckel, dann schoß sie vom Behandlungstisch und raste durch das Zimmer.

«Murphy, beruhige dich.»

«Du hast mich angelogen, um mich hierherzukriegen», heulte Mrs. Murphy.

Die Ärztin prüfte ihre Nadeln. «Sie hört gleich auf. Das macht sie einmal im Jahr, und ich nehme an, nächstes Jahr tut sie's wieder.»

«Ich werd dran denken, wenn das Jahr um ist. Dann steig ich nicht in den Wagen.» Murphy setzte sich, die Ohren immer noch angelegt, mit dem Rücken zu den Menschen.

«Komm», redete Harry ihr zu.

Die geschmeidige Tigerkatze wollte sich nicht von der Stelle rühren oder ihrer Freundin auch nur das Gesicht zuwenden. Menschen zeigen die kalte Schulter. Katzen zeigen den kalten Körper.

Harry schob ihr eine Hand unter das Hinterteil, legte die andere um ihren Brustkasten und hob sie hoch. «Du warst ein tapferes Mädchen. Jetzt fahren wir nach Hause.»

Als sie in die Stadt zurückfuhren, starrte Mrs. Murphy aus dem Fenster, immer noch mit dem Rücken zu Harry.

«Schau, Murphy, ich find's grauenhaft, wenn du deinen Koller kriegst. Die Spritzen sind zu deinem Besten. Nach dem, was du und Tucker letztes Jahr angestellt habt, kann ich euch unmöglich zusammen zu Dr. Parker schleppen. Es hat mich 123 Dollar gekostet, die Vorhänge in ihrem Wartezimmer zu ersetzen. Weißt du, wie lange ich arbeiten muß, um 123 Dollar zu verdienen? – Ich –»

«Ach, halt die Klappe. Ich will nichts davon hören, wie arm du bist. Mein Hinterteil tut weh.»

«Heul doch nicht so. Murphy – Murphy, schau mich an.» Die Katze sprang herunter und kauerte sich auf den Boden.

Harry hob die Stimme. «Wag es bloß nicht, ins Auto zu pinkeln. Ich warne dich.» Sie fuhr schleunigst an den Straßenrand, stieg aus und machte die Beifahrertür auf. Sie nahm Murphy auf den Arm und ging mit ihr in ein Feld. «Wenn du mußt, mach hier.»

«Ich werde nicht tun, was du mir sagst.» Murphy hockte sich zwischen die Gänseblümchen.

Als Harry in Crozet ankam, waren Katze und Mensch total geschlaucht. Harry hielt vor Markets Laden. Als sie die Autotür öffnete, drückte sich Mrs. Murphy fix an ihr vorbei und rannte zur Ladentür.

«Mach auf, Pewter, mach auf. Sie foltert mich!»

Harry stieß die Glastür auf, und die Katze rannte zwischen ihren Beinen durch. Als Pewter das Klagen hörte, lief sie zu ihr, um ihre Nase zu berühren und sie tröstend zu beschnuppern.

«Was ist passiert?»

«Dr. Parker.»

«Oh.» Pewter leckte Mrs. Murphy mitfühlend die Ohren. *«Das tut mir leid. Ich bin nach diesen ekligen Spritzen immer einen ganzen Tag krank.»*

«Einmal, bloß ein einziges Mal will ich mit Harry zum Arzt gehen und zusehen, wie sie eine Spritze verpaßt kriegt.» Murphy plusterte den Schwanz auf.

«Arm oder Hintern?»

«Beides! Soll sie leiden. Dann kann sie nicht sitzen, und ich will sehen, wie sie einen Heuballen hochwuchtet.» Murphy leckte sich die Lippen. *«Wenn sie die Tür aufmacht, laß uns zu Miranda rüberlaufen. Ich will Harry brüllen hören.»*

«Wo ist Tucker?»

«Bei Susan.»

«He, sie geht raus.» Murphy folgte Harrys Turnschuh, und als die Tür aufging, flitzte sie hinaus, gefolgt von der nicht ganz so flinken Pewter. *«Mir nach.»*

Harry dachte, Mrs. Murphy wollte zum Wagen. Als die Katze sich nach links schlängelte, wußte sie, daß an diesem Tag mal wieder alles schiefgehen würde. Sie legte den Salat und die englischen Muffins auf den Autositz und ging den Katzen nach. Würde sie rennen, dann würde Murphy auch rennen, und zwar schneller als sie. Die Missetäterinnen schlenderten gemächlich hinter das Postamt.

«Murphy!» rief Harry, als sie die Gasse erreichte. Sie konnte unter einer blauen Hortensie am Gassenrand einen getigerten Schwanz hervorlugen sehen. Jedesmal, wenn sie Murphys Namen rief, zuckte der Katzenschwanz.

Zwei Autos kamen von beiden Enden der Gasse aufeinander zugefahren, Kerry McCray in einem, Aysha und Norman Cramer in dem anderen. Kerry hielt hinter Markets Laden, und gleich nach ihr kam Hogan Freely, der neben ihr hielt. Norman zögerte einen Augenblick. Zu spät, um abzuhauen. Aysha kochte vor Wut, als Harry ans Fenster trat.

«Hi, Harry.» Und den anderen hinter ihr rief Norman zu: «Hallo, Hogan. Hi, Kerry.»

Sie nickten und traten in den Laden.

«Wenn du durch die Gasse fährst, roll schön langsam. Mrs. Murphy und Pewter toben durch die Gegend.»

«Ich stell den Wagen hinter dem Postamt ab.» Er lächelte. Aysha nicht. «Wir müssen Papiertücher kaufen.»

«Norman.»

«Bloß eine Sekunde, Liebelein. Bin gleich wieder da.»

Wortlos öffnete sie die Tür und ging ihm nach. Das fehlte noch, daß sie ihn allein mit Kerry da reingehen ließ.

Hin und her gerissen zwischen widersprüchlichen Impulsen, blieb Harry wie angewurzelt stehen. Sie wollte Murphy einfangen. Andererseits, sie war nur ein Mensch. Wenn Kerry und Aysha nun wieder durchdrehten? Da kam Mrs. Hogendobber in ihrer Schürze aus der Hintertür ihres Hauses. Harry winkte sie heran, erklärte schnell, was los war, und die zwei gaben sich große Mühe, nicht den Laden zu stürmen.

Pewter kicherte. *«Schau sie dir an, diese beiden.»*

Murphy schmollte. *«Ich bin beleidigt. Soll sie mich auf Händen und Knien bitten, zum Wagen zurückzukommen.»*

Im Laden griff sich jeder ein paar Sachen von den Regalen, um nicht zu auffällig zu wirken. Wie es der Zufall wollte, kamen Susan Tucker und Reverend Jones herein.

«Was macht das Golfen?» fragte Herb Hogan.

«Die weiten Schläge klappen ganz gut. Die kurzen ...» Hogan hielt den Daumen abwärts.

«Tut mir leid, das mit den Verlusten bei der Bank. Ich kann mir vorstellen, wie Sie das belastet.» Die tiefe, volltönende Stimme des Reverend bewirkte, daß sich der Angesprochene bereits besser fühlte.

«Ich habe das Problem hin und her gewendet. Von oben nach unten. Alles habe ich probiert. Und immer noch nichts gefunden.»

Aysha und Norman traten zu ihnen. Kerry hielt sich im Hintergrund, aber sie dachte gar nicht daran zu gehen. Susan gesellte sich zu der Runde, und Harry blieb einen Schritt zurück bei Kerry. Mrs. H. ging zu Market hinter die Theke.

«Es ist im Computer», platzte Susan heraus.

«Susan, die Computertechniker haben unser System überprüft.» Norman zog ein Gesicht. «Nichts.»

«Der Threadneedle-Virus.» Susan strahlte. «Harry und ich –»

«Nein, halt», protestierte Harry.

«Also gut, es war Harrys Idee. Sie meinte, das Fehlen der Gelder wurde ein, zwei Tage nach der Threadneedle-Panik bemerkt und –»

«Die haben wir im Keim erstickt.» Norman verschränkte die Arme.

«Das ist es ja eben», erklärte Harry. «Wie immer die Befehle lauteten, es muß da einen Zusatz gegeben haben, um eine Verzögerung zu erwirken und dann einen Geldtransfer auszulösen.»

«Eine Art Aussetzung.» Hogan rieb sich das Kinn, wie immer, wenn seine Gedanken rasten. «Ah-hm. Ich weiß nicht. Wir wissen aber, daß das Problem nicht im Computer ist; wenn wir also den Ablauf nachvollziehen können, wissen wir, woran wir sind.»

«Es könnte etwas ganz Einfaches sein, sagen wir mal, wenn man das Wort *Threadneedle* eingibt, erfolgt der Befehl, Geld zu entnehmen», spekulierte Susan.

«Tja, meine Damen, bei allem gebührenden Respekt, so einfach ist das nicht. Wenn es das wäre, dann hätten wir es gefunden.» Norman lächelte matt.

Den Blick auf Kerry gerichtet, flötete Aysha: «Schatz, laß uns gehen, sonst kommen wir zu spät zu Mutter zum Abendessen.»

«O ja, natürlich.»

«Ich glaube, ich pussel heute abend ein bißchen in der Bank herum. Ich kann am besten nachts arbeiten, wenn es ruhig ist. Ihr habt mich auf eine Idee gebracht, ihr zwei.» Hogan sah von Susan zu Harry.

Norman verdrehte die Augen. Aysha und Kerry sahen es beide. Mit betont ruhiger Stimme sagte er: «Aber Chef, daß Sie mir bloß nicht meine Dateien durcheinanderbringen.» Darauf folgte ein krampfhaftes Lachen.

«Keine Sorge.» Hogan griff nach seiner Lebensmitteltüte. «Diese Törtchen, Miranda – ein Gedicht.» Er ging.

Norman und Aysha folgten.

Kerry, die gegen den Drang ankämpfte, Aysha eins überzubraten, knallte ihren Eierkarton so fest auf die Theke, daß einige darin zu Bruch gingen. «O nein, was hab ich jetzt gemacht.»

Susan öffnete die Eierschachtel. «Die sind hin. Kerry, es ist nie so schlimm, wie man denkt.»

«Danke», gab Kerry unsicher zur Antwort.

«Wo ist Tucker?» wollte Harry von Susan wissen.

«Zu Hause.»

«Ich geh Murphy holen. Sie will nicht mit mir sprechen. Mrs. H. –»

«Ja?»

«Heute war Tierarzttag. Wenn ich das Fellmonster nicht überreden kann, mit mir nach Hause zu kommen, würden Sie so lieb sein und sie im Auge behalten? Sie wird zum Postamt gehen oder an Ihre Hintertür.»

«Ich laß sie zu Pewter in den Laden», erbot sich Market. «Einem Stückchen Lende kann Murphy nicht widerstehen.»

Er hatte recht. Beide Katzen kamen etwa eine Stunde später durch die Hintertür getänzelt.

Spät in dieser Nacht, als die Lichter aus waren, erzählte Murphy Pewter, was sie in der Bank gehört hatte. Sie saßen in dem großen Schaufenster und beobachteten, wie der Nebel sich herabsenkte.

«Du bist noch nie die Nacht über im Laden gewesen», bemerkte Pewter. *«Macht Spaß. Ich kann raus, wenn ich will, weil Market so ein Katzentürchen eingebaut hat wie bei euch, aber am liebsten sitze ich im Fenster und beobachte alles.»*

«Nett von Market, daß ich hierbleiben darf. War auch nett von ihm, Harry anzurufen. Sie denkt wohl, mir würde eine Lektion erteilt. Von wegen. Das Datum merk ich mir.»

«Sie hat dich ausgetrickst. Sie hat dich sonntags zur Tierärztin gebracht. Extrafahrt.»

Mrs. Murphy dachte darüber nach. *«Sie ist schlauer, als ich dachte. Was sie wohl Dr. Parker dafür bezahlt hat, extra in die Praxis zu kommen?»*

Als Hogan vor der Bank vorfuhr, verbreiteten seine Scheinwerfer in dem dichter werdenden Nebel ein diffuses Licht. Die Katzen konnten ihn gerade noch erkennen, als er den Vordereingang aufschloß und hineinging. Eine Minute später wurde oben Licht gemacht, ein verschwommenes goldenes Viereck.

«Fleißig», sagte Pewter. Sie leckte eine Pfote und putzte sich damit das Ohr.

Die Stunden vergingen, und in den anderen Gebäuden gingen die Lichter aus. Schließlich flimmerten nur noch ein paar Neonlichter in Schaufenstern oder über Schildern. Die Straßenlaternen glühten. Die Katzen dösten ein, dann machte Mrs. Murphy die Augen auf.

«Pewter, wach auf. Ich hör einen Wagen hinter uns.»

«Die Leute fahren immer durch die Gasse.»

Eine Tür wurde zugeschlagen, sie hörten das Knarzen von

Schuhen. Dann erschien eine Gestalt an der Ecke. Wer immer das war, kam von der anderen Seite der Gasse. Sie konnten nicht erkennen, wer es war oder von welchem Geschlecht, denn der Nebel war jetzt ganz dicht. Im Nu hatten graue Schwaden den Menschen verschluckt.

Hogan mußte in seinem Büro ständig blinzeln. Seine vom Computerbildschirm erschöpften Augen brannten. Sein Hirn brannte auch. Er hatte alles mögliche versucht. Hatte das Wort *Threadneedle* eingegeben. Er besann sich auf die «Ungültig»-Befehle. Dann beschloß er, die Kundenkonten noch einmal durchzusehen. Es könnte ja etwas auftauchen, das Norman entgangen war. Eine ungewöhnliche Überweisung oder ein Auslandstransfer. Er konnte die Konten schnell durchgehen, weil er diese Leute und ihre kleinen Unternehmen kannte. Um Mitternacht war er am Ende des Buchstabens «H» angelangt. Ein fremder und dennoch vertrauter Name sprang ihm in die Augen.

«Huckstep», sagte er laut. «Huckstep.» Er gab das Paßwort ein, um das Konto aufzurufen. Es war am dreißigsten Juli auf die Namen Michael und Malibu Huckstep eröffnet worden, ein Gemeinschaftskonto. Natürlich – der Ermordete. Er mußte beabsichtigt haben, in der Gegend zu bleiben, sonst hätte er kein Konto eröffnet. Das hieß, er hatte eine Karte mit seiner Unterschrift und der von seiner Frau. Hogan wollte nach unten gehen, um die Karteien zu überprüfen, doch vorher rief er noch den Betrag auf dem Konto auf: 4218,64 Dollar. Keine große Summe, aber genug. Er rieb sich die Augen und sah auf seine Armbanduhr. Nach zwölf. Zu spät, um Rick Shaw anzurufen. Das würde er morgen früh als erstes tun.

Derweil wollte er hinuntergehen, um die Unterschriftskarten zu prüfen. Er stand auf, verschränkte die Finger und streckte die Hände über den Kopf. Seine Knöchel knackten genau in dem Moment, als die Kugel aus einer .357er in seine Schulter jagte. Er machte den Mund auf, um den Namen seines Angreifers zu rufen, aber zu spät. Die nächste Kugel zerriß sein Herz, und er knallte auf seinen Stuhl.

Die Katzen im Laden hörten die Schüsse.

«Schnell!» maunzte Mrs. Murphy, und die beiden stürmten aus dem Katzentürchen. Während sie zur Bank rannten, hörten sie an der Ecke durch den dichten Nebel Schritte in die andere Richtung laufen.

«Verdammt! Verdammt!» fluchte die Tigerkatze.

«Was ist?»

«Wir hätten hintenrum gehen sollen, um das Auto zu sehen.»

«Zu spät –» Die ziemlich kleine, aber rundliche graue Katze sauste zur Bank.

Sie kamen nur wenige Minuten nach den Schüssen bei der Vordertreppe an und blieben an der Tür so plötzlich stehen, daß sie übereinander purzelten und auf einer Gestalt landeten, die zusammengesackt auf der Schwelle lag, eine rauchende .357er in der Hand.

«O NEIN!» schrie Mrs. Murphy.

24

Kerry McCray lag im Eingang zur Bank. Ein kleines Blutrinnsal sickerte aus ihrem Kopf. Der säuerliche Geruch von Schießpulver hing in der Luft. Sie hielt die Pistole fest in der rechten Hand.

«Wir müssen Mrs. Hogendobber holen.» Mrs. Murphy beschnupperte Kerrys Wunde.

«Vielleicht sollte ich besser bei ihr bleiben.» Pewter streichelte unentwegt Kerrys Kopf, ein vergeblicher Versuch, sie wiederzubeleben.

«Wenn Tucker doch bloß hier wäre.» Die Tigerkatze schritt um die reglose Gestalt herum. *«Sie könnte Kerry bewachen. Schau, Pewter, wir müssen es riskieren, sie allein zu lassen. Mrs. Hogendobber kriegen wir nur zu zweit hierher.»*

Gesagt, getan. Die zwei sprinteten durch den Nebel, ganz niedrig über dem Boden und so schnell, daß die Ballen ihrer Pfoten ihn kaum berührten. Sie blieben unter Mirandas Schlafzimmerfenster stehen, das weit offenstand, um die kühlende Nachtluft hereinzulassen. Eine Jalousie schirmte das Fenster ab.

«Los, wir singen», befahl Murphy.

Sie johlten, heulten und kreischten. Diese beiden Katzen hätten Tote auferwecken können.

Miranda kam im Nachthemd ans Fenster, einen Schuh in der Hand. Sie schob die Jalousie hoch und schleuderte ihn hinaus. Mrs. Murphy und Pewter wichen dem Geschoß mühelos aus.

«Fehlschuß! Kommen Sie, Mrs. Hogendobber, nun machen Sie schon!»

«Pewter?» Miranda blinzelte in den Nebel.

Bevor Miranda die Jalousie ganz herunterlassen konnte, sprang die rundliche kleine Katze auf die Fensterbank, gefolgt von Mrs. Murphy.

«Ach bitte, Mrs. Hogendobber, bitte hören Sie auf uns. Es ist was Schreckliches passiert», sagte Pewter.

«Jemand ist verletzt», brüllte Murphy.

«Ihr zwei geht mir auf die Nerven. Jetzt macht, daß ihr

rauskommt.» Miranda ließ die Jalousie wieder hochschnappen.

«Nein!» entgegneten sie im Chor.

«Mir nach.» Murphy lief zur Schlafzimmertür.

Miranda wollte einfach nicht kapieren, obwohl Pewter sie ununterbrochen beschwor, sich zu beeilen.

«Paß auf. Sie könnte zuschlagen», warnte Murphy Pewter, als sie sich anschlich und Miranda in den Knöchel biß.

«Autsch!» Erbost knipste Mrs. Hogendobber das Licht an und griff zum Telefon. Dabei bemerkte sie, daß die Katzen sie umrundeten, dann zur Tür gingen und wieder zurück. Das verzweifelte Gebaren der Tiere rührte sie, aber sie wußte nicht recht, was tun, zudem war sie böse auf Murphy. Sie wählte Harrys Nummer.

Ein gedämpftes Hallo klang ihr entgegen.

«Ihre Katze hat mich gerade in den Knöchel gebissen, und sie spielt verrückt. Tollwut.»

«Mrs. Hogendobber –» Harry war jetzt wach.

«Pewter ist auch hier. Sie haben unter meinem Fenster geheult wie die Gespenster, und ich hab das Fenster aufgemacht, und sie sind reingesprungen und –» Sie bückte sich, weil Pewter sich an ihrem Bein rieb. Sie entdeckte etwas Blut an Pewters Vorderpfote, mit der die Katze Kerrys Kopf gestreichelt hatte. «Pewter hat Blut an der Pfote. Ach je, Harry, Sie kommen am besten her und holen die Katzen ab. Ich weiß nicht, was ich tun soll.»

«Halten Sie sie drinnen, okay? Ich bin gleich bei Ihnen, und es tut mir leid, daß Murphy Sie gebissen hat. Nur keine Sorge von wegen Tollwut – sie ist geimpft, erinnern Sie sich?» Harry legte auf, fuhr in ihre Jeans und ein altes Arbeitshemd. Sie lief zum Transporter und ließ ihn an. Als sie die Straße entlangraste, steckte sie sich ein Kaugummi in den

Mund. Sie hatte in der Eile vergessen, sich die Zähne zu putzen.

Sieben Minuten später war sie an Mirandas Tür. Als Harry ins Wohnzimmer trat, sagte Murphy: *«Versuchen wir's noch mal, Pewter. Mutter kapiert ein bißchen schneller als Miranda.»*

Beide brüllten: *«Kerry McCray ist verletzt.»*

«Da stimmt was nicht.» Harry griff nach Pewters Pfote, aber die Katze entschlüpfte ihr und lief zur Haustür.

«Tollwut.» Miranda verschränkte die Arme über ihrem Busen.

«Nein. Das ist keine Tollwut.»

«Dieses Höllenvieh von einer Tigerkatze hat mich gebissen.» Sie schob ihren Knöchel unter ihrem Nachthemd hervor. Man sah zwei vollständige Abdrücke, nicht tief, aber sichtbar in die Haut gekerbt.

«Ihr sollt mitkommen!» Murphy brüllte aus Leibeskräften. Sie kratzte an der Haustür.

«Die zwei wollen etwas. Ich seh mal nach. Gehen Sie ruhig wieder ins Bett. Und ich bitte um Entschuldigung.»

«Ich bin jetzt hellwach.» Miranda ging zurück ins Schlafzimmer, fuhr in Morgenrock und Pantoffeln und erschien wieder. «Ich kann nicht mehr einschlafen, wenn ich einmal wach bin. Da kann ich ebensogut beweisen, daß ich nicht weniger verrückt bin als Sie und diese Katzen.» Damit segelte sie durch die offene Tür. «Ich kann kaum die Hand vor Augen sehen. Wie sind Sie in so kurzer Zeit hergekommen?»

«Zu schnell gefahren.»

«Los, kommt.» Murphy trabte in dem grauen Nebel voraus und wieder zurück. *«Folgt meiner Stimme.»*

«Harry, wir sind auf der Hauptstraße, und sie halten auf die Bahngleise zu.»

«Ich weiß.» Die Luft fühlte sich klamm an auf ihrer Haut.

«Ist das ein Katzenstreich?»

«Sei still und beeil dich!» Pewter riß allmählich der Geduldsfaden.

«Irgendwas regt sie auf, dabei ist Murphy eine vernünftige Katze – normalerweise.»

«Katzen sind von Natur aus unvernünftig.» Miranda beschleunigte ihren Schritt.

Die Bank ragte im Nebel auf, das Licht oben brannte noch.

Die Katzen riefen durch den Nebel. Harry sah Kerry als erste, mit dem Gesicht nach unten, die rechte Hand mit der Waffe ausgestreckt. Mrs. Murphy und Pewter hatten sich neben sie gesetzt.

«Miranda!»

Mrs. Hogendobber ging noch ein bißchen schneller, dann erblickte auch sie, was zunächst wie eine Erscheinung, dann wie ein schlechter Traum aussah. «Grundgütiger Himmel.»

Harry war im Nu an Kerrys Seite. Sie kniete sich hin und fühlte ihr den Puls. Miranda war jetzt neben ihr.

«Lebt sie noch?» fragte Mrs. Murphy.

«Ihr Puls ist gleichmäßig.»

Miranda sah die Stelle, wo Pewter Kerrys Kopf berührt hatte. «Wir brauchen einen Krankenwagen. Ich ruf von der Bank aus an. Die Tür ist offen. Merkwürdig.»

«Das mach ich schon. Ich hab ein komisches Gefühl, daß da drin was oberfaul ist. Sie bleiben hier bei ihr und rühren nichts an, schon gar nicht die Waffe.»

Erst als Harry in der Bank verschwand, wurde Miranda klar, daß sie vor lauter Erschütterung über den Anblick der jungen Frau die Pistole nicht bemerkt hatte.

Harry kam kurz darauf zurück. «Ich hab Cynthia erreicht. Reverend Jones hab ich auch angerufen.»

«Wenn es so schlimm ist, wie ich glaube, dann braucht

Kerry allerdings einen Priester.» Mirandas Zähne klapperten, obwohl die Nacht mild war.

Kerry schlug die Augen auf. «Mrs. Murphy.»

Die Katze schnurrte. *«Es wird schon wieder.»*

«Wenn die Kopfschmerzen erst weg sind», verhieß Pewter.

«Kerry –»

«Harry –» Kerry wollte sich an den Kopf greifen, dabei drehte sie sich auf die Seite und bemerkte, daß sie eine Pistole in der rechten Hand hielt. Sie ließ sie fallen wie ein glühendes Eisen und setzte sich auf. «Au.» Sie umfaßte ihren Kopf mit beiden Händen.

«Liebes, Sie sollten sich wieder hinlegen.» Miranda setzte sich neben sie, um sie zu stützen.

«Nein, nein – lassen Sie mich.» Kerry rang sich ein mattes Lächeln ab.

Ein stotternder Motor kündigte Herb an. Er hielt bei der Bank und stieg aus. Noch konnte er die anderen nicht sehen.

«Herbie, wir sind am Vordereingang», rief Miranda ihm laut zu.

Seine Schritte kamen näher. Er tauchte aus einer dichten grauen Nebelwolke auf. «Was ist hier los?»

«Das wissen wir auch nicht so genau», antwortete Miranda.

Kerry erklärte: «Mir ist schwindlig und ein bißchen komisch im Magen.»

Herb bemerkte, daß die Tür zur Bank weit offenstand.

Harry sagte: «Die Tür war auf. Ich hab von drinnen telefoniert, aber ich hab mich nicht umgesehen. Da stimmt was nicht.»

«Ja.» Er spürte es auch. «Ich geh rein.»

«Nehmen Sie die Pistole mit», riet Miranda ihm.

«Nein. Nicht nötig.» Er verschwand in der Bank.

«Sollen wir mitgehen?» überlegte Pewter laut.

«Nein, ich laß Mutter nicht allein.» Murphy schnurrte weiter, weil sie meinte, die sanften Laute könnten die Menschen beruhigen.

«Ihr seid so liebe kleine Freundinnen.» Kerry streichelte die Katzen, dann hörte sie auf, weil ihr sogar davon flau im Magen wurde.

«Sie haben dich gefunden, und sie haben uns gefunden – das ist eine lange Geschichte.» Harry setzte sich auf die andere Seite von Kerry.

«Herb, was ist passiert?» Miranda erschrak, als er herauskam. Sein Gesicht, aus dem alle Farbe gewichen war, machte ihn zu einer erschreckenden Erscheinung. Er sah aus, als sei ihm so übel wie Kerry.

«Hogan Freely ist ermordet worden.» Er sank schwer auf das Pflaster, fast so, wie ein Kind sich hinplumpsen läßt. «Ich habe ihn mein Leben lang gekannt. So ein guter Mensch – so ein guter Mensch.» Tränen liefen ihm über die Wangen. «Ich muß es Laura sagen.»

«Ich komme mit», erbot sich Miranda. «Wir können gehen, sobald der Sheriff hier ist.»

«Kerry.» Harry zeigte zitternd auf die Pistole.

Kerrys Stimme bebte. «Ich habe ihn nicht getötet. Ich besitze gar keine Waffe.»

«Kannst du dich erinnern, was passiert ist?» fragte Harry.

«Bis zu einem gewissen Punkt, ja.» Kerry sog die Luft ein, versuchte so, die Schmerzen zu vertreiben. «Ich war bei Mutter und Dad. Dad ist wieder krank, und ich bin bis nachts geblieben, um Mom zu helfen. Ich bin erst nach Mitternacht gegangen, und wegen dem Nebel bin ich im Kriechtempo gefahren. Als ich an der Ecke vorbeikam, meinte ich in Hogans Bürofenster Licht zu sehen. Es war verschwommen, aber ich war neugierig. Ich hab gewendet und bin auf den Parkplatz gefahren. Ich dachte, Hogan ist da oben und versucht, das Geld zu finden, wie er gesagt hatte, und ich wollte ihn überraschen, einfach, um ihn aufzuheitern. Ich bin die Stufen hier raufgegangen und hab die Tür aufgemacht – an mehr kann ich mich nicht erinnern.»

«Was ist mit Geräuschen?» fragte Harry.

«Oder Gerüchen?» ergänzte Pewter. *«Murphy, laß uns reingehen und gucken, ob wir eine Witterung aufnehmen können. Harry passiert schon nichts. Niemand ist in der Nähe, um sie auf den Kopf zu schlagen, und Kerry wird nichts Verrücktes anstellen.»*

«Okay.»

Die beiden Katzen entfernten sich.

«Ich erinnere mich, daß ich die Tür aufgemacht habe. Ich kann mich nicht an Schritte erinnern oder so was, aber jemand muß mich gehört haben. Mir war gar nicht bewußt gewesen, daß ich so viel Lärm gemacht habe.»

«Wie das Schicksal so spielt», sagte Herb. «Sie gingen hinein, als er herauskam.»

Sirenen in der Ferne verkündeten, daß Cynthia auf dem Weg war.

Die beiden Katzen hoben die Nasen und schnupperten.

«Gehen wir nach oben.» Mrs. Murphy ging voran.

Als sie sich Hogans Büro näherten, sagte Pewter mit zaghafter Stimme: *«Ich glaub, ich will das nicht sehen.»*

«Mach die Augen zu und benutze deine Nase. Und tritt nirgendwo rein.»

Murphy tappte in das Büro. Hogan saß aufrecht auf seinem Stuhl; seine Schulter war weggerissen. Die Wand hinter ihm war mit Blut bespritzt. Die Kugel, mit der er getötet worden war, hatte ein kleines Loch hinterlassen. Murphy konnte das Blut riechen, das in das Stuhlpolster sickerte.

Pewter machte ein Auge auf und wieder zu. *«Ich rieche nichts als Blut und Schießpulver.»*

«Blut und Schießpulver.» Mrs. Murphy sprang mit einem Satz auf Hogans Schreibtisch. Sie versuchte, nicht in seine glasig starrenden Augen zu schauen. Sie hatte ihn gern gehabt und wollte ihn nicht so in Erinnerung behalten.

Sein Computer war ausgeschaltet. Seine Schreibtischschubladen waren geschlossen. Kein Zeichen eines Kampfes. Sie berührte jeden Gegenstand auf dem Schreibtisch mit der Nase. Dann sprang sie wieder auf die Erde. Sie stellte sich an die Vorderseite seines Schreibtisches.

«Hier.»

Pewter hielt ihre Nase an die Stelle. *«Gummi. Und Nässe.»*

«Von der nebligen Nacht, würde ich meinen. Gummi hinterläßt kaum Abdrücke, und auf diesem Teppich schon gar nicht. Verdammt! Gummi, Blut und Schießpulver. Wer das getan hat, war kein Dummkopf.»

«Kann schon sein, Murphy, aber wer immer das getan hat, hatte es eilig. Der Computer ist aus, aber noch warm.»

Pewter bemerkte Hogans Füße unter dem Schreibtisch. *«Laß uns das draußen besprechen. Hier drin ist mir unheimlich.»*

«Okay.» Murphy war auch nicht wohl, aber sie wollte es nicht zugeben.

Als sie die Treppe wieder hinuntergingen, fuhr Pewter fort: *«Wenn jemand Hogan Freely ins Jenseits befördern wollte, hätte es bessere Methoden gegeben.»*

«Stimmt. Er muß nahe dran gewesen sein, das fehlende Geld zu finden.»

Als die Katzen durch das Foyer gingen, kam Rick Shaw herein. Er sah sie, sagte aber nichts.

Die blauen und roten Blinklichter des Streifenwagens und des Krankenwagens wurden vom Nebel zurückgeworfen.

Kerry wurde auf einer Trage in den Krankenwagen geschoben.

Die Katzen stellten sich neben Harry und Mrs. Hogendobber. Herb drehte sich mit schwerem Schritt um, um in die Bank zu gehen. Cynthia machte sich auf ihrem Block Notizen.

«Herb, ich gehe mit Ihnen.»

«Gut.»

«Wir warten hier.» Harry zog Miranda zurück, die sich anschickte, den beiden zu folgen. «Nicht, sonst bekommen Sie Alpträume.»

«Sie haben recht – aber ich fühle mich so schrecklich. Der Gedanke ist mir zuwider, daß er da oben ist, allein und –»

«Denken Sie nicht daran, und lassen Sie auch Laura nicht daran denken, wenn Sie mit Reverend Jones zu ihr gehen. Es ist zu schmerzlich. Sie braucht nicht alle Einzelheiten zu wissen.»

«Sie haben recht.» Miranda senkte den Blick. «Es ist furchtbar.»

«Furchtbar –» flüsterte Mrs. Murphy, *«und dies ist erst der Anfang.»*

25

Harry mochte den Krankenhausgeruch nicht, er erinnerte sie an die letzten Tage ihrer Mutter. Wenn möglich, drückte sie sich vor Krankenhausbesuchen, doch immer wieder siegte das Pflichtgefühl über ihre Abneigung, und sie wagte sich in die unpersönlichen Korridore.

Man behielt Kerry für vierundzwanzig Stunden da, um sicherzugehen, daß der Angriff keine weiteren Folgen nach sich zog. Die Ärzte nahmen Schläge auf den Kopf immer ernst. Cynthia Cooper saß an Kerrys Bett, als Harry ins Zimmer trat.

«Wie geht's dir?»

«Ganz gut – den Umständen entsprechend.»

«Hi, Coop.»

«Hi.» Coop rückte auf ihrem Stuhl herum. «Diese Nacht war die Hölle.»

Kerry fummelte an dem Erkennungsbändchen an ihrem Arm. «Cynthia ist mit Rick und Herbie bei Laura Freely gewesen. Laura ist zusammengebrochen, als sie es ihr gesagt haben.»

«Wer ist bei ihr, bis Dudley und Thea nach Hause fliegen können?» Dudley und Thea waren die erwachsenen Kinder der Freelys.

«Miranda ist über Nacht dort geblieben. Im Moment ist Mim bei Laura. Die Frauen wollen sich auch abwechseln, wenn die Kinder eingetroffen sind. Es gibt so viel zu tun, und Laura steht unter Beruhigungsmitteln. Sie kann jetzt keine der anstehenden Entscheidungen treffen. Ich glaube, Ellie Wood Baxter, Port und sogar Boom Boom wollen einen Plan ausarbeiten.» Cynthia streckte die Beine aus.

«Kerry, ich bin gekommen, um zu sehen, ob du was von zu Hause brauchst, wo dein Dad doch krank ist. Ich hol dir gerne ein paar Sachen.»

«Danke, Harry, aber ich hab alles.»

«Cynthia –?» Harry zog fragend die Augenbrauen hoch.

«Ich bin hier, damit sie nicht türmt. Die .357er in ihrer

Hand war die Waffe, mit der Hogan getötet wurde. Und sie ist auf Kerry McCray registriert.»

«Ich besitze keine Waffe.» Kerry war den Tränen nahe.

«Den Unterlagen zufolge haben Sie am zehnten Juli bei Hassett in Waynesboro eine gekauft.»

Harry bemühte sich um einen leichten Tonfall: «Wollen Sie meine Freundin etwa verhaften?»

«Nein, noch nicht.»

«Cynthia, Sie können unmöglich glauben, daß Kerry einen Menschen töten würde.»

«Ich bin Polizeibeamtin. Gefühle kann ich mir nicht leisten.»

«So 'n Scheiß», entgegnete Harry prompt.

«Danke, Harry. Wir sind keine besonders guten Freundinnen, aber du stehst zu mir – danke.» Kerry ließ sich aufs Kissen zurückfallen, dann zuckte sie zusammen, weil sie das Pochen in ihrem Kopf spürte. «Ich habe nie eine Waffe gekauft. Ich bin nie bei Hassett gewesen. Am zehnten Juli war ich wie gewöhnlich den ganzen Tag in der Bank und hab neue Konten bearbeitet.»

Cynthia sagte bestimmt: «Den Unterlagen zufolge haben Sie sich mit Ihrem Führerschein ausgewiesen.»

«Ich habe nie einen Fuß in dieses Waffengeschäft gesetzt.»

«Was, wenn Kerry diejenige ist, die hinter dem Bankdiebstahl steckt? Vielleicht ist Hogan kurz davor, ihren M. O. aufzudecken?» Cynthia benutzte die polizeiübliche Abkürzung für Modus Operandi. «Sie wird nervös. Sie wußte, daß er an dem Abend noch spät in der Bank arbeitete. Millionen Dollar stehen auf dem Spiel. Sie tötet Hogan.»

«Und schlägt sich selbst so fest auf den Kopf, daß sie ohnmächtig wird – und hält dabei noch die Pistole in der Hand?» Harry war fassungslos.

«Da haben wir ein Problem.» Cynthia nickte. «Aber Kerry könnte einen Komplizen haben. Er – oder sie – schlägt sie auf den Kopf, so daß sie unschuldig aussieht.»

«Und ich kann zum Mond fliegen.» Harry atmete scharf ein. «Dieser Sommer ist absolut beschissen.»

«Sehr elegant ausgedrückt.» Cynthia deutete ein Lächeln an.

«Vergessen Sie mal für eine Minute, daß Sie Polizistin sind, und seien Sie einfach eine von uns. Glauben Sie wirklich, daß Kerry Hogan umgebracht hat?»

Cynthia wartete lange mit der Antwort. «Das weiß ich nicht, aber ich weiß, daß die .357er dieselbe Waffe ist, mit der Mike Huckstep getötet wurde.»

«Was?» Das schnürte Harry die Kehle zu.

«Das Ergebnis der ballistischen Untersuchung ist heute morgen um sechs gekommen. Rick treibt alle Leute zur Eile. Dieselbe Waffe. Wir würden diesen Leckerbissen gerne vor den Zeitungen geheimhalten, aber ich bezweifle, daß der Chef das kann. Sein Job ist so verdammt politisch.»

«Huckstep und Hogan Freely.» Harry runzelte die Stirn. «Der eine ein Hell's Angel, der andere ein Bankdirektor.»

«Vielleicht führte Hogan ein Geheimleben?» vermutete Kerry.

«So geheim bestimmt nicht.» Harry schüttelte den Kopf.

«Sie würden staunen, was die Leute alles voreinander verbergen können», entgegnete Cynthia.

«Das weiß ich wohl, aber manchmal muß man sich auf seinen Instinkt verlassen», erwiderte Harry.

«Schön, und was sagt Ihnen Ihr Instinkt?» forderte Cynthia sie heraus.

«Hogan war der Lösung auf der Spur, und das heißt, daß sie in der Bank zu finden ist.»

«Ich denke, Sie haben recht.»

Kerry stöhnte. «Ich sitze ganz schön in der Tinte, was?»

Cynthia sah sie durchdringend an.

26

Aufgrund bundesstaatlicher Vorschriften durfte die Bank am Montag nicht geschlossen bleiben. Wäre Hogan während der Geschäftszeit erschossen worden, hätte man ihn nach dem Buchstaben des Gesetzes tatsächlich dort liegenlassen müssen, und die Geschäfte wären weitergegangen, während der Sheriff seine Arbeit tat. Man hätte über die Leiche hinwegsteigen müssen. Dieses strikte Verbot des Schließens einer Bank war in den dreißiger Jahren erlassen worden, als die Banken ihre Türen verriegelten oder zusammenbrachen wie Kartenhäuser. Wie immer, wenn Gesetzgeber die Verbesserung eines Gesetzes ausbrüten, lassen sie dabei die Menschen außer acht. Die Angestellten der Crozet National Bank arbeiteten mit Trauerflor um den linken Arm. Ein riesiger schwarzer Kranz hing am Ende der Eingangshalle, ein kleinerer an der Eingangstür. Draußen wehte die Flagge des Staates Virginia auf halbmast. Mary Thigpen, seit fünfundzwanzig Jahren die erste Kassiererin, brach immer wieder in Tränen aus. Viele Augen waren rot gerändert.

Das ganze Gerede über Kerry machte Norman so wütend, daß er schrie: «Sie ist unschuldig, bis die Schuld erwiesen ist, also haltet den Mund!»

Rick Shaw hatte die obere Etage mit Beschlag belegt, so daß die Kontenabteilung sich zusammenquetschen mußte, aber die Leute kamen zurecht. Von den Blutspritzern an der Wand in Hogans Büro wurde Norman schwummerig. Er war nicht der einzige.

Nachdem Mim Sanburne bei Laura Freely abgelöst worden war, kam sie vorbei, um bekanntzugeben, daß der Trauergottesdienst am Donnerstag in der lutherischen Kirche von Crozet abgehalten werde. Die Familie werde Mittwoch abend Kondolenzbesuche empfangen.

Gedämpfte Stille folgte auf Mims Verkündigung.

Drüben im Postamt bat Harry Blair, ihr zu helfen, während Miranda das Essen für Mittwoch abend organisierte. Dudley Freely erwies sich infolge des Schocks als handlungsunfähig. Thea, die Ältere, war schon eher imstande, einige der Entscheidungen zu treffen, die das Geschehen ihr aufzwang. Was für ein Sarg, oder sollte es eine Einäscherung sein? Welcher Friedhof? Blumen oder Spenden für wohltätige Einrichtungen? Sie bewältigte diese Aufgaben, doch zwischendurch mußte sie sich immer wieder hinsetzen. Sie hatte nicht gewußt, daß ein großer emotionaler Schlag körperlich erschöpfend ist. Mim und Miranda wußten es. Sie übernahmen das Kommando. Ottoline Gill und Aysha besorgten den Telefondienst. Laura lag kraftlos im Bett. Wenn sie zu Bewußtsein kam, schluchzte sie hemmungslos.

Rick und Cynthia versuchten, sie zu befragen, aber sie konnte nicht einmal eine milde Vernehmung durchstehen.

Rick zog Mim vor dem Postamt, wohin sie beide gefahren waren, um ihre Post abzuholen, beiseite. «Mrs. Sanburne, Sie haben Hogan sein Leben lang gekannt. Können Sie sich vorstellen, daß er in einen Plan verwickelt war, um Leute zu betrügen und –»

Sie fiel ihm ins Wort. «Hogan Freely war der ehrenhafteste und edelmütigste Mensch, den ich je gekannt habe.»

«Nun nehmen Sie es mir doch nicht gleich übel, Mrs. Sanburne. Ich habe zwei Morde am Hals. Ich muß unangenehme Fragen stellen. Es hätte doch sein können, daß er in den Diebstahl verwickelt war, und sein Partner oder seine Partner haben sich gegen ihn gewendet. So etwas ist nicht ungewöhnlich.»

«Entschuldigen Sie, aber Sie müssen mich verstehen. Hogan hat diese Stadt geliebt, und er hat die Arbeit in der Bank geliebt. Wenn Sie die Leute kennen würden, für die er sich eingesetzt hat, die Leute, denen er bei der Gründung ihres Geschäfts geholfen hat – also, er hat ihnen weit mehr bedeutet als nur Geld.»

«Das weiß ich. Er hat mir zu meiner Hypothek verholfen.» Rick hielt Mim die Tür auf, und beide traten ins Postamt.

Mrs. Murphy, die auf dem kleinen Sims hockte, das die Schließfächer teilte, wartete darauf, daß Rick und Mim ihre Fächer aufschlossen.

Rick öffnete seins zuerst, und die Tigerkatze langte in sein Fach und schlug ihm auf die Hand, als er seine Post herausnahm.

«Murphy.» Er ging an den Schalter und spähte bei den Schließfächern um die Ecke.

Mrs. Murphy sah ihn an. *«Ich wollte Sie doch bloß aufheitern.»*

«Wird die Katze nach mir schnappen?» rief Mim.

Harry hob die Katze von dem schmalen Sims, das sich ideal dafür eignete, die Post in die Schließfachreihen zu sortieren. «Nein, ich hab sie auf dem Arm.»

Tucker sagte, den Kopf auf den Pfoten: *«Murphy, im Moment gibt es gar nichts, was die Menschen aufheitern könnte.»*

Rick kraulte die Tigerkatze unterm Kinn. «Wenn Tiere

doch sprechen könnten. Wer weiß, was sie in der Nacht, als Hogan ermordet wurde, gesehen hat?»

«Ich hab gar nichts gesehen, wegen dem Nebel, und ich hab die Chance verpaßt, das Auto zu identifizieren. So schlau war ich nicht, Sheriff.»

«Du hast es ganz richtig gemacht, Murphy, du hast Hilfe geholt», lobte Tucker sie.

Rick ging, Mim sagte Harry und Blair Bescheid wegen der Familienzusammenkunft und der Beerdigung, dann ging sie auch.

Harry bewegte sich mit schwerem Schritt. «Ich fühl mich fürchterlich.»

Blair legte den Arm um ihre Schultern. «Das geht uns allen so.»

27

«Wir kommen zu spät.» Norman sah auf die Uhr und ging nervös auf und ab.

«Ich bin fast fertig. Ich hab Kate Bittner im Golfrestaurant getroffen, und du weißt ja, wie sie quasseln kann.»

Er biß sich auf die Zunge. Sie war immer zu spät dran. Jemanden zufällig im Supermarkt getroffen zu haben war eine von ihren Standardausreden. Ein Auto, das in die Zufahrt einbog, lenkte ihn davon ab, Aysha anzutreiben.

Ottoline stieg in vollem Staat aus ihrem Volvo Kombi.

«O nein», sagte er leise vor sich hin.

Ottoline kam ohne anzuklopfen zur Haustür herein.

«Norman, du siehst elend aus.»

«Ich bin vollkommen erledigt, Ottoline.»

«Wo ist mein Engel?»

«Im Badezimmer, wo sonst?»

Sie blinzelte ihn an, das spitze Kinn vorgeschoben. «Eine Frau muß immer das Beste aus sich machen. Ihr Männer begreift nicht, daß so etwas seine Zeit braucht. Den Mann möchte ich sehen, der sich eine häßliche Frau an seiner Seite wünscht.»

«Aysha könnte niemals häßlich sein.»

«Allerdings.» Sie klapperte durch den Flur. Die Badezimmertür war offen. «Du brauchst andere Ohrringe.»

«Aber Mummy, ich trag diese so gern.»

«Zu bunt. Wir machen einen Beileidsbesuch. Das mag zwar ein gesellschaftliches Ereignis sein, aber es ist keine Party.»

«Aber –»

«Nimm die Tropfenperlen. Sie sind diskret und machen doch etwas her.»

«Na gut.» Aysha marschierte ins Schlafzimmer, nahm ihre emaillierten Ohrringe ab und griff nach den Perlengehängen. «Die hier?»

Norman kam aufgebracht zu ihnen. «Aysha – bitte.»

«Schon gut, schon gut», erwiderte sie mürrisch.

«Ich hoffe, du wirst jetzt Zweigstellendirektor.» Ottoline inspizierte den Anzug ihres Schwiegersohnes. Er wurde für passabel befunden.

«Jetzt ist nicht die richtige Zeit, daran zu denken.»

Sie schürzte die Lippen. «Glaub mir, andere haben nicht annähernd so viele Skrupel. Du mußt nach Charlottesville und mit Donald Petrus sprechen. Du bist jung, aber für den Job kommt kein anderer in Frage.»

«Ich weiß nicht, ob das stimmt.»

«Tu, was ich dir sage», schnauzte sie ihn an.

«Es gibt andere mit mehr Dienstjahren», schnauzte er zurück.

«Alte Weiber.»

«Kerry McCray.»

«Ha!» Damit schaltete sich Aysha in das Gespräch ein. «Sie hat Hogan Freely ermordet.»

«Verdammt, das hat sie nicht. Es wird sich herausstellen, daß sie unschuldig ist.»

Ottoline tappte mit dem Fuß. «Unschuldig oder schuldig … sie ist unerheblich. Du mußt die Chance nutzen, Norman.»

Er sah von seiner Schwiegermutter zu seiner Ehefrau und seufzte.

28

Harry konnte diese schmerzlichen gesellschaftlichen Ereignisse nicht ausstehen, aber sie ging hin. So traurig solche Anlässe waren, jemandem nicht die letzte Ehre zu erweisen bedeutete Mangel an Respekt.

Sie eilte vom Postamt nach Hause. Miranda war den ganzen Tag zwischen den Postfächern und ihrer Küche hin und her gehetzt. Zum Glück hatte Blair geholfen, das Essen zu den Freelys zu transportieren, und er hatte Miranda einige Besorgungen abgenommen, denn die Post, eine ungewöhnlich schwere Ladung für einen Mittwoch, hatte sie mehr ans Postamt gefesselt, als ihr lieb war.

Sobald Harry zu Hause war, sprang sie unter die Dusche, trug Wimperntusche und Lippenstift auf. Bei ihren kurzgeschnittenen Naturlocken genügte es, wenn sie nur rasch mit den Fingern durchfuhr, solange sie naß waren.

«Was macht sie da drin?» Tucker wälzte sich träge auf der Erde und blieb mit dem Bauch nach oben liegen.

«Sich aufdonnern.»

«Ob sie an Rouge gedacht hat? Das vergißt sie jedes zweite Mal», bemerkte Tucker.

«Ich geh mal nachsehen.» Mrs. Murphy tappte leise in das kleine Badezimmer. Harry hatte das Rouge vergessen. Die Katze sprang auf das kleine Waschbecken und stieß das Rouge ins Becken. *«Du brauchst ein bißchen Rosa auf den Wangen.»*

«Murphy.» Harry hob das schwarze Döschen auf. «Schätze, das könnte nicht schaden.» Sie betupfte ihre Wange mit dem Pinsel. «Na also. Eine hinreißende Schönheit. Die Männer werden bei meinem Anblick erbeben. Die Augen der Frauen werden sich zu Schlitzen verengen. Man wird mir Königreiche bieten für einen Kuß.»

«Mäuse! Maulwürfe! Katzenminze, alles zu deinen Füßen.» Mrs. Murphy genoß diesen Traum.

«Wer ist da? Wer ist da?» Tucker sauste zur Hintertür.

Fair klopfte, stieg dann über den kleinen Hund, der sofort zu bellen aufhörte.

«Hi, Schnuckelpuckel.» Fair strich mit der Hand über Tuckers anmutige Ohren, dann rief er: «Ich bin's.»

«Ich wußte nicht, daß du kommst», rief Harry aus dem Badezimmer.

«Ah, ich hätte anrufen sollen, aber heute ist wieder mal so ein vertrackter Tag. Mußte Tommy Bolenders alte Stute einschläfern. Sechsundzwanzig Jahre alt. Er hat die Stute geliebt, und ich hab ihm gesagt, er soll einfach losheulen. Hat er auch gemacht, und da kamen mir auch die Tränen.

Dann hat das teure Fohlen drüben bei Dolan einen Zaun zertrümmert. Große Rißwunde an der Brust. Und Patty hat Soor.»

Auf Patty, einem braven Schulpferd der Mountain Hollow Farm von Sally und Bob Taylor, hatten zwei Menschengenerationen reiten gelernt.

Harry trat zu Fair. Sie trug einen langen Rock, Sandalen und eine gestärkte Baumwollbluse.

«Ich glaub, ich hab dich seit dem Tag unserer Hochzeit nicht mehr in einem Rock gesehen.»

«So lange?» Sie hielt inne. «Aber Fair, du hättest mich anrufen sollen, weil ich nämlich mit Blair zu Freelys gehe und –»

Fair hob abwehrend die Hand. «Wir gehen beide mit dir hin.»

«Vielleicht gefällt ihm die Idee aber nicht.»

Wieder hob er die Hand. «Laß ihn mal eine Minute aus dem Spiel. Gefällt *dir* die Idee?»

«Wenn ihr beide euch benehmt.»

«Was sagt man dazu.» Tucker wedelte mit ihrem Stummelschwänzchen. *«Mom wird von den zwei bestaussehenden Männern des Bezirks begleitet. Die Telefondrähte werden heißlaufen.»*

«Boom Booms werden am heißesten sein.» Mrs. Murphy saß jetzt neben Tucker.

«Es wird dich sicher freuen zu hören, daß ich Blair von unterwegs angerufen habe, weil ich so was ahnte.»

«Warum hast du mich nicht angerufen?»

«Und wenn du nein gesagt hättest? Dann hätte ich eine Chance vertan, dich zu sehen, noch dazu im Rock.»

Wieder kam ein Auto die Zufahrt hinauf. Tucker lief bellend zur Tür. Sie blieb sogleich stehen. *«Blair, im Mercedes.»*

Harry küßte Katze und Hund und ging mit Fair nach draußen. Beide stiegen in Blairs Mercedes und fuhren los.

«Wie gefällt dir das?» Tucker sah den roten Rücklichtern nach.

«Gefällt mir sehr. Es beweist, daß Fair und Blair lernen können, sich zu vertragen und Harrys Interessen obenan zu stellen. Darum geht es mir. Ich wünsche mir jemand für Mom, der ihr das Leben leichter macht. Liebe soll doch keine Mühe machen.»

29

Blumen, überwiegend pastellfarben und weiß, füllten im Haus der Freelys sämtliche Räume. Laura saß in dem großen Ohrensessel am Wohnzimmerkamin. Manchmal erkannte sie die Leute. Zuweilen verfiel sie in einen gequälten Trancezustand.

Dudley begrüßte dumpf die Leute an der Tür. Er hatte sich zusammengerissen. Einige Leute zeigten Ned Tucker die kalte Schulter, weil er den Fall Kerry McCray übernommen hatte.

Unterstützt von Mrs. Hogendobber, Mim und Little Marilyn, nahm Thea Beileidswünsche entgegen, tauschte Erinnerungen aus, vergewisserte sich, daß die Leute zu essen und zu trinken hatten. Ottoline Gill, die sich in ihrer selbsternannten Stellung gefiel, führte die Gäste zu Laura und geleitete sie dann still zum Buffet. Alles war gut organisiert.

Im Eßzimmer sorgte Market Shiflett auf eigene Kosten für Verpflegungsnachschub. Hogan hatte ihm zu seinem Geschäftsdarlehen verholfen. Im Salon unterhielten sich Aysha und Norman mit den Leuten. Von Zeit zu Zeit warf Norman einen Blick zur Haustür. Er sah elend aus. Aysha machte ein angemessen trauriges Gesicht.

Harrys Ankunft mit den beiden Männern fesselte die Aufmerksamkeit der Menschen, bis Kerry, die an diesem Morgen aus dem Krankenhaus entlassen worden war, mit Cynthia Cooper eintraf. An der Tür begrüßte sie Dudley, der Ottoline abwinkte. Er hörte Kerry aufmerksam zu, dann brachte er sie direkt zu seiner Mutter. Ottoline war empört, und man sah es ihr an. Es wurde ganz still im Raum.

«Laura, es tut mir so schrecklich leid.»

Laura, die Kerry erkannte, hob den Kopf. «Haben Sie meinen Hogan erschossen?»

«Nein. Ich weiß, es sieht schlimm für mich aus, aber ich war's nicht. So etwas Entsetzliches würde ich nie tun. Ich bin gekommen, um mein tiefempfundenes Beileid auszusprechen.»

Man hätte eine Stecknadel fallen hören können.

Jim Sanburne bemächtigte sich der Lage. «Leute, wir müssen immer gegenseitig das Beste in uns zum Vorschein bringen. Wir werden über diesen Verlust hinwegkommen, wir werden Hogans Leben Ehre erweisen, indem wir ein bißchen werden wie er, indem wir anderen Menschen helfen.»

«Und seinen Mörder fangen!» Aysha sah Kerry unverwandt an, bis Norman sie in den Oberarm kniff – und zwar fest.

«Hört, hört.» Viele Anwesende teilten diese Meinung.

Während die Menschen sich um Aysha scharten, strömten immer mehr ins Haus. Es war kaum genug Platz, um sich umzudrehen. Norman schlüpfte hinaus. Kerry sah das und ging ebenfalls, nachdem sie sich von Laura verabschiedet hatte. Cooper folgte ihr in diskretem Abstand.

Norman zündete sich eine Zigarette an. Er stand verloren auf der weiten Fläche des gepflegten Rasens.

Kerry überraschte ihn und schob ihren Arm durch seinen. «Ich *muß* dich sehen.»

«Bald.» Er bot ihr eine Zigarette an.

Ein Auto hielt auf sie zu. Er wich den sich nähernden Lichtern geschickt aus und zog Kerry mit sich. «Wir sollten wohl besser ein Stück vom Haus weggehen.»

Als sie in den Hof einbogen, klagte Kerry: «Ich kann so nicht leben, Norman. Wirst du es ihr sagen oder nicht?»

«Was?»

«Daß du sie verläßt.»

«Kerry, ich hab dir gesagt, ich kann nicht gleichzeitig eine Krise in meinem Privatleben und eine bei der Arbeit bewältigen. Und im Moment guckst du eben in die Röhre.» Er hielt inne. «Verzeih, das ist bloß so eine Redensart. Laß mich diese Arbeit hinter mich bringen, und danach kann ich mich mit Aysha befassen.»

«Befaß dich zuerst mit Aysha», bat sie.

«Das ist nicht so einfach. Sie ist nicht so einfach.»

«Ich weiß. Sie war schließlich mal meine beste Freundin.»

«Kerry» – er schnippte die Zigarette ins Gras –, «vielleicht sollte ich meiner Ehe eine Chance geben. Vielleicht hat der Streß bei der Arbeit mich abgestumpft, daran gehindert, mich Aysha nahe zu fühlen.»

Kerry sagte leicht zitternd: «Bitte, tu das nicht. Laß mich nicht zappeln. Aysha interessiert sich nur für Aysha.»

«Ich will dich nicht zappeln lassen, aber ich bin nicht in der Verfassung, eine wichtige Entscheidung zu treffen, und du bist es auch nicht. Montag bin ich an Hogans Büro vorbeigekommen. Die Wand war mit Blut bespritzt. Mir ist übel geworden. Jedesmal, wenn ich nach unten ging, kam ich daran vorbei. Wenn du das Blut gesehen hättest, wärst du genauso erschüttert.» Er schauderte. «Ich halte das nicht aus.»

«Die Zeit wird dir nicht helfen, Aysha zu lieben.»

«Ich habe sie früher geliebt.»

«Das hast du dir nur eingebildet.»

«Aber wenn ich sie nun doch liebe? Ich weiß nicht, was ich fühle.»

Kerry schlug die Arme um ihn und küßte ihn leidenschaftlich. Er erwiderte ihren Kuß. «Und was fühlst du jetzt?»

«Verwirrung. Ich liebe dich noch immer.» Er zuckte die Achseln. «O Gott, ich weiß nicht mehr ein noch aus. Ich will einfach für eine Weile weg von allem.»

Er nahm sie in die Arme und küßte sie wieder. Sie hörten das leise Knirschen nicht, das sich ihnen näherte.

«Kerry, du Flittchen.» Aysha holte aus und knallte ihr eine. «Eine Mörderin und ein Flittchen.»

Norman packte seine Frau und zog sie weg. «Schlag sie nicht. Schlag mich. Es ist meine Schuld.»

«Halt den Mund, Norman. Ich kenn diese Schlampe in- und auswendig. Sie muß alles haben, was ich habe. Sie hat schon mit mir konkurriert, da waren wir noch ganz klein. Es hört eben nie auf, stimmt's, Kerry?»

«Ich hab ihn zuerst gehabt!»

Das Geschrei wurde lauter. Harry und Miranda kamen auf den Lärm hin aus dem Haus, gerade als Cynthia hinter einer dicken Eiche hervortrat. Sie ging auf das Trio zu.

«Du hast ihn ja nicht gewollt. Du bist zur selben Zeit mit Jake Berryhill ins Bett gegangen.»

Kerrys Gesicht war wutverzerrt. «Lügnerin.»

«Du hast es mir selbst erzählt. Du hast gesagt, du wüßtest, daß Norman dich liebt, und er wäre süß, aber langweilig im Bett.» Aysha kostete diesen Moment aus.

Kerry kreischte: «Du Miststück!»

Wieder riß Norman sie auseinander, mit Cynthias Hilfe. Es war ihm entsetzlich peinlich, sie zu sehen.

«Um Gottes willen, hört auf. Das haben die Freelys nicht verdient!» Harry kniff die Lippen zusammen, als sie zu ihnen hinüberrannte.

«Norman, sag ihr, daß du sie verläßt.»

«Das kann ich nicht.» Norman schien vor aller Augen zu schrumpfen.

Kerrys Schluchzer verwandelten sich in rasenden Haß. «Dann hoffe ich, daß du tot umfällst!»

Sie entwand sich Cynthia, die sie wieder packte. «Zeit, nach Hause zu fahren, bis Sie formell angeklagt werden.» Sie schob Kerry in den Streifenwagen.

Norman wandte sich betreten an die kleine Gruppe: «Ich bitte um Entschuldigung.»

«Haut ab», sagte Harry tonlos.

Aysha drehte sich um und ging vor Norman zum Wagen, als ihre Mutter die Haustür aufstieß. Ottoline rief Tochter und Schwiegersohn etwas zu, aber sie achteten nicht auf sie.

Miranda verschränkte die Arme und schüttelte den Kopf. «Norman Cramer?»

30

Beim Auffüllen der Frankiermaschine bekam Harry jedesmal klebrige rote Stempelfarbe an ihre Finger und ihr T-Shirt, und auch der Schalter bekam etwas ab. Sosehr sie auch aufpaßte, Harry schaffte es immer, etwas zu verschütten.

Mrs. Hogendobber holte ein Handtuch und wischte die Tropfen ab. «Sieht aus wie Blut.»

Harry klappte den Deckel der Maschine zu. «Macht mir eine Gänsehaut – nach allem, was passiert ist.»

Little Marilyn kam mit einem forschen «Hallo» herein. Sie öffnete ihr Schließfach mit solchem Schwung, daß die Tür aus Metall und Glas gegen das Nachbarfach knallte. Sie nahm ihre Post heraus, sortierte sie beim Papierkorb, kam dann an den Schalter. «Ein Brief von Steve O'Grady aus Afrika. Schauen Sie sich auch so gerne ausländische Briefmarken an?»

«Ja. Das ist eine Art Miniaturkunst», erwiderte Miranda.

«Als Kerry, Aysha und ich nach dem College in Europa waren, sind wir eine Weile in Florenz geblieben, dann haben wir uns getrennt. Ich hatte ein Interrail-Ticket, und ich bin wohl durch jedes Land gesaust, das nicht hinter dem Eisernen Vorhang lag. Die vielen Postkarten und Briefe hab ich den anderen vor allem geschickt, damit sie die Marken bekamen, nicht so sehr, damit sie mein Gekritzel lasen. Wir haben uns fleißig Briefe geschrieben.»

Miranda bot Marilyn ein Stück frisches Bananenbrot an. «Ihr seid so lange die allerbesten Freundinnen gewesen. Was ist passiert?»

«Nichts. Jedenfalls nicht in Europa. Wir hatten unterschiedliche Pläne, aber keine war den anderen böse deswegen. Kerry ist als erste nach Hause gefahren. Sie war in London und bekam Heimweh. Aysha lebte in Paris, und ich bin in Hamburg gelandet. Mom meinte, ich sollte mir entweder einen Job suchen oder den Porsche-Direktor heiraten. Ich hab ihr erklärt, daß der in Stuttgart sitzt, aber sie fand das gar nicht komisch. Ich hab die Briefe noch, die wir uns damals geschrieben haben. Ayshas waren sehr ausführlich. Kerrys

Briefe waren eher sachlich. Es war die Geschichte mit Norman, die uns drei Musketiere auseinanderbrachte. Auch als ich schon verheiratet war, haben wir noch zusammengesteckt. Als Kerry dann mit Norman zusammen war und ich von dem Monster geschieden wurde, haben wir viel gemeinsam unternommen.»

«Vielleicht besitzt Norman verborgene Talente», grübelte Harry.

«Sehr verborgen», rief Mrs. Murphy aus der Tiefe des Postkarrens.

«Kerry war davon überzeugt. Sie hatten immer Gesprächsstoff.» Marilyn lachte. «Aysha kriegte auf einmal Torschlußpanik – à la ‹alle deine Freundinnen sind verheiratet, nur du nicht›. Dann hat Ottoline ihr auch noch in den Ohren gelegen.»

Mrs. Murphy steckte den Kopf aus dem Postkarren. *«Panik? Das muß ein schwerer epileptischer Anfall gewesen sein.»*

Pewter schob sich durch das Katzentürchen. *«Ich bin's.»*

«Ich weiß», rief Murphy. Pewter sprang zu ihr in den Postkarren.

«Ist es nicht ein Wunder, daß die beiden Katzen Kerry gefunden haben?» Marilyn beobachtete die beiden Tiere, die sich im Postkarren herumwälzten und balgten.

«Die Wege des Herrn sind wunderbar», sagte Mrs. H.

Mrs. Murphy und Pewter ließen von ihrer Balgerei ab.

«Man sollte meinen, sie würden erkennen, daß der Allmächtige eine Katze ist. Menschen stehen weiter unten in der Hierarchie der Lebewesen.»

«Das werden die nie kapieren. Zu egozentrisch.» Pewter schlug Murphy auf den Schwanz, und sie nahmen die Balgerei wieder auf.

«Ich sollte die alten Briefe raussuchen.» Little Marilyn

ging zur Tür. «Wäre interessant zu vergleichen, wer wir damals waren und wer wir heute sind.»

«Bring sie mal mit, damit ich mir die Briefmarken ansehen kann.»

«Okay.»

Miranda schnitt noch ein Stück Bananenbrot ab. «Marilyn, glaubst du, daß Kerry einen Menschen töten könnte?»

«Ja. Ich glaube, jeder von uns könnte töten, wenn es sein müßte.»

«Aber Hogan?»

Sie atmete tief durch. «Mrs. H., ich weiß es einfach nicht. Es scheint undenkbar, aber ...»

«Wo hat Kerry in London gearbeitet – wenn überhaupt?»

«In einer Bank. Der Londoner Zweigstelle einer der großen amerikanischen Banken. Dort hat sie ihre Berufung entdeckt, so hat sie es mir zumindest erzählt.»

«Davon habe ich nie was gehört.» Harrys Gedanken überschlugen sich.

«Sie ist verschwiegen. Außerdem, wie viele Menschen interessieren sich schon für das Bankwesen, und ihr zwei seid bestenfalls Bekannte. Ich meine, es hat nichts zu bedeuten, wenn sie es dir nicht erzählt hat.»

«Hm, ja», erwiderte Harry matt.

«So, ich muß weiter, Besorgungen machen.» Marilyn stieß die Tür auf, und ein Schwall schwüler Luft schwappte herein. Und mit ihm Rick und Cynthia.

«Darf ich?» Rick zeigte auf die niedrige Klapptür, die den Kunden- vom Arbeitsbereich trennte.

«Wie höflich, erst zu fragen.» Mrs. Hogendobber hielt die Klapptür auf.

Cynthia folgte ihm. Sie legte einen Ordner auf den Tisch und schlug ihn auf. «Das hier hat mir der Besitzer einer Bar in

San Francisco geschickt, wo Huckstep gearbeitet hat.» Sie reichte Harry und Mrs. Hogendobber Zeitungsartikel über George Jarvis' Selbstmord.

Harry las ihren zuerst, dann schaute sie Miranda über die Schulter.

«Die Sache ist so, daß dieser Jarvis, ein Mitglied des Bohemian Club, Typ Säule der Gesellschaft, homosexuell war. Niemand hat es gewußt. Er wurde von Mike Huckstep und Malibu, seiner Freundin oder Frau – wir sind nicht sicher, ob sie tatsächlich verheiratet waren – erpreßt. Sie muß ein eiskaltes Luder sein; denn sie hat sich versteckt und Mike dabei fotografiert, wie er es mit seinen Opfern trieb, und damit hat die Erpressung angefangen.»

«In dem Trauring stand M & M.» Harry gab Cynthia den Zeitungsausschnitt zurück.

«Ich will keine voreiligen Schlüsse ziehen. Wir haben in San Francisco das Heiratsregister vom 12. Juni 1986 überprüft. Von Huckstep keine Spur. Es ist wie die Suche nach der Nadel im Heuhaufen. Die umliegenden Bezirke haben wir ebenfalls überprüft. Nach und nach werden wir sämtliche Register Kaliforniens durchgehen.»

«Wer weiß, vielleicht haben sich die beiden ans Meer gestellt und sich ewige Treue geschworen», meinte Rick sarkastisch. «Oder sie sind nach Reno gegangen.»

«Wir haben eine Bekanntmachung an alle Polizeireviere Amerikas und an die Registerämter aller Bezirke geschickt. Es kommt vielleicht nichts dabei heraus, aber wir lassen nichts unversucht.»

Cynthia zog eine 20 × 30-Hochglanzvergrößerung von einem Schnappschuß hervor. «Mike.»

«Sieht besser aus als an dem Tag, als er nach Ash Lawn gebrettert kam.»

«Niemand hat Anspruch auf die Leiche erhoben», teilte Rick ihnen mit. «Wir haben ihn auf dem Bezirksfriedhof beigesetzt. Wir haben uns Zahnarztunterlagen besorgt, um zu beweisen, daß er es wirklich war. Wir mußten ihn schließlich unter die Erde bringen.»

«Hier ist noch ein Foto. Das ist alles, was Frank Kenton gefunden hat. Er sagt, er hat jeden angerufen, an den er sich aus der Zeit, als Mike an der Bar bediente, erinnern kann.»

Im Hintergrund des Fotos stand eine verschwommene Gestalt mit dem Rücken zum Betrachter. «Malibu?» fragte Harry.

Mrs. Hogendobber setzte ihre Brille auf. «Alles, was ich erkennen kann, sind lange Haare.»

«Frank weiß wenig über sie. Sie hatte einen Teilzeitjob in der Anvil-Bar, die ihm gehört – ein Schwulentreffpunkt. Für die Stammgäste hätte Malibu ebensogut ein Stück Tapete sein können, zudem schien sie ein zurückhaltender Typ zu sein. Frank sagt, er kann sich nicht erinnern, auch nur ein einziges persönliches Gespräch mit ihr geführt zu haben.»

«Hat er von der Masche der beiden gewußt?» Harry starrte auf die Gestalt.

«Er ist schließlich dahintergekommen. Huckstep und Malibu sind im letzten Moment abgehauen. Ich vermute, daß sie mit einer ganzen Wagenladung Geld verschwunden sind. Sie sind nach Los Angeles gezogen, wo sie ihr ‹Gewerbe› fortgeführt haben dürften, auch wenn sie offenbar nie dabei erwischt wurden. Leichtes Spiel in so einer großen Stadt.»

Rick nahm den Faden auf, als Cynthia fertig war. «Wir glauben, daß sie in der Gegend um Charlottesville war, als Mike hierherkam. Wir wissen nicht, ob sie noch in der Nähe ist. Oh, noch eine Kleinigkeit. Wir haben ein paar Einzelheiten über Mikes Herkunft zusammengefügt. Seine Sozialversicherungsnummer hat uns dabei geholfen. Frank Kenton hatte die Nummer in seinen Unterlagen. Mike ist in Fort Wayne, Indiana, aufgewachsen. Er hat an der Northwestern University Informatik als Hauptfach belegt und nur Einsernoten gehabt.»

Harry klatschte in die Hände. «Der Threadneedle-Virus!»

«Das ist ein kühner Schluß, Harry», warnte Rick, dann überlegte er einen Moment. «Allerdings, Kerry hätte genau an der richtigen Stelle gesessen, um mitzumachen.»

Harry legte einen Postsack zusammen. «Wenn sie so schlau war, deren Tricks auszuhecken oder mit dem Computer-Genie gemeinsame Sache zu machen, dann war es ganz schön blöd von ihr, sich erwischen zu lassen. Irgendwie paßt das nicht zusammen.»

«Die Mordwaffe paßt auf alle Fälle.» Cynthia nahm ein Stück Bananenbrot, das Miranda ihr anbot.

«Also, ihr zwei» – Mirandas Stimme war mit Humor gewürzt –, «Sie sind doch nicht hier, um uns ein Foto von einem Rücken zu zeigen. Ich weiß, daß Sie zwei Morde aufzuklären haben. Sie würden die größte Mühe darauf verwenden, Hogans Mörder zu finden, nicht den Mörder des Fremden. Also müssen Sie glauben, daß die beiden Morde zusammenhängen, und Sie müssen uns auf irgendeine Weise brauchen.»

Ricks Kiefer erstarrte mitten im Kauen. Mrs. Hogendobber war gerissener, als er ihr zugetraut hatte. «Na ja –»

«Uns können Sie vertrauen.» Miranda bot ihm noch ein Stück Bananenbrot an.

Er schluckte. «Ohne Frage. Es ist bloß –»

Cynthia unterbrach ihn. «Wir sollten es ihnen lieber sagen.»

Hierauf wurde es still.

«Na gut», stimmte Rick zögernd zu. «Sie sagen es ihnen. Ich esse.»

Cynthia schnappte sich ein Stück Brot, bevor er den ganzen Laib verschlingen konnte.

«Wir haben unsere Leute an die Computer der Crozet National Bank gesetzt. Es ist nicht viel dabei herausgekommen, denn der Dieb hat seine Spuren verwischt. Aber eine interessante Sache haben wir gefunden. Ein Konto, das auf Mr. und Mrs. Michael Huckstep eröffnet wurde.»

Harry stieß einen Pfiff aus.

Miranda fragte: «Mr. und Mrs.?»

Cynthia fuhr fort: «Wir haben die Unterschriftskarten herausgesucht. Aber wir können die Echtheit seiner oder ihrer Unterschrift nicht überprüfen.»

«Können Sie sie nicht mit der Unterschrift auf seinem Führerschein vergleichen?» fragte Harry.

«Oberflächlich, ja. Sie stimmen überein. Aber um die Echtheit festzustellen, brauchen wir einen Handschriftensachverständigen. Wir haben eine Frau aus Washington hierherbestellt.» Sie hielt inne, um Atem zu holen. «Und was die Unterschrift von Mrs. Huckstep angeht ... sie stimmt, wiederum oberflächlich, mit keiner Handschrift von jemandem in der Bank überein.»

«Wann hat er oder sie das Konto eröffnet?» fragte Harry.

«Am dreißigsten Juli. Er hat 4218,64 Dollar in bar eingezahlt.» Rick wischte sich den Mund mit einer Serviette ab, die Miranda bereitgelegt hatte. «Die für die Eröffnung des Kontos zuständige Bankangestellte war Kerry McCray.»

«Sieht schlecht aus.» Harry atmete aus.

«Und wenn ...» Mrs. Hogendobber preßte die Finger aneinander. «Ach, vergessen Sie's.»

«Nein, reden Sie weiter», forderte Rick sie auf.

«Und wenn Kerry das Konto eröffnet hat? Das muß nicht heißen, daß sie ihn kannte.»

«Kerry beharrt darauf, daß sie nie ein Konto für Mr. und Mrs. Huckstep eröffnet hat, obwohl sie den ganzen dreißigsten Juli in der Abteilung war», sagte Rick mit schwerer Stimme. «Auf jedem Konto ist eine Identifikationsnummer der Angestellten. Kerrys Nummer ist auf Hucksteps Konto.»

«Ist das fehlende Geld auf seinem Konto?» erkundigte sich Harry.

«Nein», antworteten beide.

Cynthia ergänzte: «Wir können keine fünf Cents finden.»

«Hm, ich frage das nicht gerne, aber war es auf Hogan Freelys Konto?» Harry zuckte unter Mirandas verachtungsvollem Blick zusammen.

«Nein», erwiderte Rick.

«Nach allem, was wir wissen, könnte das Geld, das am ersten August verschwand, auf einem Konto deponiert sein, dessen Code wir nicht knacken können, um zu einem späteren, unverfänglichen Datum abgerufen zu werden», fügte Cynthia hinzu.

«Vielleicht ist das Geld auf einer anderen Bank oder sogar in einem anderen Land», sagte Miranda.

«Wenn zwei Millionen Dollar oder mehr auf einem Privatkonto aufgetaucht wären, würden wir es längst wissen.»

«Rick, und was ist mit einem Firmenkonto?»

«Harry, das ist etwas komplizierter, weil die großen Unternehmen laufend beträchtliche Beträge umbuchen. Ich denke, früher oder später würden wir es aufspüren, aber der Dieb und höchstwahrscheinlich der Mörder, ein und dieselbe Person, müßte jemanden in einer oder mehreren der 500 größten Gesellschaften sitzen haben», erklärte Rick.

«Oder jemanden in einer anderen Bank.» Harry konnte sich keinen Reim darauf machen. Sie hatte keinen Schimmer.

«Möglich.» Cynthia ließ ihre Knöchel knacken. «Verzeihung.»

«Was können wir tun?» Miranda wollte gerne helfen.

«Hier kommt jeder durchgestapft. Halten Sie Augen und Ohren offen», bat Rick.

«Das tun wir sowieso.» Harry lachte. «Wissen Sie, Big Marilyn hat uns gebeten, auf eingeschriebene Briefe zu achten. Könnten Aktienzertifikate sein. Nichts.»

«Danke für die Information über Threadneedle.» Rick stand auf. «Ich glaube nicht, daß Kerry das allein hätte durchziehen können.»

Miranda schluckte.

Als hätte sie ihre Gedanken gelesen, flüsterte Harry: «Norman?»

Rick zuckte die Achseln. «Wir haben absolut nichts gegen ihn in der Hand. Aber wir überprüfen jeden einzelnen in dieser Bank, bis hin zum Pförtner. Halten Sie die Augen offen.» Rick hob die Trennklappe, und Cooper folgte ihm.

«Wenn die Menschen schon für tausend Dollar töten, bedenken Sie, was sie für zwei Millionen tun würden.» Cynthia klopfte Harry auf den Rücken. «Merken Sie sich, wir sagten, passen Sie auf. Wir sagten nicht, mischen Sie sich ein.»

Als sie gegangen waren, fingen Miranda und Harry beide auf einmal an zu reden.

«Diesen beiden zu sagen, sie sollen sich raushalten, das ist, als würde man einem Hund sagen, er soll nicht mit dem Schwanz wedeln», sagte Mrs. Murphy zu Pewter.

«Außer Tucker», stichelte Pewter.

Tucker entgegnete von ihrem Platz unter dem Tisch: *«Das nehm ich dir übel.»*

31

«Wo kommt das ganze Zeug her?» Entsetzt inspizierte Harry ihre Rumpelkammer.

Die Bezeichnung Rumpelkammer wurde dem Raum nicht gerecht, einer mit Holzlatten verkleideten, geschlossenen rückwärtigen Veranda, komplett mit schlichten Holzhaken für Mäntel, einem schweren, schmiedeeisernen Stiefelabstreifer, einem großen Stiefelknecht und einem langen, massiven Eichentisch. Dunkelgrün und ocker gestrichene quadratische, gleich große Platten verliehen dem Fußboden Glanz. Die letzte Gelegenheit, den Schmutz abzustreifen, bot eine dicke Fußmatte mit der Aufschrift «Willkommen» an der Tür zur Küche.

Zweimal im Jahr kriegte Harry den Rappel, die Veranda aufzuräumen. Das Werkzeug wurde einfach an die Wand gehängt oder in den Stall gebracht, je nachdem, wohin es ursprünglich gehörte. Die Kartons mit Zeitschriften, Briefen und alten Kleidern mußten aussortiert werden.

Mrs. Murphy scharrte in dem Zeitschriftenkarton herum. Das Geräusch von Pfoten auf teurem Glanzpapier entzückte sie. Tucker begnügte sich damit, die alten Kleider zu beschnuppern. Wenn Harry ein Sweatshirt oder eine alte Jeans in einen Karton warf, dann waren die Sachen wirklich alt. Sie war dazu erzogen worden, alles aufzubrauchen und aufzutragen, sich zu bescheiden oder zu verzichten. Die Kleider wurden zu Putzlappen für den Stall zerschnitten. Was dann noch übrigblieb, warf Harry weg, aber sie gelobte sich, daß sie eines Tages lernen würde, Flickenteppiche zu machen, um die Reste verwerten zu können.

«Was gefunden?» fragte Tucker Mrs. Murphy.

«Jede Menge alte ‹New-Yorker›-Ausgaben. Sie sieht einen Artikel, den sie lesen will, hat keine Zeit, ihn gleich zu lesen, und hebt die Zeitschrift auf. Ich wette mit dir um einen Hundeknochen, daß sie sich jetzt auf die Erde setzt, die Zeitschriften durchsieht und die Artikel herausreißt, die sie aufheben will, so daß sie immer noch einen Stapel zu lesen hat, aber keinen so dicken mehr, wie wenn sie die vollständigen Zeitschriften aufbewahren würde. Wenn sie nicht im Postamt arbeitete, in der Klatschzentrale, dann würde sie in der Bücherei arbeiten wie früher ihre Mutter.»

«Und ich wette, das kaputte Zaumzeug ist das erste, was sie sich vornimmt. Das Kopfstück muß ersetzt werden. Sie wird es in die Hand nehmen, etwas murmeln und es dann in den Kofferraum legen, um es zu Sam Kimball zu bringen.»

«Kann sein. Das geht wenigstens schnell. Wenn sie ihre Nase erst in ein Buch oder eine Zeitschrift gesteckt hat, braucht sie ewig.»

«Meinst du, sie vergißt das Abendessen?»

«Tucker, du bist genauso schlimm wie Pewter.»

«Sie hat uns beide getäuscht», rief der Hund.

Mit einer Schere bewaffnet, begann Harry, die alten Kleider zu zerschneiden. «Mrs. Murphy, zerreiß die Zeitschriften nicht. Ich muß sie zuerst durchsehen.»

«Gib mir etwas Katzenminze. Ich bin bestechlich.» Mrs. Murphy scharrte und kratzte mit vermehrter Kraft.

Harry hörte zu schnippeln auf und griff sich den Zeitschriftenkarton. Er war schwerer als erwartet, deshalb stellte sie ihn wieder hin. «Fast hätte ich dich rausgeschüttelt.»

«Katzenminze.» Murphys Augen wurden groß, sie schlug in dem Karton einen Purzelbaum.

«Die reinste Akrobatin.» Harry stellte den Karton auf den Eichentisch. Murphy sah nach den Kräutern, die drinnen zum Trocknen aufgehängt waren. Ein großes Bund Katzenminze, mit den Blättern nach unten, verströmte einen süßen, verlockenden Duft. Murphy stürmte aus dem Karton, sprang hoch in die Luft und berührte die Spitze der Katzenminze. Ein bißchen höher, und sie hätte einen Volltreffer gelandet.

«Katzenminze.»

«Du bist drogensüchtig.» Harry lächelte und brach einen kleinen Zweig ab.

«Juhuu.» Mrs. Murphy riß Harry die Katzenminze aus der Hand, warf sie auf den Tisch, kaute ein bißchen, wälzte sich darauf herum, warf sie in die Luft, fing sie auf, wälzte sich noch ein bißchen. Ihre Kaspereien eskalierten.

«Übergeschnappt. Du bist total verrückt, du willst dich wohl bei der Kunstflugstaffel der Blue Angels bewerben.»

«Mutter, die ist immer so. Die Katzenminze verstärkt es nur. Ich dagegen, ich bin ein normaler, nüchterner Hund. Zuverlässig. Beschützer. Ich kann hüten und fangen und dir auf dem Fuße folgen. Selbst mit einem Knochen, den ich jetzt sehr zu schätzen wüßte, würde ich mich nie zu einem solch ungebärdigen Benehmen hinreißen lassen.»

«Verpiß dich», fauchte Mrs. Murphy Tucker an. Das Kraut machte sie aggressiv.

«Wir wollen ja gerecht sein.» Harry ging in die Küche und holte einen Knochen für Tucker, bevor sie sich wieder an die Arbeit machte.

Während die Tiere beschäftigt waren, wurde Harry mit dem Kleiderkarton fertig. Sie griff in den Karton mit den Zeitschriften und blätterte die Inhaltsverzeichnisse durch. «Hmm. Den Artikel heb ich mal lieber auf.» Sie schnitt einen langen Aufsatz über die Amazonas-Regenwälder aus.

«Da kommt wer», bellte Tucker.

«Halt die Klappe.» Murphy ließ den Kopf hängen. *«Du tust meinen Ohren weh.»*

«Freund oder Feind?» fragte die Corgihündin herausfordernd, als das Auto in die Zufahrt einbog.

«Glaubst du wirklich, ein Feind würde bis vor die Hintertür fahren?»

«Halt selber die Klappe. Ich tu meine Pflicht, und außerdem sind wir hier im Süden. Da benehmen sich alle Feinde wie Freunde.»

«Gut beobachtet», stimmte die Katze zu, während sie sich aus ihrem Katzenminzerausch riß. *«Es ist Little Marilyn. Was zum Teufel will die hier um sieben Uhr abends?»*

«Komm rein!» rief Harry. «Ich mach meinen Frühjahrsputz, im August.»

Marilyn öffnete die Verandatür. «Du tust es wenigstens. Ich hab Unmengen Zeug zum Aussortieren. Ich komm nie dazu.»

«Wie wär's mit Eistee oder -kaffee? Ich kann auch eine schöne Kanne heißen Kaffee machen.»

«Nein danke.»

«Wenn du keinen Eistee brauchst, ich schon.» Harry legte die Schere hin.

Die beiden Frauen verzogen sich in die Küche. Harrys peinlich saubere Küche duftete nach Muskat und Zimt. Harry war stolz auf ihre Ordnungsliebe. Auf irgendwas in der Küche mußte sie schließlich stolz sein; denn mit ihren Kochkünsten war es nicht weit her.

«Milch oder Zitrone?» Harry ließ ein Nein nicht gelten.

«O danke. Zitrone. Ich halte dich von der Arbeit ab.» Marilyn war zappelig.

«Das kann warten. Ich war den ganzen Tag auf den Beinen, da tut es gut, sich mal hinzusetzen.»

«Harry, wir sind nicht die besten Freundinnen, darum hoffe ich, du hast nichts dagegen, daß ich dich einfach so überfalle.»

«Ist in Ordnung.»

Sie ließ ihren Blick durch die Küche schweifen, dann setzte sie sich. «Ich weiß nicht, was ich tun soll. Vor zwei Wochen hat Kerry mich gebeten, ihr Geld zu leihen. Ich hab mich geweigert, auch wenn's mir schwerfiel, aber, nun ja, sie wollte dreitausend Dollar.»

«Wozu?»

«Sie sagte, mit dem Krebs ihres Vaters würde es immer schlimmer. Wenn sie die Summe anlegen würde, könnte sie davon das bestreiten, was seine Versicherung nicht abdeckt. Sie sagte, sie würde den Gewinn mit mir teilen und das Grundkapital in einem Jahr zurückzahlen.»

«Kerry ist viel raffinierter, als ich dachte.»

«Ja.» Little Marilyn saß stocksteif da.

«Hast du das Rick Shaw oder Cynthia erzählt?»

«Nein. Ich bin zuerst zu dir gekommen. Es hat mir keine Ruhe gelassen. Ich meine, sie steckt auch so schon tief genug drin.»

«Ja, ich weiß, aber –» Harry hob die Hände – «du mußt es ihnen sagen.»

Mrs. Murphy, die auf der Arbeitsfläche saß, sagte: *«Was denkst du wirklich, Marilyn?»*

«Sie hat Hunger.» Harry stand auf und öffnete zwei Dosen für Mrs. Murphy und Tucker. Tucker schlang ihr Fressen hinunter, während Mrs. Murphy ihrs gesittet verzehrte.

«Danke, daß du mir zugehört hast. Wir sind früher so gute Freundinnen gewesen. Ich komme mir vor wie eine Verräterin.»

«Das bist du nicht. Und so entsetzlich so ein Prozeß ist,

dafür sind die Gerichte da – wenn Kerry unschuldig ist, wird sie verschont. Das hoffe ich zumindest.»

«Kennst du nicht den alten Spruch? ‹Lieber dem Teufel in die Hände fallen als den Juristen.›»

«Du glaubst, sie steckt da mit drin, stimmt's?»

«Ah-hm.» Little Marilyn nickte, mit Tränen in den Augen.

32

In jeder freien Minute hämmerte Kerry in einem rückwärtigen Büro auf den Computer ein. Cynthia hatte ihr gesagt, sie könne zur Arbeit gehen. Sie werde morgen offiziell vernommen. Rick hatte dem stellvertretenden Direktor, Norman Cramer, gesagt, er möge Kerry erlauben zu arbeiten. Er richtete ein paar Worte an das Personal, die auf «unschuldig bis zum Beweis der Schuld» hinausliefen. Er erhoffte sich, daß Kerry oder ihrem Komplizen ein Schnitzer unterlief.

Der dicke Teppichboden im Vorstandsbereich der Bank dämpfte die Schritte hinter Kerry, als sie hektisch Verzeichnisse im Computer aufrief. Norman Cramer klopfte ihr auf die Schulter.

«Was machst du da?»

«Herumspielen. Ähnlich wie du, Norman.» Kerrys Gesicht glühte.

«Kerry, das hier geht dich nichts an. Du störst Rick Shaws Ermittlungen.»

Keiner von ihnen wußte, daß Rick Kerrys Computer überwachen ließ. Ein Polizeibeamter im Kellergeschoß sah alles, was sie aufrief.

«Hogan Freelys Ermordung geht alle an. Und lieber laß ich mich von dir abkanzeln, als daß ich nicht versuche, auf einen Hinweis zu stoßen, irgendeinen.»

Sein fahler Teint färbte sich dunkler. «Hör auf mich. Vergiß es.»

«Können wir nicht rausgehen und reden?»

«Und wieder eine Szene riskieren? Nein.»

«Ich hab gewußt, daß du ein Feigling bist. Ich hatte gehofft, es wäre nicht wahr. Ich hatte dir wirklich geglaubt, als du mir sagtest, du würdest Aysha verlassen –»

Er wies sie scharf zurecht. «Es gehört sich nicht, während der Arbeit Privatangelegenheiten zu besprechen.»

«Außerhalb der Arbeit willst du sie auch nie besprechen.»

«Ich kann nicht. Vielleicht weiß ich Dinge, die du nicht weißt, und vielleicht solltest du mich eine Weile vergessen. Du hättest heute nicht herkommen sollen. Es macht alle nervös.» Er drehte sich auf dem Absatz um und ging hinaus.

Kerry McCray kochte vor Wut. Sie folgte ihm. «Du jämmerlicher Mistkerl.»

Er packte sie so fest am Arm, daß er ihr weh tat, und halb schob, halb zog er sie durch den schmalen Flur zum Hinterausgang. Er warf sie fast die Treppe zum Parkplatz hinunter. «Nimm dir den Tag frei! Es ist mir egal, ob Rick Shaw es in Ordnung findet, wenn du hier bist. Ich finde es nicht in Ordnung. Jetzt geh, reg dich ab!» Er schlug die Tür zu.

Kerry stand mitten auf dem Parkplatz und schluchzte. Sie ging zu ihrem Auto, machte die Tür auf und stieg ein. Dann legte sie den Kopf aufs Lenkrad und schluchzte noch mehr.

Mrs. Hogendobber kam auf dem Weg von der Bank vorbei. Sie zögerte, dann ging sie zu Kerry.

«Kerry, kann ich Ihnen helfen?» fragte sie durch das heruntergekurbelte Fenster.

Kerry sah auf. «Mrs. Hogendobber, ich wünschte, Sie könnten es.»

Mrs. Hogendobber klopfte sie auf den Rücken. «‹Liebet eure Feinde; segnet, die euch fluchen; tut wohl denen, die euch hassen ... Denn so ihr liebet, die euch lieben, was werdet ihr für Lohn haben? Tun nicht dasselbe auch die Zöllner?›»

Kerry faßte sich genügend, um zu bemerken: «Heute würde man Zocker sagen.»

«Na also, ich wußte doch, daß es Sie aufrichten würde. Mir hilft die Bibel immer in Zeiten der Not.»

«Ich glaube, es lag ebensosehr an Ihnen wie an Ihrem Zitat. Ich wünschte, ich wäre so klug und ausgeglichen wie Sie, Mrs. Hogendobber.» Sie nahm ein Papiertuch aus dem Handschuhfach. «Glauben Sie, daß ich Hogan Freely umgebracht habe?»

Miranda sagte: «Nein.» Sie wartete, bis Kerry sich die Nase geputzt hatte. «Sie scheinen mir einfach nicht der Typ zu sein. Ich könnte mir vorstellen, daß Sie Norman im Liebeswahn töten, aber Hogan, nein.» Sie hielt inne. «Wenn man lange genug lebt, meine Liebe, dann sieht man alles. Man sieht immer noch vieles zum ersten Mal, einen abtrünnigen Exfreund inklusive. Nach einer Weile weiß man, worüber man sich aufregen und was man am besten auf sich beruhen lassen sollte. Er hat Aysha geheiratet. Lassen Sie ihn. Die Heilige Schrift lesen und zum Herrn beten hat noch niemandem geschadet. Sie werden dort Trost finden, und früher oder später wird der richtige Mann in Ihr Leben treten.» Sie holte Atem. «Es ist so heiß. Sie braten ja in dem Auto. Kommen Sie rüber ins Postamt, ich mache Ihnen einen Eistee. Ich habe auch Plätzchen mit Schokosplittern, und welche mit Macadamianüssen.»

«Danke. Ich bin völlig daneben. Ich glaube, ich fahre nach Hause, und vielleicht befolge ich Ihren Rat und lese die Bibel.» Sie wischte sich die Augen. «Danke.»

«Und daß Sie sich's nicht anders überlegen.» Miranda lächelte, dann ging sie zum Postamt.

Kerry fuhr los.

Mrs. Hogendobber wartete, bis niemand anders im Gebäude war, bevor sie Harry von dem Vorfall berichtete. In Crozet, einer Stadt mit nur 1733 Einwohnern, entging einem nicht viel. Ein paar Leute hatten gesehen, wie Kerry Norman durch den Flur folgte. Boom Boom Craycroft sah, wie er sie aus dem Bankgebäude stieß, und fünfzehn Personen, die kamen und gingen, sahen Mrs. Hogendobber Kerry auf dem Parkplatz trösten. Variationen dieser Vorfälle machten die Runde. Mit jeder Schilderung wurden Kerrys Unglück und vermutete Schuld weiter ausgeschmückt, bis sie am Ende selbstmordgefährdet war. Normans Entschlossenheit ihr gegenüber hatte für viele einen Anflug von Heroismus.

Als Little Marilyn nach Ash Lawn fuhr, um Aysha abzulösen, war die Erzählung zu einer Seifenoper herangereift, aber vielleicht ist das tägliche Leben ja eine Seifenoper.

In Ash Lawn taten alle doppelten Dienst, weil Laura Freely bis Jahresende nicht wiederkommen würde. Die Anstrengung, einen Plan auszuarbeiten und Ottoline an Lauras Stelle einzusetzen, machte Marilyn, die für die Fremdenführungen zuständig war, fix und fertig.

Marilyn kämmte sich die Haare und machte sich frisch, als Aysha mit einer Besuchergruppe durch war. Es kamen noch mehr, aber Marilyn hatte ungefähr zehn Minuten, bevor sie eine neue Gruppe zu einer Führung holte.

Aysha schilderte ihre Version der Norman-Kerry-Episode. Ihre Schadenfreude brachte Marilyn Sanburne jr. in Rage.

«Sie ist die Verliererin. Du bist die Siegerin. Sei wenigstens so anständig, sie zu ignorieren.»

Aysha schob energisch die Schultern zurück und straffte das Kinn, das Vorspiel zu einer Äußerung von emotionaler Bedeutsamkeit, gefärbt mit ihrer eingebildeten Überlegenheit. «Wer bist du, mir meine Verhaltensweisen vorzuschreiben?»

«Ich war mal deine beste Freundin. Jetzt bin ich da nicht mehr so sicher.»

«Du stehst auf ihrer Seite. Ich hab's gewußt. Ach, wie Frauen doch die Opfer lieben, und Kerry stellt sich als wahre Märtyrerin der Liebe dar – sie ist eine Mörderin, um Himmels willen!»

«Das kannst du nicht wissen, und du brauchst dich nicht daran zu weiden.»

«Tu ich gar nicht.»

«Auf mich wirkst du ganz schön hämisch», entgegnete Marilyn. «Hör auf damit.»

Aysha senkte die Stimme, ein Zeichen, daß das, was sie mitzuteilen hatte, ungeheuer, wahrhaftig und schrecklich wichtig war und daß sie es nur für sich behalten hatte, weil sie eine richtige Lady war. «Sie hat auf Hogan Freelys Trauerfeier meinen Mann geküßt.»

Da weder Harry noch Cynthia es erwähnt hatten, wußte Marilyn nicht, daß bei dem Vorfall ein Kuß im Spiel gewesen war. Da die zwei Rivalinnen aus Leibeskräften gebrüllt und gekreischt hatten, kannte sie allerdings den Rest. Sie hatte, wie die meisten anderen Trauergäste, jedes Wort gehört. «Ich wäre auch wütend geworden. Das kann ich verstehen. Ich würde nicht wollen, daß jemand meinen Mann küßt, schon gar nicht eine frühere Geliebte. Aber, Aysha, du mußt darüber wegkommen. Immer, wenn du auf sie reagierst, kriegt sie, was sie will. Ihr, nicht Norman, gilt deine ganze Beachtung, und ihr, nicht dir, gilt Normans ganze Beachtung. Da mußt du drüberstehen.»

«Du hast leicht reden. Ich erinnere mich, wie falsch sie in der Schule war – so freundlich, wenn sie mit dir sprach, und so gemein hinter deinem Rücken –»

«Ich will nichts davon hören.» Marilyn trat einen Schritt auf Aysha zu, merkte, was sie tat, und blieb stehen. «Wenn du so weitermachst, Aysha, wirst du genau so eine Zimtzicke wie deine Mutter.»

«Du denkst, du bist besser als alle anderen, weil du das Vermögen deiner Mutter erbst. Wenn Big Marilyn meine Mutter wäre, würde mir angst und bange. Jede Frau wird mal wie ihre Mutter. Meine ist ein kleiner Fisch gegen deine.»

«Ich mach mir nichts aus dem Geld.»

«Wer es hat, macht sich nie was draus. Das ist es ja eben! Ich hoffe, daß ich eines Tages so viel habe wie du, damit ich's dir unter die Nase reiben kann.»

«Deine Zeit ist um. Ich übernehme jetzt.» Marilyn ging ruhig in den Wohnraum, um die Besucher in Monroes Heim zu begrüßen.

33

Eine Klimaanlage war ein Luxus, den Harry sich nicht leisten konnte. Ihr Haus am Fuß des Yellow Mountain war immer kühl, außer in den schwülsten Sommernächten. Dies war so eine schlimme Nacht. Alle Fenster standen offen, um den nicht vorhandenen Wind hereinzulassen. Harry warf und wälzte sich herum, schwitzte, und am Ende fluchte sie.

«Ich weiß nicht, wie du dabei schlafen kannst», murrte sie, als sie über Tucker hinwegstieg und ins Badezimmer ging.

Als Harry sich die Zähne putzte, erklomm Mrs. Murphy behende das Waschbecken.

«Höllisch heiß.»

Den Mund voll Zahnpasta, antwortete Harry nicht auf Murphys Bemerkung. Nachdem sie den Mund gespült hatte, kraulte sie die Katze, die genüßlich schnurrte.

Ein Gang durchs Haus verschaffte keine Erleichterung. Sie ging in die Bibliothek, von Murphy beschattet.

«Mutter, dies ist der heißeste Raum im Haus. Warum legst du dir nicht Eiswürfel auf den Kopf und setzt eine Baseballkappe obendrauf? Das hilft bestimmt.»

«Mir ist auch heiß, Schätzchen.» Harry warf einen Blick auf die alten Bücher, die ihre Mutter bei den von ihr veranstalteten Büchereiverkäufen für sich reserviert hatte. «Ich weiß, was wir machen. Wir gehen in den Stall, stellen den kleinen Tisch aus der Sattelkammer in den Gang und denken nach. Im Stall ist es im Moment am kühlsten.»

«Ist 'nen Versuch wert.» Murphy raste zu der Verandatür und stieß sie auf. Der Haken hing nutzlos da, weil die Ösenschraube schon längst verlorengegangen war.

Als sie in den Stall kamen, rauschte die Eule über ihre Köpfe hinweg. *«Ihr zwei Idioten verderbt mir eine gute Jagdnacht.»*

«Ekelpaket.» Mrs. Murphy plusterte ihr Fell auf.

Als Harry das Licht anknipste, steckte das Opossum den Kopf aus einem Plastik-Futtereimer. *«He.»*

«Keine Angst, Simon. Sie hat nichts dagegen. Wir stellen ein paar Nachforschungen an.»

«Hier?»

«Zu heiß im Haus.»

«Man hat hier schon das Gefühl, als wär man in ein großes nasses Handtuch gewickelt. Im Haus muß es noch schlimmer sein», pflichtete Simon ihr bei.

Harry, die von der lebhaften Unterhaltung zwischen ihrer Katze und dem Opossum nichts ahnte, trug den kleinen Tisch in den Gang, stellte einen Ventilator auf, griff zu Bleistift und ihrem linierten Block, setzte sich hin und fing an, Notizen zu machen. Hin und wieder schlug Harry sich auf den Arm oder den Nacken.

«Wieso stechen die Mücken mich und lassen dich in Ruhe?» fragte sie die Tigerkatze, die nach dem kritzelnden Bleistift schlug.

«Die können nicht durchs Fell. Euch Menschen fehlt es am wirksamsten Schutz. Dauernd macht ihr uns übrigen weis, das käme daher, weil ihr so hoch entwickelt seid. Irrtum. Adleraugen sind viel stärker entwickelt als eure. Meine übrigens auch. Reib dich mit Mückenschutz ein.»

«Ich wünschte, du könntest sprechen.»

«Ich kann sprechen. Du kannst bloß nicht verstehen, was ich sage.»

«Murphy, ich liebe es, wenn du mich anmaunzt. Ich wünschte auch, du könntest lesen.»

«Wie kommst du darauf, daß ich es nicht kann? Das Dumme ist, ihr schreibt meistens über euch selbst und nicht über andere Tiere, deswegen finde ich nur wenige Bücher, die mich interessieren. Tukker behauptet, sie kann lesen, aber bestimmt nicht fließend. Simon, kannst du lesen?»

«Nein.» Simon war zu einem anderen Futtereimer übergegangen, wo er sich am Frischfutter gütlich tat. Am liebsten mochte er die kleinen Maiskörner.

Harry führte alle Ereignisse auf, wie sie sie in Erinnerung hatte, angefangen mit Mike Hucksteps Auftritt in Ash Lawn.

Sie verzeichnete Uhrzeiten, das Wetter und alle zufällig anwesenden Personen.

Beginnend mit dem Vorfall in Ash Lawn, vermerkte sie, daß es heiß war. Laura Freely war für die Fremdenführerinnen verantwortlich gewesen: Marilyn Sanburne jr., Aysha Cramer, Kerry McCray. Susan Tucker hatte im Andenkenladen bedient. Danny Tucker hatte links vom Haus im Garten gearbeitet. Harry und Blair waren im Wohnzimmer.

Sie versuchte, sich an jede Einzelheit von jedem Vorgang zu erinnern, bis hin zu Little Marilyns Besuch bei ihr, als sie von Kerrys Bitte erzählte, ihr Geld zu leihen.

«Murphy, ich geb's auf. Es ist und bleibt unübersichtlich.»

Die Katze legte die Pfote auf den Bleistift, so daß Harry nicht weiterschreiben konnte. *«Hör zu. Wer immer hinter der Sache steckt, kann nicht schlauer sein als du. Wenn die es aushecken konnten, kannst du dahinterkommen. Die Frage ist, wenn du dahinterkommst, bist du dann in Gefahr?»*

Harry streichelte Murphy geistesabwesend, während die Katze versuchte, vernünftig mit ihr zu reden.

«Weißt du, ich war die halbe Nacht auf und hab Listen gemacht. Die sogenannten Fakten bringen mich nicht weiter. Wenn ich hier mit dir sitze, Murphy, ohne Pflichten, in vollkommener Ruhe, kann ich nachdenken. Wird Zeit, mich auf meine Instinkte zu verlassen. Mike Huckstep hat seinen Mörder gekannt. Er ist mit ihm tief in den Wald gegangen. Hogan Freely mag seinen Mörder gekannt haben oder auch nicht, aber der Mörder hat Hogan bestimmt gekannt, er wußte, daß er an dem Abend arbeitete, und hatte das Glück, die Bank unverschlossen zu finden, oder aber er – oder sie – hatte einen Schlüssel. Jeder von uns, der in Market Shifletts Laden war, wußte, daß Hogan in der Bank sein würde. Er hat es uns gesagt. Laura hat es gewußt, aber ich denke, sie können wir ausklammern. Ob er es sonst noch jemandem erzählt hat?»

«Der dichte Nebel ist dem Mörder zugute gekommen.» Mrs. Murphy konnte sich lebhaft an die Nacht erinnern.

Harry klopfte mit dem Bleistift auf den Tisch. «War das ein geplanter oder ein impulsiver Mord?»

Harry schrieb ihre Gedanken nieder und wartete auf den Sonnenaufgang. Da Mrs. H. um sechs schon auf und beim Backen war, rief Harry sie an und bat ihre Freundin, sie für eine halbe Stunde zu vertreten. Sie müsse etwas im Büro des Sheriffs vorbeibringen.

Um sieben war sie in Rick Shaws Büro, wo sie ihre Notizen bei Ed Wright zurückließ, der gerade seine Nachtschicht beendete. Um acht rief Rick an. Er hatte ihre Aufzeichnungen gelesen und dankte ihr.

Sie sortierte mit Miranda die Post, dabei erzählte sie ihr, was sie für Sheriff Shaw aufgeschrieben hatte. Wenn sie, was selten vorkam, die ganze Nacht aufgewesen war, wurde sie gewöhnlich gegen drei Uhr nachmittags sehr müde. Sie rechnete damit, einzunicken, und warnte Mrs. Hogendobber schon mal vor, damit sie ihr nicht böse sei. Die Ereignisse des Tages jedoch sollten sie hellwach halten.

34

Zu Beginn des Tages hatte Harry die bizarre Kette der Ereignisse dem Umstand zugeschrieben, daß es bewölkt war. Das bot allerdings keine Erklärung dafür, wie der Tag endete.

Um halb elf kam Blair Bainbridge auf einer nagelneuen, phantastischen Harley-Davidson auf den vorderen Parkplatz des Postamtes gefahren. Die Maschine wirkte schwarz, zumal unter den Wolken, glänzte aber im hellen Sonnenlicht in dunklem Pflaumenblau.

«Was hältst du davon?» fragte Blair.

Harry ging hinaus, um die Maschine zu bewundern. «Was ist bloß in dich gefahren?»

«Der Sommer hat mich gepackt.» Er grinste. «Und weißt du, als ich Mike Hucksteps Harley sah, da überkamen mich die Erinnerungen. Wer sagt denn, daß ich vierundzwanzig Stunden am Tag ein reifer und verantwortungsvoller Mensch sein muß? Wie wär's mit zwanzig Stunden am Tag, und für vier Stunden darf ich wieder wild und ausgelassen sein?»

«Hört sich gut an.»

Miranda öffnete die Vordertür. «Sie werden sich umbringen auf dem Ding.»

«Das will ich nicht hoffen. Gibt es ein Bibelzitat für überhöhte Geschwindigkeit?»

«Auf Anhieb fällt mir keins ein. Ich werde darüber nachdenken.» Sie schloß die Tür.

«O Blair, sie wird sich den Kopf zerbrechen. Sie wird ihre Bekannten im Bibelforschungskurs anrufen. Sie wird nicht ruhen, bis sie ein passendes Zitat gefunden hat.»

«Soll ich sie zu einer Spritztour einladen?»

«Ich bezweifle, daß sie annimmt. Wenn es nicht ihr Ford Falcon ist, will sie nirgends ein- oder aufsteigen.»

«Ich wette mit dir um fünf Dollar.» Damit sprang er die Stufen zum Postamt hinauf.

Harry schloß die Tür, während Mrs. Murphy und Tucker Blair begrüßten.

«Mrs. Hogendobber, ich habe zufällig zwei Helme dabei, und ich möchte Sie auf eine Spritztour mitnehmen. Wir können die Gegend unsicher machen.»

«Das ist aber nett.» Doch sie schüttelte den Kopf.

Ehe er sich in sein Thema vertiefen konnte, flog die Vordertür auf, und Norman Cramer stürmte aufgebracht herein.

«Wie können Sie nur? So was Geschmackloses!»

«Wovon reden Sie?» fragte Blair, da sich der Angriff gegen ihn richtete.

«Da, davon rede ich!» Norman deutete wild gestikulierend zu dem schönen Motorrad hinüber.

«Mögen Sie keine Harleys? Okay, Sie sind ein BMW-Typ.» Blair zuckte die Achseln.

«Alles ging gut hier, bis zu dem Tag, als dieses Motorrad auftauchte. Wie können Sie damit herumfahren? Wie können Sie es auch nur anrühren! Was haben Sie gemacht, Rick Shaw heimlich Geld zugesteckt? Ich dachte, herrenloses Eigentum käme auf eine öffentliche Versteigerung, die die Dienststelle des Sheriffs veranstaltet.»

«Moment mal.» Blair entspannte sich. «Das ist nicht die Harley von dem Ermordeten. Sie ist nicht mal schwarz. Gehen Sie raus, und sehen Sie sie sich noch mal an. Ich habe diese Maschine eben gekauft.»

«Ha?»

«Gucken Sie nach.» Blair hielt Norman die Tür auf.

Die beiden Männer umrundeten das Motorrad, die Frauen und Tiere sahen von drinnen zu.

«Norman dreht allmählich durch.» Harry zog einen Mundwinkel hoch.

«Wenn Sie zwischen Kerry und Aysha gefangen wären, würden Sie wohl auch einen Knall kriegen. Skylla und Charybdis.»

«Der war richtig rot angelaufen. Und wie konnte er so etwas über Rick Shaw sagen? Heiliger Jesus, was den Menschen für Mist durch den Kopf geht.»

«Sie sollen den Namen unseres Erlösers nicht mißbrauchen.»

«Verzeihung. He, da kommt Herbie.»

Der Reverend blieb stehen, um mit den Männern zu plaudern, dann trat er ins Postamt. «Billiges Transportmittel. Diese Dinger verbrauchen höchstens fünf Liter auf hundert Kilometer. Wenn die Benzinsteuer weiter steigt, leg ich mir vielleicht auch so eins zu. Wie wär's mit einem Motorrad mit Beiwagen?»

«Wollen Sie ein Kreuz draufmalen? Ein kleines Schild mit ‹Priester› an den Lenker hängen?»

«Mary Minor Haristeen, entdecke ich da einen Hauch von Sarkasmus in Ihrer Stimme? Haben Sie nichts von den Reisen des heiligen Paulus gelesen? Stellen Sie sich vor, er hätte ein Motorrad gehabt. Dann hätte er im ganzen Mittelmeerraum Gemeinden gründen können, sogar in Gallien. Das hätte den Prozeß der Christianisierung beschleunigt.»

«Auf einer Harley. Gefällt mir, die Vorstellung.»

Miranda schlenderte zum Schalter. «Sie zwei. Was denken Sie sich wohl als nächstes aus?»

«Stellen Sie sich vor, Jesus hätte ein Auto. Was für eins würde er fahren?» Herbie zog Miranda gerne auf, und er wußte, daß sie ihm als ordiniertem Geistlichen zuhören mußte.

«Das beste Auto der Welt», sagte Miranda, «meinen Ford Falcon.»

«Dann könnte er ebensogut wieder auf Sandalen umsteigen.» Harry stieg in das Spiel ein. «Ich wette, er würde einen Subaru Kombi fahren, weil das Gefährt ewig hält, selten zur Inspektion muß und er seine zwölf Jünger reinquetschen könnte.»

«Na, das wäre doch was.» Herb bückte sich, um Tucker zu kraulen, die unter der Schalterklappe hervorkam.

Blair kam wieder zu ihnen herein. Norman auch.

«Verzeihung. Bin ein bißchen gereizt.» Norman senkte den Blick.

«Norman, Sie haben zwei Frauen zuviel in Ihrem Leben, Ottoline nicht mitgerechnet.» Mrs. Hogendobber nahm kein Blatt vor den Mund.

Er wurde rot, dann nickte er.

Blair sagte heiter: «So viele Männer sind auf der Suche nach einer Frau, und Sie haben welche übrig. Wie machen Sie das bloß?»

«Mit Blödheit.» Norman bemühte sich tapfer, zu lächeln, dann verschwand er.

«Was sagt man dazu?» rief Miranda aus.

«Ich glaube, er ist ziemlich am Ende», erwiderte Harry.

«Deprimiert.» Blair öffnete sein Schließfach.

«Ach was, wenn er Aysha liebt, wird er eine Lösung finden.» Herb glaubte an das Sakrament der Ehe. Schließlich hatte er die halbe Stadt getraut.

«Aber wenn er sie nicht liebt?» fragte Harry.

«Dann weiß ich es auch nicht.» Herb verschränkte die Arme. «Die Ehe ist ein einziger Kompromiß. Vielleicht kann er einen Mittelweg finden. Aysha vielleicht auch. Ihr Streben nach gesellschaftlichem Aufstieg stellt sogar meine Geduld auf die Probe.»

Als Herb ging, kam Cynthia Cooper. «Danke für Ihre Notizen.»

«Ich konnte nicht schlafen. Mußte irgendwas tun.»

«Ich war auch die ganze Nacht auf», erklärte Blair. «Wenn ich das gewußt hätte, wäre ich rübergekommen.»

«Sie Teufel.» Cynthia wäre dafür gestorben, ihn das zu ihr sagen zu hören. «Also, die Graphologin aus Washington hat die Handschrift auf der Unterschriftskarte mit der auf Mike Hucksteps Einkommensteuererklärung und auf seinem Führerscheinantrag verglichen. Sie sind echt. Und Mrs. Hucksteps Unterschrift ist nicht seine Handschrift. Er hat keine Unterschrift gefälscht. Und Kerrys Unterschrift ist es auch nicht. Die Karte wurde von zwei Personen unterschrieben.»

«Wie haben Sie das so schnell herausgefunden?»

«So schnell ging das gar nicht. Versuchen Sie mal, die Finanzbehörde dazu zu bringen, einer kleinen Sheriffdienststelle in Mittelvirginia zuzuhören. Rick hat schließlich unseren Kongreßabgeordneten angerufen, und das hat die Dinge ins Rollen gebracht. Mit dem Kfz-Amt gab es keine Probleme.»

«Ist Mike tatsächlich in die Bank gegangen und hat Karten unterschrieben?»

«Na ja, niemand in der Bank erinnert sich, einen Mann gesehen zu haben, auf den seine Beschreibung paßt. Oder es will keiner zugeben.»

«Coop, wie hat er unterschrieben?» fragte Blair. «Mit vorgehaltener Pistole?»

«Konnten Sie Laura schon befragen?» fragte Mrs. H. «Sie könnte sich vielleicht an etwas erinnern.»

«Sie war äußerst kooperativ. Sobald der Schock abgeebbt war, hat sie geholfen, soviel sie konnte, weil sie möchte, daß Hogans Mörder gefaßt wird. Dudley und Thea tun, was sie können. Leider sagt Laura, sie hat niemanden gesehen, auf den Hucksteps Beschreibung zutrifft. Hogan hat gelegentlich mit Laura über Bankprobleme gesprochen, aber das waren gewöhnlich Probleme mit Leuten. Die Spannungen zwischen Norman Cramer und Kerry McCray haben ihn beunruhigt. Davon abgesehen, meint sie, schien alles normal.»

«Und es gibt keine Auffälligkeiten bei irgend jemandem in der Crozet National Bank?» Mrs. Hogendobber spielte mit ihren Armreifen.

«Nein. Keine Polizeiakten.»

Harry seufzte. «Wir stecken immer noch in einer Sackgasse.»

«Wissen Sie, Harry, Sie sind die einzige, die den Mörder gesehen hat», entgegnete Cooper.

«Darüber habe ich mir auch schon Gedanken gemacht.»

«Wie meinen Sie das?» Blair und Miranda sprachen durcheinander, aber im Kern sagten beide dasselbe.

«Derjenige, der das Motorrad fuhr, als es Harry bei Sugar Hollow fast gerammt hätte, war höchstwahrscheinlich unser Mann. Es sei denn, Huckstep ist weggefahren und später zurückgekommen.»

«Ich hab weiter nichts gesehen als einen schwarzen Helm mit einem schwarzen Visier und jemand ganz in schwarzem Leder. Ein richtiger Hell's Angel.»

«Warum haben Sie nichts gesagt?» wollte Miranda wissen.

«Hab ich ja. Ich hab's Rick und Cynthia erzählt. Ich habe mir das Hirn zermartert nach irgendwas, einem Hinweis, einer Auffälligkeit, aber es ging ja alles so schnell.»

Als Blair gegangen war, um in der Gegend herumzufahren, blieb Cynthia noch ein bißchen. Die Leute kamen und gingen wie immer, und um fünf schlossen die Frauen das Postamt und gingen nach Hause.

Susan Tucker kam mit Danny und Brooks herübergefahren. Sie verließen Harrys Haus gegen acht. Dann rief Fair an. Der Abend kühlte zu Harrys Freude etwas ab, und sie ging früh schlafen.

Das Schrillen des Telefons ärgerte sie. Der große altmodische Wecker zeigte halb fünf. Sie nahm den Hörer ab.

«Hallo.»

«Harry. Ich bin's, Fair. Ich komm rüber.»

«Es ist halb fünf.»

«Norman Cramer ist erdrosselt worden.»

«Was?» Harry setzte sich kerzengerade auf.

«Ich erzähl dir alles, wenn ich da bin. Bleib, wo du bist.»

35

Kaffee mit Zimtgeschmack, richtig gefiltert, weckte Harrys Lebensgeister. Sie hatte die Krups-Kaffeemaschine aus dem Stall in die Küche geholt. Das Gerät war so schick, sie fand es zu schade für den Stall. Mrs. Murphy und Tucker nahmen mit ihr ein frühes Frühstück ein. Die Eule, aufs neue erzürnt über die Störung, segelte tief über Fairs Kopf, als er schweren Schrittes zur Hintertür ging.

«Was ist passiert?» fragte Harry, während sie ihm eine Tasse Kaffee einschenkte und Muffins auf den Tisch stellte.

Mit kreidebleichem Gesicht setzte er sich langsam hin. «Schwerer Fall von Kolik. Steve Altons große Hannoveranerstute. Er hat sie in die Klinik gebracht, und ich hab operiert. Ich war erst gegen drei, halb vier fertig. Steve wollte bei ihr bleiben, aber ich hab ihn nach Hause geschickt, damit er ein bißchen Schlaf kriegt. Ich bin durch die Stadt zurückgefahren und an der Railroad Avenue links abgebogen. Keine Menschenseele in Sicht. Als ich an der alten Del-Monte-Fabrik vorbeikam, sah ich Norman Cramer in seinem Wagen sitzen. Die Scheinwerfer brannten, und der Motor lief. Norman starrte ins Leere, und seine Zunge hing so komisch raus. Ich hab angehalten und bin ausgestiegen, und als ich näher kam, sah ich schlimme Quetschungen an seinem Hals. Da hab ich die Tür aufgemacht, und er ist rausgekippt aufs Pflaster. Hab sofort Rick angerufen. Er war in weniger als zehn Minuten da – er muß hundertsechzig gefahren sein. Cynthia hat es in zwanzig Minuten geschafft. Ich hatte bloß auf dem Türgriff Fingerabdrücke hinterlassen, die Leiche habe ich nicht angerührt. Ich hab ihnen erzählt, was ich wußte, bin ein bißchen dageblieben, dann hat Rick mich nach Hause geschickt.»

«Fair, es tut mir so leid.» Harrys Hände zitterten. «Wärst du früher dort gewesen, wäre der Mörder womöglich auf dich losgegangen.»

«Diese toten Augen, die mich angestarrt haben, werde ich noch lange, lange Zeit sehen. Rick sagte, die Leiche war noch warm.» Er nahm ihre Hand.

«Wenn ich das Bett im Gästezimmer beziehe, glaubst du, daß du schlafen kannst?»

«Nein. Laß mich auf dem Sofa dösen. Ich muß um halb acht wieder in der Klinik sein.»

Sie holte ein paar Kissen und eine leichte Decke für das Sofa. Fair streifte seine Schuhe ab und streckte sich aus. Er sah Harry wehmütig an, als sie zum Schalter griff, um das Licht auszumachen. «Ich bin gern in diesem Haus.»

«Es ist schön, dich hierzuhaben. Ich weck dich um halb sieben.»

«Gehst du wieder schlafen?»

«Nein, ich muß über einiges nachdenken.» Er war eingeschlafen, bevor sie den Satz beendet hatte.

36

Harry benutzte die Sattelkammer als Büro. Sie holte ihren Block hervor und schrieb alles auf, was Fair ihr erzählt hatte. Anschließend führte sie auf, was sie über den Mörder von Mike Huckstep und Hogan Freely wußte. Ob dieselbe Person Norman getötet hatte, stand nicht fest, aber er war immerhin Chef der Kontenabteilung der Crozet National Bank. Harrys Vermutung war, daß die drei Morde zusammenhingen.

Sie schrieb:

1. Kennt sich mit Computern aus.
2. Kennt die Gewohnheiten der Opfer.
3. Kennt die Gewohnheiten von uns übrigen, wäre aber nach der Ermordung von Hogan Freely fast erwischt worden.
4. Tötet unter Druck. Reagiert schnell. Hat Kerry k. o. geschlagen, bevor Kerry ihn sehen konnte, und es dann so hingestellt, als sei sie die Mörderin ... oder aber der Mörder ist Kerrys Komplize. Nicht auszuschließen.
5. Arbeitet in der Bank oder kennt sich mit Bankgepflogenheiten aus, vielleicht von einem anderen Job. Hat möglicherweise einen Schlüssel.

6. Kennt womöglich Malibu. Könnte sie als Köder benutzen. Vielleicht ist Malibu die Mörderin oder die Partnerin des Mörders.
7. Fühlt sich uns übrigen überlegen. Hat die Medien mit falschen Informationen über den Threadneedle-Virus gefüttert und dann zugesehen, wie wir sie gefressen haben.
8. Kann Motorrad fahren.

Um sechs Uhr nahm Harry den Hörer des alten schwarzen Wandapparates ab und rief Susan Tucker an. Murphy setzte sich auf den Schreibblock. Die Katze wußte nichts hinzuzufügen außer «bewaffnet und gefährlich».

«Susan, entschuldige, daß ich dich geweckt habe.»

«Harry, alles in Ordnung mit dir?»

«Ja. Fair schläft auf der Couch. Er hat Norman Cramer heute früh erdrosselt aufgefunden.»

«Was? Moment. Ned – *Ned*, wach auf.» Susan schüttelte ihren Mann.

Harry hörte, wie er im Hintergrund murmelte, wie zwei Füße über den Boden schlurften und dann der Hörer aufgenommen wurde.

«Harry.»

«Tut mir leid, daß ich dich geweckt habe, Ned, aber ich denke, es könnte Kerry nützen, weil du doch ihr Anwalt bist. Fair hat Norman Cramer in seinem Wagen vor der Del-Monte-Fabrik erdrosselt aufgefunden. Heute morgen gegen halb vier. Er wußte nicht, daß er tot war. Er hat die Wagentür aufgemacht, und Norman ist aufs Pflaster gekippt. Fair sagt, große Quetschungen an seinem Hals und der Zustand seines Gesichts deuten auf Erdrosseln hin –»

«Mein Gott.» Ned sagte langsam: «Es war richtig von dir, uns anzurufen.»

«Sind denn alle verrückt geworden? Will der Mörder uns einen nach dem anderen kaltmachen?» entfuhr es Susan.

«Wenn wir uns einmischen oder ihm zu nahe kommen, würde ich sagen, wir sind die nächsten.» Harry klang nicht gerade ermutigend.

«Ich rufe Mrs. H. und Mim an. Dann muß ich Fair wekken. Wie wär's, wenn wir uns alle zum Frühstück im Café treffen – halb acht? Hmm, vielleicht sollte ich Blair auch anrufen. Was sagst du dazu?»

«Ja, zu beidem», antwortete Susan.

«Gute Idee. Wir sehen uns dort.» Ned hielt inne. «Und danke noch mal.»

Harry rief Mrs. Hogendobber an, die erschüttert war, Big Marilyn, die sowohl erschüttert war als auch wütend darüber, daß so etwas in ihrer Stadt passieren konnte, und Blair, der, aus tiefem Schlummer gerissen, ganz benommen war.

Sie fütterte die Pferde, Mrs. Murphy und Tucker. Dann weckte sie Fair. Sie machten sich frisch.

«Mrs. Murphy und Tucker, das wird ein schwerer Tag heute. Ihr zwei bleibt zu Hause.» Sie ließ die Küchentür offen, damit die Tiere auf die Veranda konnten. Sie stellte für jedes einen großen Napf Trockenfutter hin.

«Nimm mich mit», winselte Tucker.

«Vergiß es», sagte Mrs. Murphy unbewegt. *«Sobald sie aus der Einfahrt sind, hab ich einen Plan.»*

«Sag's mir jetzt.»

«Nein, die Menschen stehen noch hier.»

«Sie verstehen dich doch gar nicht.»

«Vorsicht ist die Mutter der Porzellankiste.»

Harry küßte beide Tiere, dann sprang sie in den alten Transporter, während Fair in seinen großen Chevy-Kombi stieg. Sie fuhren zu dem Café in der Innenstadt. Er hatte in der Klinik angerufen. Dem Pferd ging es gut, daher beschloß er, der Gruppe beim Frühstück Gesellschaft zu leisten.

«Mir nach», befahl Murphy, sobald die Automotoren nicht mehr zu hören waren.

«Ich hab nichts dagegen, zu tun, worum du mich bittest, aber ich hasse es, Befehle entgegenzunehmen», knurrte Tucker.

«Hunde sind folgsam. Katzen sind unabhängig.»

«Du hast sie ja nicht mehr alle.»

Trotzdem folgte Tucker Mrs. Murphy, als sie durch die vorderen Weiden und an der Reihe hoher Platanen am Ufer des Baches, der die Weideflächen teilte, entlangsauste.

«Wo gehen wir hin?»

«Zu Kerry McCray. Der schnellste Weg ist, wenn wir uns nach Süden wenden. Auf diese Weise können wir auch die Straße meiden, aber wir müssen den Bach überqueren.»

«Du machst dir die Pfoten naß?»

«Wenn es sein muß», gab die Katze entschlossen zur Antwort.

Im Dauerlauf kamen die beiden Tiere schnell voran. An dem breiten Bach blieb Murphy stehen.

«Das Wasser ist hoch. Wie kann es hoch sein, wenn es nicht geregnet hat?»

Tucker ging am Ufer entlang zu einer Biegung. *«Hier hast du die Antwort. Ein großer, breiter Biberdamm.»*

Mrs. Murphy trat zu ihrer kurzbeinigen Freundin. *«Ich will mich nicht mit einem Biber anlegen.»*

«Ich auch nicht. Aber die schlafen vermutlich. Wir könnten über den Damm rennen. Bis sie aufwachen, dürften wir drüben sein. Sonst müssen wir stromabwärts, wo es niedrig ist, eine Stelle zum Durchwaten finden.»

«Das dauert zu lange.» Sie atmete tief ein. *«Okay, laß uns rennen wie der Blitz. Soll ich zuerst?»*

«Klar. Ich bleib direkt hinter dir.»

Damit stürmte Mrs. Murphy los, alle viere in der Luft, aber über einen Biberdamm zu rennen erwies sich als schwierig. Sie mußte hier und da stehenbleiben, weil dicke Äste und kräftige Zweige die Oberfläche holprig machten. Murphy konnte hören, wie es sich im Innern des Biberbaus regte. Sie bahnte sich einen Weg durch das Gehölz, so schnell sie konnte.

«Egal, was passiert, Murphy, fall bloß nicht ins Wasser. Die ziehen dich runter. Wenn schon kämpfen, dann besser oben auf dem Damm.»

«Ich weiß, ich weiß, aber sie sind in der Überzahl. Und sie sind stärker als wir.» Sie rutschte aus, ihr rechtes Vorderbein sank in die Behausung. Sie zog es so schnell wieder heraus, als hätte es Feuer gefangen.

Schlitternd und schlingernd gelangte Murphy auf die andere Seite. Tucker, die schwerer war, hatte zu kämpfen. Plötzlich tauchte am anderen Ende des Dammes ein Biberkopf aus dem Wasser.

«Beeil dich!» schrie die Katze.

Tucker lief, ohne sich umzudrehen, so schnell sie konnte. Der Biber schwamm neben dem Damm her. Er hatte Tucker schon fast eingeholt.

«Laß sie in Ruhe. Sie will den Bach überqueren. Wir tun euch nichts», flehte die Tigerkatze.

«Das sagen sie alle, und als nächstes tauchen Männer mit Gewehren auf, zerstören den Damm und töten uns. Hunde sind der Feind.»

«Nein, der Mensch ist der Feind.» Mrs. Murphy war verzweifelt. *«Zu so einem Menschen gehören wir nicht.»*

«Das mag ja stimmen, aber wenn ich einen Fehler mache, könnte meine ganze Familie draufgehen.» Der Biber war jetzt neben

Tucker, die das Bachufer fast erreicht hatte. Er packte Tukkers Hinterbein.

Der Hund drehte sich blitzschnell um und knurrte wütend. Der Biber schreckte für einen Moment zurück. Tucker torkelte vom Damm, gerade als das große Tier wieder auf sie losging. Auf festem Boden waren Tucker und Mrs. Murphy schneller als der Biber. Sie fegten davon, daß ihre Füße kaum die Erde berührten.

Am Waldrand blieben sie stehen, um zu verschnaufen.

«Und wie kommen wir zurück?» überlegte Mrs. Murphy laut. *«Ich mag nicht auf der Straße laufen. Die Leute fahren wie die Idioten.»*

«Wir müssen eine Stelle zum Durchwaten finden, die weit genug stromabwärts liegt, daß der Biber uns nicht hören kann. Schwimmen geht jetzt nicht. Der ganze Bau wird auf dem Posten sein.»

«Wir werden über eine Stunde bis nach Hause brauchen, aber darüber wollen wir uns später den Kopf zerbrechen. Wenn wir rennen, können wir in zehn Minuten bei Kerry sein.»

«Ich krieg wieder Luft. Düsen wir los.»

Sie flitzten über die Felder mit wilden Mohrrüben, Prachtkerzen und hoher Goldrute. Ein kleines Backsteinfarmhaus kam in Sicht. Zwei Streifenwagen parkten hinter Kerrys Toyota. Der Kofferraumdeckel stand offen.

«Hoffentlich kommen wir nicht zu spät.» Murphy schaltete auf Höchstgeschwindigkeit.

Tucker, ein rasender Teufel, wenn es sein mußte, sauste neben ihr her.

Sie kamen bei den Autos an, als Kerry gerade von Sheriff Shaw aus ihrem Haus geführt wurde. Cynthia Cooper trug in einer Plastiktüte eine geflochtene seidene Vorhangkordel mit Quasten an den Enden.

«Verdammt!» fauchte Murphy.

«Zu spät?» Tucker, die ihr ganzes Leben mit Mrs. Murphy verbracht hatte, konnte sich denken, daß die Katze gerne ein paar Nachforschungen angestellt hätte, bevor die Polizei eintraf.

«Es gibt noch eine Chance. Du springst Cynthia an, wenn sie die Hand ausstreckt, um dich zu streicheln, und schnappst dir die Plastiktüte. Ich zerfetze sie, so schnell ich kann. Steck deine Nase rein und sag mir, ob Kerrys Geruch an der Kordel ist.»

Ohne zu antworten, stürmte Tucker auf Cynthia los, die beim Anblick des kleinen Hundes lächelte.

«Tucker, wie kommst du denn hierher?» Tucker schloß ihre mächtigen Kinnbacken um die durchsichtige Plastiktüte. Cynthia war völlig überrumpelt. «He!»

Tucker riß Cynthia die Tüte aus der Hand und raste damit zu Mrs. Murphy, die weiter hinten auf dem Feld hockte, wo Cynthia sie nicht sehen konnte.

Kaum hatte Tucker die Tüte vor Mrs. Murphys Nase fallen lassen, da fuhr die Katze die Krallen aus und riß, was das Zeug hielt. Cooper näherte sich ihnen, ohne allerdings zu wissen, daß Mrs. Murphy auch da war.

Tucker steckte die Nase in die Tüte. *«Das ist nicht Kerrys Geruch.»*

«Wessen Geruch ist es denn?»

«Gummihandschuhe. Kein Geruch außer Normans Eau de Cologne.»

«Mrs. Murphy, du bist genau so ein Nichtsnutz wie Tukker.» Cooper hob entrüstet die zerfetzte Tüte auf.

«Wenn du ein Hirn in deinem Schädel hättest, würdest du merken, daß wir versuchen zu helfen.» Murphy rückte von Cynthia ab. *«Tucker, nur zur Sicherheit, geh Kerry beschnuppern.»*

Tucker wich Cynthia aus und lief zu Kerry, die neben dem Streifenwagen stand.

«Tucker Haristeen.» Kerry traten Tränen in die Augen. «Wenigstens eine Freundin, die zu mir hält.»

Tucker leckte ihr die Hand. *«Es tut mir leid.»*

Rick kam auf Tucker zu, und der Hund sprintete aus seiner Reichweite. «Tucker, komm wieder her. Komm schon, Mädchen.»

«Denkste.» Bellend begab sich der Hund wieder zu Mrs. Murphy, die flach auf dem Bauch in der Obstwiese lag.

«Komm, wir gehen zurück, bevor sie uns zur Strafe ins Tierheim stecken.»

«Das würden sie nicht tun.» Tucker sah zu den Menschen hinüber.

«Coop schon», meinte Murphy kichernd.

«Kerrys Geruch ist nicht an der Kordel. Nachdem ich sie untersucht habe, bin ich doppelt sicher.»

Während sie gemächlich zu ihrer Farm zurückwanderten, beklagten die beiden Tiere Kerrys Schicksal. Der Mörder hatte die Mordwaffe in ihren Kofferraum gelegt. Angesichts ihrer Drohungen, Norman umzubringen, von denen inzwischen jeder Mensch und jedes Tier in Crozet wußte, hatte sie nicht die Spur einer Chance, für unschuldig befunden zu werden. Auch wenn zu bezweifeln stand, daß sie Hogan Freely erschossen hatte – was Norman betraf, würde es keinen Zweifel geben.

Als sie am Bach anlangten, waren beide niedergeschlagen.

«Meinst du, wir sind weit genug weg von dem Biber?»

«Murphy, ein Stückchen weiter unten ist es nicht so tief. Wenn wir herumtrödeln und eine Stelle zum Durchwaten suchen, wo du mit einem Satz rüber kannst, sind wir noch den ganzen Tag hier. Mach dir einfach die Pfoten naß und fertig.»

«Du hast leicht reden. Du magst Wasser.»

«Augen zu und durch, wenn es so schlimm ist.»

Tucker spritzte durch den Bach. Murphy folgte nach heftigem Jammern. Auf der anderen Seite mußte Tucker auf sie warten, bis sie jede Pfote zuerst ausgiebig geschüttelt und dann abgeleckt hatte.

«Das kannst du machen, wenn wir zu Hause sind.»

Mrs. Murphy saß auf ihrem Hinterteil und hielt die rechte Hinterpfote in die Luft. *«Ich lauf nicht mit diesem modrigen Geruch an mir rum.»*

Tucker setzte sich hin, da sie Mrs. Murphy schon nicht von ihrer Toilette abbringen konnte. *«Glaubst du, Norman war in die Sache verwickelt?»*

«Ist doch sonnenklar.»

«Bloß für uns.» Tucker streckte den Kopf in die Höhe.

«Die Menschen werden annehmen, daß Kerry ihn getötet hat. Einige werden vielleicht denken, daß er dem Mörder in der Bank zu dicht auf der Spur war – oder daß er ihr Komplize war und kalte Füße gekriegt hat.»

«Kerry hätte ihn umbringen und dabei Gummihandschuhe benutzen können. Es ist möglich, daß wir uns irren.»

«Ist es nicht alles eine Charakterfrage?»

«Ja.»

«Tucker, wenn Norman nicht derjenige war, der hinter dem Computervirus steckte, glaubst du, er war der Typ, um dem Mörder auf die Spur zu kommen? An dem Fall dranzubleiben?»

«Er war kein totaler Feigling. Er hätte etwas rauskriegen können. Da er in der Bank arbeitete, hätte er es jemandem erzählt. Es hätte sich herumgesprochen, und –»

Mrs. Murphy, die ihre Toilette beendet hatte, stand auf und schüttelte sich. *«Das ist richtig. Aber wir müssen uns auf unsere Instinkte verlassen. Drei Männer sind ohne Anzeichen eines Kampfes ermordet worden. Ich könnte mich in den Hintern beißen, weil ich nicht in die Gasse gerannt bin, um das Auto zu sehen. Ich hab das Auto des Mörders in der Nacht, als Hogan erschossen wurde, gehört. Pewter und ich, wir haben es beide gehört.»*

«Ich hab dir schon mal gesagt, Murphy, du hast genau das Richtige getan.» Tucker machte sich wieder auf den Weg. *«Ich glaube nicht, daß der Mörder noch einmal zuschlägt, es sei denn, bei noch einem Bankangestellten.»*

«Wer weiß?»

37

Harry, Fair, Mrs. Hogendobber, Susan, Ned, Blair, Big Marilyn und Little Marilyn sahen aus dem Caféfenster Cynthia im Streifenwagen vorbeifahren. Kerry McCray saß hinter dem Absperrgitter auf dem Rücksitz. Kaum war der betrübliche Anblick vorübergezogen, als Aysha Cramer in ihrem dunkelgrünen Wagen mit Volldampf vorbeibrauste. Fair stand auf, und als er die Tür öffnete, war ein Krachen zu hören. Sekunden später kam Rick Shaw mit quietschenden Reifen an, hinter ihm breitete sich eine Staubwolke aus. Er trat voll auf die Bremse und kam schleudernd zum Stehen.

Unterdessen waren die übrigen nach draußen geeilt zu Fair, der wie der Blitz zu dem Wrack rannte. Aysha hatte Cynthia Coopers Streifenwagen absichtlich gerammt und die Polizistin von der Straße gedrängt. Cynthia blieb vorsichtshalber im Auto sitzen und verriegelte die Türen. Sie sprach ins Funktelefon.

«Ich bring sie um! Machen Sie die Tür auf! Verdammt noch mal, Cynthia, wie können Sie sie beschützen? Sie hat meinen Mann umgebracht!»

Rick hatte hinter Cooper gehalten. Er sprang aus dem Wagen und lief zu Aysha.

«Aysha, das reicht.»

«Sie beschützen sie. Lassen Sie mich ran. Auge um Auge, Zahn um Zahn.»

Während Rick und Fair sich mit Aysha abmühten, die den Türgriff nicht loslassen wollte, zitierte Mrs. Hogendobber leise: «‹Die Rache ist mein; ich will vergelten, spricht der Herr.›»

Kerry schrie aus dem Auto heraus: «Ich habe ihn nicht umgebracht. Du hast ihn umgebracht. Du hast ihn in den Tod getrieben!»

Aysha drehte durch. Von blinder Wut beflügelt, entwand sie sich den beiden Männern. Sie nahm einen Stein und zerschlug das Rückfenster des Wagens. Fair packte sie von hinten, indem er seine starken Arme unter ihre schob. Sie trat rückwärts aus und traf ihn am Schienbein, aber er ließ sich nicht abschütteln, und mit Rick, Ned und Blair zog er sie vom Wagen fort. Sie warf sich am Straßenrand auf die Erde, rollte sich zusammen und wiegte sich schluchzend hin und her.

Cynthia nutzte klugerweise diesen Moment, um sich zu entfernen.

Rick winkte den Männern, damit sie ihm halfen, Aysha in seinen Wagen zu bringen. Fair hob sie hoch, trug sie hinüber und verfrachtete sie auf den Rücksitz. Sie sackte nach vorn und weinte weiter.

Big Marilyn ging um den Wagen herum auf die andere Seite. Ned schritt ein. «Mim, ich fahre mit. Wenn sie wieder durchdreht, sind Sie vielleicht nicht imstande, sie in Schach zu halten.»

«Ich setz mich nach vorne zu Sheriff Shaw. Wir bringen sie

am besten zu Larry.» Larry Johnson, der alte Arzt, und sein Partner Hayden McIntire behandelten die meisten Einwohner von Crozet.

«In Ordnung», stimmte der Sheriff zu. «Ich habe schon vielen Leuten schreckliche Nachrichten überbringen müssen, aber so etwas habe ich noch nie erlebt. Sie hat mich glatt umgerannt und ist ins Auto gesprungen.»

«Jeder nimmt es anders auf, denke ich.» Harry fühlte sich entsetzlich. «Ich ruf am besten ihre Mutter an.»

Wie aufs Stichwort kam Ottoline die Straße entlanggerast, trat auf die Bremse und hielt schleudernd hinter dem Wagen ihrer Tochter. Sie stieg aus und ließ die Tür offen.

«Das bringt ihn nicht zurück.» Ottoline rutschte auf den Rücksitz von Ricks Wagen.

«Ich hasse sie!» sagte Aysha schluchzend. «Sie lebt und Norman ist tot.» Sie krabbelte auf der anderen Seite des Rücksitzes heraus. Ottoline wollte sie packen, aber zu spät. Aysha stand schon an Deputy Coopers Wagen und schrie: «Warum haben Sie sie nicht ins Gefängnis gesteckt, nachdem sie Hogan Freely erschossen hatte? Sie haben eine Mörderin unter uns frei herumlaufen lassen, und jetzt ...» Sie brach weinend zusammen.

Ottoline, die inzwischen aus Ricks Streifenwagen ausgestiegen war, half ihr auf die Beine.

Rick senkte den Kopf. «Es gab mildernde Umstände.»

«Zum Beispiel?» fauchte Ottoline.

«Zum Beispiel die Tatsache, daß Kerry McCray mit einer pflaumendicken Beule am Kopf bewußtlos am Boden lag.»

«Aber sie hatte die Waffe in der Hand, mit der Hogan getötet wurde!» Aysha rückte von ihrer Mutter ab. Sie wandte sich Rick zu: «Sie tragen die Verantwortung. Sie sind schuld, daß Norman tot ist.»

«Komm, Liebes, ich bring dich nach Hause.» Ottoline wollte Aysha fortziehen.

«Aysha», sagte Harry kühl, «hatte Norman einen guten Freund in der Bank?»

Aysha sah Harry mit blutunterlaufenen Augen an. «Was?»

«Hatte er einen Kumpel in der Crozet National Bank?»

«Alle. Alle haben ihn geliebt», sagte Aysha schluchzend.

«Komm jetzt. Du wirst ja krank von all der Aufregung. Komm mit.» Ottoline schob sie zu ihrem Wagen, dessen Fahrertür noch offen war. Zu Harry sagte sie bissig: «Ihr Feingefühl läßt sehr zu wünschen übrig.»

«Tut mir leid, Ottoline. Ich wollte nur helfen.»

«Harry, halten Sie sich an Ihre Postkarten.» Ottolines Tonfall war vernichtend. Harry biß sich auf die Lippe.

Als Ottoline mit Aysha davonfuhr, blieben die übrigen ratlos mitten auf der Straße stehen. Market und Pewter kamen mit Reverend Jones zu ihnen gelaufen. Harry ließ ihren Blick die Straße auf und ab schweifen. In allen Fenstern sah sie Gesichter. Es war unheimlich.

Fair verabschiedete sich. «Leute, ich muß in die Klinik. Wenn ihr mich braucht, ruft mich an.» Er ging langsam zu seinem Kombi, der vor dem Café parkte.

«Entschuldigt mich.» Blair zog los, um Fair einzuholen.

«Ach du liebe Zeit, wir haben vergessen zu bezahlen», besann sich Little Marilyn.

«Gehen wir also zurück und zahlen.» Harry strebte dem Café zu und fragte sich dabei, worüber die beiden Männer wohl sprachen.

38

Niedergeschlagen kehrte Cynthia Cooper an ihren Schreibtisch zurück, nachdem sie Kerry, die sich in einer Art Schockzustand befand, im Bezirksgefängnis abgeliefert hatte. Zum Glück waren keine anderen Frauen in Gewahrsam, sie würde also nicht von Drogensüchtigen, Betrunkenen oder auch der einen oder anderen Nutte belästigt werden.

Cynthia wurde häufig gestört. Die Telefone liefen heiß. Reporter von allen Zeitungen Virginias riefen an, und das Team des lokalen Fernsehsenders hatte sich direkt vor dem Reviergebäude aufgebaut.

Das würde Rick die Laune vermiesen. Und wenn Rick nicht gut drauf war, dann war niemand gut drauf.

Cynthia setzte sich, dann stand sie auf, setzte sich hin, stand auf, setzte sich, stand auf. Schließlich ging sie durch die Flure zu den Automaten und zog sich eine Schachtel Lucky Strike ohne Filter. Sie starrte auf den Kreis in der Mitte des Päckchens. Lucky Strike. Glückstreffer. So einen könnte sie jetzt verdammt gut gebrauchen. Sie zog den dünnen Zellophanstreifen ab, riß ein kleines Viereck in das Papier und drehte die Schachtel auf den Kopf. Der Duft nach frischem Tabak wehte ihr in die Nase. In diesem Moment roch das süße Aroma besser als ihr Lieblingsparfüm. Sie klopfte auf die Unterseite der Schachtel, und drei weiße Zigaretten glitten heraus. Sie nahm sich eine, drehte die Schachtel wieder um und steckte sie in die Brusttasche ihres Hemdes. Streichhölzer waren mit der Schachtel aus dem Automaten gekommen. Sie riß eins an und entzündete die Zigarette. Als sie an die Wand des Flurs gelehnt stand, konnte sie sich nicht erinnern, wann ihr jemals eine Zigarette so gut geschmeckt hatte.

Die Hintertür ging auf, und sie hörte den Trubel der Reporter. Rick schlug die Tür hinter sich zu, ging an Cynthia vorbei, zog ihr dabei die Zigarette aus dem Mund und schob sie in seinen.

«Ohne Filter», rief Cynthia ihm nach.

«Schön. Wieder ein Nagel zu meinem Sarg.» Er drehte sich auf dem Absatz um und kam zu ihr zurück. Sie hatte sich schon eine neue Zigarette angezündet. «Ich hätte Kerry von vornherein verhaften sollen. Ich habe sie als Köder benutzt, und das hat nicht funktioniert.»

«Ich glaube doch. Selbst wenn sie Norman getötet hat. Er war ihr Komplize. Berechnend. Sehr berechnend. Er hat Aysha geheiratet, um uns abzulenken.»

«Sie schlucken es also nicht, daß Kerry McCray Norman den Wind aus den Segeln genommen hat?» Rick warf ihr einen mürrischen Blick zu.

Cynthia fuhr fort: «Es war perfekt.»

«Und Hogan?»

«War zu nahe dran – oder zu gierig.»

Rick tat einen sehr, sehr langen Zug, während er Cynthias Äußerungen bedachte. «Eine richtige Zigarette, nicht dieser Mist mit niedrigem Teer- und Nikotingehalt. Wenn ich schon qualme, kann ich ebensogut wieder zu dem zurückkehren, was mich überhaupt zum Rauchen gebracht hat.»

«Was war das bei Ihnen?»

«Camel.»

«Die hat mein Dad geraucht. Dann ist er auf Pall Mall umgestiegen.»

«Und Sie?»

«Oh, Marlboro. Mit sechzehn konnte ich den Cowboys in der Werbung nicht widerstehen.»

«Ich hätte gedacht, Sie wären auf Marken wie Viceroy oder Virginia Slims abgefahren.»

«Die Mordwaffe lag in Kerrys Toyota», sagte Cynthia. «Und was Virginia Slims betrifft, zu affektiert ... verstehen Sie, was ich meine?»

«Ja, ich verstehe. Was die Kordel angeht ... da werden keine Fingerabdrücke drauf sein. Ich wette mit Ihnen um eine Stange von diesen Dingern.»

«Die Wette nehme ich nicht an, aber, Boß, keine Fingerabdrücke bedeutet noch lange nicht, daß Kerry nicht genug Grips hatte, Handschuhe zu tragen. Sie hat tagelang gedroht, Norman umzubringen.»

«Das ist es ja eben, Coop. Grips. Wenn sie so viel Grips hatte, mit Norman gemeinsame Sache zu machen und den Threadneedle-Virus zu erfinden, würde sie nicht so dämlich sein, sich mit einer .357er in der Hand oder der Kordel in ihrem Kofferraum erwischen zu lassen.» Rick schrie beinahe. «Und dann ist da noch das leidige Problem Mike Huckstep.»

«Tja.» Sie überlegte einen Moment. «Glauben Sie, daß sie gegen Kaution rauskommt?»

«Das will ich nicht hoffen.» Eine blaue, geringelte Rauchfahne quoll aus seinem Mund. «Hier drinnen ist sie sicherer, und ich kann die Reporter mit der Nachricht erfreuen, daß sie wegen Mordes eingelocht ist.»

«Sicherer?»

«Verdammt, wenn nun Aysha auf sie losgeht?»

«Oder wenn sie auf Aysha losgeht?»

«Das ist noch wahrscheinlicher. Auf diese Weise können wir sie uns alle für kurze Zeit vom Leibe halten.»

«Sie haben doch was vor.» Coop war schon zu oft Zeugin von Ricks Gewitztheit gewesen, um nicht zu wissen, daß er im Begriff war, eine Falle zuschnappen zu lassen.

«Sie werden Frank Kenton überreden, von San Francisco hierherzufliegen.»

«Das macht der nie!»

«Wir bezahlen ihm den Flug.» Er hielt seine Hand in die Höhe. «Überlassen Sie das Gerangel ums Geld nur mir. Machen Sie sich darüber keine Gedanken.»

«Meinen Sie, er kann Malibu identifizieren?»

«Er kann sich Kerry genau ansehen. Das ist schon mal ein Anfang.»

«Aber Kerry hat nie in San Francisco gelebt.»

«Woher wissen wir das? Wir werden sie befragen und ins Kreuzverhör nehmen, und es ist möglich, zumindest möglich, daß ihr etwas entschlüpft. Ich glaube, wenn sie ihn sieht, kriegt sie eine Heidenangst.»

«Oder jemand anders.» Cynthia drückte ihre Zigarette in dem sandgefüllten Standaschenbecher aus.

«Auch das. Auch das. Also, Supergirl, nichts wie ran.»

«Was soll dieser Supergirl-Quatsch?»

«Weiß nicht, ist mir bloß so eingefallen.»

39

Boom Boom Craycroft kam ins Postamt gestürmt. Drinnen ging es den ganzen Tag zu wie in einem Irrenhaus, die Leute eilten herein und hinaus, jeder mit einer Theorie. Pewter hatte sich im Postkarren zusammengerollt. Sie vermißte ihre

Freundinnen, aber den Menschenklatsch bekam sie nur zu gerne mit.

«Schätze, ihr habt schon gehört, daß Aysha mich von der Straße abgedrängt hat. Woher sollte ich wissen, daß Norman umgebracht wurde und sie hinter Kerry her war.»

«Hier hat es keiner gehört, und du siehst kein bißchen mitgenommen aus. Der Jaguar scheint auch heil zu sein.» Harrys Tonfall war gleichmütig.

«Mein Schutzengel hat Überstunden gemacht.» Boom Boom öffnete ihr Schließfach. «Diese Rechnungen. Ist euch schon mal aufgefallen, daß sie immer ganz pünktlich kommen, die Schecks aber nie? Aber wie's an der Börse nun mal zugeht, wer weiß da schon von einem Geschäftsquartal zum anderen, wieviel Geld die Aktiengesellschaften haben? Ich hasse das. Ich hasse es, nicht zu wissen, wieviel Geld *reinkommt*. Dabei fällt mir ein, habt ihr gewußt, daß die Bank auf Kerrys Konto 250000 Dollar gefunden hat?»

«Oh?» Mrs. Hogendobber kam an den Schalter.

«Ich komme gerade von dort. In der Bank ist der Teufel los – 250000 Dollar! So viel hat sie bei der Crozet National Bank bestimmt nicht verdient. Und gestern war das Geld noch nicht auf ihrem Konto. Mit ein bißchen Geduld hätte sie alles haben können, es sei denn, sie ist ein kleiner Fisch, und dies ist ein Racheakt.»

«Boom Boom, woher hast du das? Man sollte doch meinen, die Bank oder zumindest das Sheriffbüro würde diese Information zurückhalten wollen.»

«Eine Information zurückhalten? Du bist in Crozet geboren und aufgewachsen. Du müßtest es besser wissen», spottete Boom Boom.

«Wie haben Sie es herausgefunden?» Mrs. Hogendobber blieb freundlich.

«Ich hab mit Dick Williams geflirtet.» Sie sprach von einem gutaussehenden Bankangestellten, der sich stets um die Damen bemühte, ganz besonders aber um Bea, seine Frau. Boom Boom fügte hinzu: «Also eigentlich hat Jim Craig es mir erzählt, und Dick hat ihm gesagt, natürlich ganz höflich, er soll seine Karten eine Zeitlang bedeckt halten. Da hab ich beiden zugezwinkert und versprochen, es nicht weiterzusagen. Was soll's? Heute abend bringen sie's auf Channel 29.»

Und damit rauschte sie zur Tür hinaus.

«Dumme Pute.»

«Sie können sie nicht leiden, weil sie nach Ihrer Scheidung mit Fair angebändelt hat.»

«Sie können sie auch nicht leiden.»

«Stimmt», gab Miranda zu.

Pewter steckte den Kopf über den Rand des Postkarrens. *«Sie ist 'n falscher Fuffziger, aber die Hälfte der Leute, denen man begegnet, sind falsch. Da kommt's auf eine Person mehr doch nicht an, oder?»*

«Magst du heute abend mit mir nach Hause kommen?»

«Harry, ich komm liebend gern mit zu dir.» Pewter sprang aus dem Postkarren und rieb sich heftig an Harrys Beinen.

«Wie überschwenglich sie ihre Zuneigung zeigt», bemerkte Mrs. Hogendobber. Die ältere Dame setzte sich hin. «Ich fühle mich so schlapp. Dafür gibt's eigentlich gar keinen Grund. Ich habe genug geschlafen, aber ich kann den Kopf nicht oben halten.»

«Emotionen. Die sind anstrengend. Wir sind alle groggy. Mir geht's genauso.»

Bevor Harry sich zu Miranda setzen konnte, öffnete Susan die Hintertür und steckte den Kopf herein. «Ich bin's.»

«Kommen Sie herein», forderte Mrs. Hogendobber sie auf. «Das tun Sie doch sonst auch.»

Susan ließ sich Miranda gegenüber auf den Stuhl fallen. «Armer Ned. Dauernd rufen Leute an, die empört sind, weil er Kerry McCray verteidigt. Daß jeder Bürger das Recht auf eine faire Verhandlung hat, kommt ihnen gar nicht in den Sinn.»

«Den Vorsitz führt der Klatsch.» Mrs. Hogendobber schüttelte den Kopf.

«Wenn die Menschen gemein sein wollen, dann kannst du oder Ned nicht viel dagegen tun. Wenn ich in Schwierigkeiten steckte, ich würde Ned als Anwalt wollen, das steht fest.»

Susan lächelte. «Ich sollte lieber daran denken, wieviel Glück ich gehabt habe. Mein Mann ist schließlich nicht umgebracht worden, was sind da schon ein paar gehässige Anrufe?»

«Ich wette, Kerry hat nicht mal eine Zahnbürste», dachte Miranda laut. «Mädels, wir sollten zu ihr nach Hause gehen und ein paar Sachen für sie zusammenpacken. Wir sind hier in den Vereinigten Staaten von Amerika. Unschuldig bis zum Beweis der Schuld. Also dürfen wir sie nicht im Stich lassen.»

Die anderen beiden saßen still da.

Schließlich erklärte Susan: «Miranda, Sie bringen uns immer auf den Boden der Moral zurück. Selbstverständlich gehen wir nach der Arbeit hin.»

40

«Das Haus ist tipptopp in Ordnung.» Mrs. Hogendobber stemmte die Hände in die Hüften. «Ich hatte keine Ahnung, daß Kerry so eine gute Hausfrau ist.»

«Lassen Sie sich bloß nie von mir nach Hause einladen.» Cynthia Cooper packte sorgsam ein paar Toilettensachen zusammen.

Harry, Mrs. Hogendobber und Susan hatten Cynthia angerufen, bevor sie zu Kerry nach Hause gingen. Die Leute des Sheriffs hatten das Haus durchkämmt, und Rick hatte dem Besuch der Damen nur unter der Voraussetzung zugestimmt, daß Cynthia sie begleitete.

Er wußte nicht, daß Mrs. Murphy, Pewter und Tee Tukker sie ebenfalls begleiteten.

Während Susan und Harry Unterwäsche, T-Shirts und Jeans sowie ein gutes Kleid in eine Reisetasche warfen, streiften die Tiere umher.

«Hier sind so viele Leute gewesen, so viele Witterungen.» Tukker schüttelte den Kopf.

Mrs. Murphy entdeckte die Klapptür zum Dachboden. Pewter reckte den Hals zu der Tür hinauf.

«Meint ihr, wir kommen da rauf?» fragte Pewter.

«Ich werde jodeln. Das haßt Mom am allermeisten.» Tucker lachte, warf den Kopf zurück und ließ ihr Hundejodeln los, das Tote auferwecken konnte.

«Mein Gott, Harry, was hat Ihr Hund bloß?» rief Cynthia aus dem Badezimmer.

Harry ging durch die Diele zu den Schlafzimmern und erblickte Tucker, die in den gräßlichsten Tönen jaulte. Mrs.

Murphy umkreiste Harrys Beine. Pewter stand wie erstarrt unter der Dachbodentür.

«Wenn ich noch schneller laufe, wird mir schwindlig.» Die Katze verlangsamte ihr Tempo.

«Ihr Nervensägen. Ich hätte euch zu Hause lassen sollen.»

«Ach ja?» Murphy hakte sich mit den Krallen in Harrys Jeans ein, wackelte mit dem Hinterteil und kletterte so geschwind an Harry hoch, daß der jungen Frau kaum Zeit blieb, sich über die Krallen zu beschweren.

«Autsch» war alles, was sie sagen konnte, als Mrs. Murphy ihre Schulter erreichte, sich dann auf die Hinterbeine stellte und an die Dachbodentür schlug.

«Wenn sie das nicht kapiert, ist sie völlig vernagelt», bemerkte Pewter spitz.

Susan steckte den Kopf in die Diele. «Ein menschlicher Kratzbaum. Tolle Erfindung. Was sieht sie da oben?» Susan bemerkte Murphys Verrenkungen.

«Eine Klapptür, du Dummkopf», kläffte Tucker.

«He, he, Cynthia», riefen Pewter und Susan zugleich.

Daraufhin kamen Cynthia und Mrs. Hogendobber in die Diele. Susan zeigte auf die Klapptür. Harry legte den Kopf schief, um die Tür zu sehen, und Mrs. Murphy sprang herunter.

«Habe ich Ihnen eigentlich erzählt, daß Ihre Tiere hier waren, als wir Kerry festnahmen? Tucker ist mit dem versiegelten Plastikbeutel davongerannt, in dem wir die Kordel hatten, die mutmaßliche Mordwaffe. Sie hat sie aufs Feld geworfen. Mrs. Murphy hat ihre Krallen benutzt wie eine Kettensäge. So ein Schlamassel. Zum Glück habe ich das Beweisstück zurückerobern können, bevor sie es vernichten konnte. Dabei sind wir hier bestimmt acht Kilometer von Ihrem Haus entfernt.»

«In Zukunft werde ich euch beide einschließen, hört ihr?»

«Wir hören, aber wir folgen nicht», antwortete Murphy aufsässig.

Pewter war beeindruckt. *«Hast du das wirklich gemacht?»*

«Kinderspiel», prahlte Mrs. Murphy.

«Ohne mich hättest du es nie geschafft.» Tucker war eifersüchtig.

Susan holte einen Stuhl aus der Küche, stellte sich darauf und öffnete die Klapptür. Ein glühendheißer Lufthauch wehte ihr ins Gesicht.

Nach einigem Suchen fanden sie im Keller eine Leiter. Cynthia stieg als erste hinauf, mit einer Taschenlampe aus ihrem Streifenwagen bewaffnet. «Gut. Hier ist ein Schalter.»

Mrs. Murphy, die liebend gern auf Leitern kletterte, eilte nach oben, sobald Cynthia auf den Dachboden kroch. Tukker wartete mißmutig unten. Harry stieg hinauf. Pewter folgte ihr.

«Sogar der Dachboden ist ordentlich», bemerkte Cynthia. «Wissen Sie was, ich glaube nicht, daß unsere Jungs hier oben gewesen sind. Sagen Sie das nicht weiter. Das läßt unsere Leute schlampig erscheinen, und ehrlich gesagt, sie waren auch schlampig.»

«Man übersieht leicht, was über einem ist.»

«Harry, wir werden dafür bezahlt, Beweisstücke nicht zu übersehen», erklärte Cynthia ihr entschieden.

«Ich komm auch rauf», rief Susan nach oben.

«Wirf bloß die Leiter nicht um, wenn du oben bist, Susan, sonst müssen wir uns von der Klapptür schwingen.»

«Danke für den Vertrauensbeweis.» Susan erschien auf dem Dachboden. «Wie könnt ihr hier atmen?»

«Mit Mühe.» Harry verzog das Gesicht.

«Was ist da oben?» rief Miranda von unten.

«Nicht viel. Zwei Koffer. Ein Paar alte Skier», klärte Harry sie auf.

«Ein großes Wespennest im Dachstuhl.» Mrs. Murphy bekämpfte den Drang, Wespen zu jagen. Das Summen zog sie magisch an. Die Folgen weniger. *«Los, machen wir den Koffer auf.»*

Cynthia zog ein Taschentuch aus ihrer Tasche und öffnete vorsichtig den alten Überseekoffer. «Ein Brautkleid. Alt.»

Auf Knien blickten Harry und Susan in den Koffer, und Mrs. Murphy legte zierlich eine Pfote auf den Satin. Cynthia schlug ihr auf die Pfote. «Laß das.»

«Nimm das Kleid raus.» Die Katze blieb gelassen.

«Wetten, das hat Kerrys Großmutter gehört. Es ist in etwa der Jahrgang.» Susan bewunderte die Spitze.

«Harry, Sie nehmen das andere Ende, und ich nehme dieses», verfügte Cynthia.

Sie hoben das schöne alte Kleid heraus. Darunter waren alte Familienalben und ein paar Briefe aus Übersee.

Harry nahm einen Stapel heraus, der ordentlich mit einem Band verschnürt war. Der obere Brief trug den Poststempel von Roanoke, Virginia, 1952. Der Stapel darunter war aus Übersee, von Mitte der 1980er Jahre. Sie waren an Kerrys Mutter adressiert. «Ich glaube, dies sind die Sachen ihrer Mutter. Sie hat den Koffer vermutlich nach Barbara McCrays Tod hierhergebracht. Müssen Sie das durchsehen, die Briefe lesen und so?»

Cynthia durchwühlte den Rest des Koffers, dann legte sie alles sorgfältig wieder hinein. «Ich weiß nicht. Wenn Rick es wünscht, dann mach ich's, aber ich werde auf alle Fälle vorher fragen. Im Moment haben wir eine Menge gegen Kerry in der Hand.»

«Lediglich Indizien», gab Susan leise zu bedenken.

«Diese 250000 Dollar sind ein starkes Indiz.» Cynthia seufzte und schloß den Kofferdeckel.

Pewter, die auf dem zweiten Koffer saß, gab ihnen Anweisungen. *«Beeilt euch, macht den hier auf. Es ist heiß hier oben.»*

«Dann geh doch nach unten», riet ihr Mrs. Murphy.

«Nein, dann verpaß ich vielleicht was.»

Cynthia hob Pewter sacht von dem Koffer. «Bist du aber schwer, du kleiner Schisser.»

Mrs. Murphy lachte, und Pewter kochte vor Wut.

Cynthia öffnete den Deckel. «Mann o Mann.»

Harry und Susan blickten in den Koffer. Mrs. Murphy und Pewter, auf den Hinterbeinen stehend, die Vorderpfoten auf den Koffer gelegt, sahen es auch.

«Das bricht ihr das Genick!» rief Mrs. Murphy aus.

Eine schwarze Motorradjacke, eine schwarze Lederhose und ein schwarzer Helm waren ordentlich in den Koffer gelegt.

«Wissen Sie, ich hatte gehofft, daß sie es nicht war.» Cynthia schloß leise den Deckel.

«Ich auch», erklärte Susan betrübt.

«Es sieht schlecht aus, aber –» Harry versagte für einen Moment in der Hitze die Stimme. «Aber sie wird einen fairen Prozeß bekommen. Wir können sie nicht wegen eines Motorradhelms verurteilen.»

«Ich kann Ihnen sagen, der Staatsanwalt wird es mit Sicherheit versuchen», sagte Cynthia.

Susan klopfte Harry auf die Schulter. «Es ist schwer, sich damit abzufinden.»

Sie stiegen die Leiter hinunter, Mrs. Murphy voran, und informierten die gespannte Mrs. Hogendobber.

«Nun?» fragte Tucker.

«Motorradkluft im Koffer.» Die Katze leckte niedergeschla-

gen Tuckers Ohr. Wenn sie Tucker oder sogar Harry putzte, fühlte sie sich nützlich, wenn auch nicht besser.

«Oje» war alles, was Mrs. Hogendobber sagen konnte.

Pewter kletterte zu ihnen hinunter. *«Kerry wird demnächst Tüten kleben.»*

41

Norman Cramers Trauerfeier war so gedämpft, wie Hogan Freelys pompös gewesen war. Die untröstliche Aysha mußte von ihrer Mutter, die in makellosem schwarzem Leinen erschien, gestützt werden. Ottoline konnte Ayshas Gram nicht ertragen, aber da aller Augen auf ihr und ihrer Tochter ruhten, gab sie sich so nobel, wie sie nur konnte. Zwar war es zum Teil Schau, aber teils auch nicht; denn Ottoline lebte für und durch ihre Tochter.

Die Einwohner von Crozet, die wie betäubt waren durch diesen letzten Mord, saßen reglos in den Bänken. Laura Freely war nicht da, was angemessen war, befand sie sich doch in tiefer Trauer. Reverend Jones ersparte ihnen den Sermon, daß der Tod einen ins Reich der Herrlichkeit erhebe. Das wollte im Augenblick niemand hören. Sie wollten, daß Kerry McCray vor Gericht gestellt und verurteilt wurde. Wäre Hängen im Strafgesetzbuch noch vorgesehen gewesen, sie hätten verlangt, sie baumeln zu sehen. Auch diejenigen, die ihr zunächst die Gunst des Zweifels gewährt hatten, waren durch das Geld auf ihrem Konto und die Motorradkluft auf ihrem Dachboden ins Schwanken geraten.

Mrs. Hogendobber sagte den Leuten dauernd, daß die Gerichte entscheiden, nicht die öffentliche Meinung. Niemand hörte auf sie. Susan war als Neds Frau besonders vorsichtig. Harry sagte wenig. Sie konnte das Gefühl nicht abschütteln, daß noch nicht alle Karten auf dem Tisch lagen.

Sie saß vorne in der vierten Bankreihe auf der rechten Seite der Kirche; die Bänke waren nach dem Kriterium zugewiesen, wann eine Familie nach Albemarle County gekommen war. Die Minors hatten sich vor mehr als zwei Jahrhunderten hier angesiedelt. Ein Minor hatte sogar die lutherische Kirche von Crozet gegründet und lag auf dem alten Friedhof dahinter begraben. Die Hepworths, die Familie ihrer Mutter, gehörten der anglikanischen Kirche an und hielten in Ostvirginia ihre eigene Bank in der ersten Reihe besetzt.

Harry blieb noch sitzen, als der Gottesdienst zu Ende war und die Versammelten nacheinander hinausgingen. Sie forschte unauffällig in ihren Gesichtern. Harry suchte nach Antworten. Jeder konnte in die Sache verstrickt sein. Sie stellte sich jede einzelne Person vor, wie sie den Motorradfahrer tötete, dann Hogan und schließlich Norman. Was für ein Mensch konnte so etwas tun? Dann stellte sie sich Kerrys Gesicht vor. Konnte sie töten?

Vermutlich könnte jeder töten, um sich oder seine Familie oder Freunde zu verteidigen, aber vorsätzlicher Mord, kaltblütiger Mord? Nein. Sie konnte sich ohne weiteres vorstellen, daß Kerry in Rage Aysha umbrachte oder Norman, aber nicht, daß sie ihn verfolgte oder sich hinten in seinem Wagen versteckte, plötzlich auftauchte und ihn an den Straßenrand fahren ließ, um ihn dann mit einer Kordel zu erdrosseln. Das paßte nicht zu ihr.

Harry ging nach draußen. Der bedeckte Himmel verhieß Regen, aber er mußte sein Versprechen erst noch einlösen. Blair und Fair warteten auf sie.

«Seid ihr beide ein Team oder so was?»

«Wir dachten, wir könnten zusammen zum Friedhof gehen. Das hält uns davon ab, uns in die Wolle zu kriegen, oder nicht?» Fair zuckte die Achseln.

«Ihr beide habt doch was vor.»

«So was Mißtrauisches», erwiderte Blair sanft. «Ja, wir haben vor, uns wie Gentlemen zu benehmen. Ich glaube, wir schämen uns beide dafür, wie wir uns bei Mim aufgeführt haben. Wir haben beschlossen, in der Öffentlichkeit als vereinte Front aufzutreten und dir weitere Peinlichkeiten zu ersparen.»

«Beachtlich.» Harry stieg schwerfällig ins Auto.

42

Der Labor Day am ersten Montag im September läutete das Ende des Sommers ein. Das Wochenende war angefüllt mit der üblichen Folge von Grillfesten, Partys, Schlauchbootfahrten auf dem James River, Golfturnieren und Schuleinkäufen in letzter Minute.

Gut zwei Wochen waren vergangen, seit Norman erdrosselt worden war. Kerry McCray, deren Verteidigung in den Händen von Ned Tucker lag, war gegen eine Kaution von 100000 Dollar, die ihr sehr viel älterer Bruder Kyle aus Colorado Springs aufgebracht hatte, auf freien Fuß gesetzt worden. Kyle war erschüttert, als er über die Vorfälle unterrichtet wurde, aber er hielt zu seiner Schwester. Er fürchtete, man würde Kerry schlecht behandeln. Er schwor einen heiligen Eid, daß die Motorradkluft ihm gehörte. Die Sachen waren aus dem Labor zurückgekommen, wo man keine Blut- oder Pulverspuren darauf gefunden hatte. Die meisten sagten, er würde lügen, um die Haut seiner Schwester zu retten, und ließen die Tatsache außer acht, daß er in den siebziger Jahren ein Motorrad besessen hatte.

Die Sonne ging mit jedem Tag früher unter, und obwohl Harry das milde Licht von Herbst und Winter liebte, fand sie die kürzeren Tage hektisch. Oft wachte sie bei Dunkelheit auf und kam bei Dunkelheit nach Hause. Ihre Farmarbeit mußte getan werden, komme, was da wolle.

Fair und Blair wechselten sich höflich ab, Harry auszuführen. Manchmal wurden ihr die Aufmerksamkeiten zuviel. Mrs. Hogendobber riet ihr, jede Minute auszukosten.

Cynthia Cooper und Rick Shaw ließen es etwas entspannter angehen. Cynthia deutete an, sobald sich die Termine koordinieren ließen, würden sie eine Person kommen lassen, die Kerrys Schiff zum Sinken bringen könnte.

Mrs. Murphy, Tucker und sogar Pewter zerbrachen sich die Köpfe nach einem fehlenden Glied in der Beweiskette, aber keine konnte es finden. Selbst wenn die Menschen die Wahrheit über die Witterung, die nie versagte – Witterung bleibt Witterung –, gekannt hätten und selbst wenn sie gewußt hätten, daß Kerrys Geruch nicht an der Mordwaffe war, sprach alles dafür, daß sie es unberücksichtigt gelassen hätten. Die Menschen neigen dazu, nur die Sinne gelten zu lassen, die sie selbst wahrnehmen. Sie ignorieren die Realität jeder anderen Spezies, und schlimmer noch, sie schließen jegliche widersprüchlichen Beweise aus. Die Menschen müssen sich sicher fühlen. Die beiden Katzen und der Hund waren in diesem Punkt viel klüger. Niemand ist jemals sicher. Warum dann nicht das Leben genießen, wo man nur kann?

Die Postlawine am Dienstag nach dem Feiertag versetzte Harry und Mrs. Hogendobber in Erstaunen.

«Herbstkataloge», stöhnte Harry. «Die werden immer schwerer.»

Little Marilyn kam durch den Vordereingang zum Schalter. «Feiertage müssen euch zuwider sein.»

«Nö.» Harry schüttelte den Kopf. «Es sind die Kataloge.»

«Wißt ihr, was ich gemacht habe?» Sie stellte ihre Handtasche auf den Schalter. «Ich hab die Briefe gelesen, die Kerry, Aysha und ich uns geschrieben haben, als wir im Ausland waren, und die Briefe, die Aysha mir geschickt hat, als ich wieder zu Hause war. Ich kann nichts Unausgeglichenes in Kerrys Briefen finden. Unsere Briefe sind, wie man es von jungen Frauen, frisch vom College, erwarten würde. Wir haben uns geschrieben, wo wir waren, was wir lasen, wen wir kennenlernten und mit wem wir uns trafen. Ich habe nach einer Antwort gesucht, wie jemand, den ich so lange kannte, eine Mörderin sein kann.» Sie stützte den Kopf auf die Hand. «Ich habe keine gefunden. Allerdings habe ich noch einen Schuhkarton voll. Vielleicht findet sich da drin etwas.»

«Hättest du was dagegen, wenn ich die Briefe auch lese?»

Miranda runzelte die Stirn. «Harry, das ist private Korrespondenz.»

«Deshalb frage ich ja. Marilyn kann jederzeit nein sagen.»

«Ich wäre froh, wenn du sie lesen würdest. Vielleicht fällt dir etwas auf, das mir entgangen ist. Bekanntlich liegen die Lösungen, nach denen du suchst, genau vor deiner Nase. Die Briefmarken wolltest du ja sowieso sehen.»

«Wenn das so ist, hast du was dagegen, wenn ich mich beteilige?» erbot sich Mrs. Hogendobber, und natürlich sagte Little Marilyn, sie habe absolut nichts dagegen.

Je zwei Tassen Kaffee und ein Stück von Mrs. Hogendobbers Kirschkuchen später saßen die Damen, von Schuhkartons umgeben, in Little Marilyns Wohnzimmer. Mrs. Murphy quetschte sich in einen Karton und schlief darin ein. Tucker, den Kopf auf den Pfoten, döste auf dem kalten Schieferkamin.

«Da seht ihr, nichts Besonderes.»

«Außer, daß alle sich gewählt ausdrücken.»

Harry fügte hinzu: «Am besten hat mir der Brief gefallen, in dem Aysha schrieb, du sollst ihr tausend Dollar leihen, weil du genug hast, um es zu verleihen.»

Little Marilyn winkte ab. «Das hat sie hinter sich. So, ich bin mit dem letzten fertig. Jetzt kann ich sie wieder ordnen.»

Big Marilyn klopfte an die Tür. Ihre Tochter bewohnte ein Nebengebäude auf dem Grundstück ihrer Mutter. Obwohl Nebengebäude das zutreffende Wort war, wurde damit das reizende Holzhaus, ein schlichter Bau von Anfang des 19. Jahrhunderts, mit dem Blechdach und den grünschwarzen Blendläden nur unzureichend beschrieben. «Hallo, Mädels. Was gefunden?»

«Nein, Mutter. Wir sind gerade dabei, die Briefe wieder wegzuräumen.»

«Ihr habt euch bemüht, das ist die Hauptsache.» Sie atmete tief ein. «Was ist das für ein verlockender Duft?»

«Kirschkuchen. Den mußt du probieren. Ich habe mein Sortiment jetzt um Kuchen erweitert. Market hat meine Doughnuts, Muffins und süßen Brötchen jeden Morgen um halb neun ausverkauft. Er sagt, er braucht etwas für das Feierabendgeschäft, deswegen experimentiere ich jetzt mit Kuchen.»

«Bloß ein winziges Stückchen. Wegen der Kalorien.» Mim hielt die Finger dicht aneinander, während Miranda ihre Bitte ignorierte und ihr eine ordentliche Portion abschnitt. Dabei platschte ein Tropfen Kirschsaft auf einen Brief.

«Wie ungeschickt von mir.»

«Machen Sie sich deswegen keine Gedanken», tröstete Little Marilyn sie.

Mrs. Hogendobber legte das Messer auf die Kuchenplatte, dann beugte sie sich vor und wischte den Brief vorsichtig mit einer Serviette ab. «Hmmm.»

«Mrs. Hogendobber, Sie brauchen sich deswegen wirklich keine Gedanken zu machen.»

«Tu ich auch nicht.» Miranda reichte Harry den Brief. «Komisch.»

Harry betrachtete den Luftpostumschlag aus Frankreich, der 1988 in St-Tropez abgestempelt worden war. «Da wollte ich immer mal hin.»

«Wohin?» fragte Mim.

«Nach St-Tropez.»

«Der ist von Aysha. Ich glaube, sie hat keine Stadt in Frankreich ausgelassen.»

«Gucken Sie genauer hin.» Mrs. Hogendobber zeigte auf den Poststempel.

Harry blinzelte. «Die Stempelfarbe.»

«Genau.» Mrs. Hogendobber faltete die Hände, erfreut über Harrys Leistung, als wäre sie eine Musterschülerin.

Mim war neugierig. «Wovon redet ihr beiden?»

Harry ging zu ihr hinüber und legte der älteren Marilyn den Brief in den Schoß. Mim holte ihre Halbbrille hervor und hielt sich den Brief vor die Nase.

«Sehen Sie sich die Farbe des Stempels an.» Harry suchte in den Stapeln nach einem anderen Brief aus Frankreich. «Ah, hier ist einer. Paris. Sehen Sie, hier die Farbe. Der ist von Kerry.»

«Anders, nur ein bißchen, aber auf jeden Fall anders.» Mim setzte die Brille ab. «Sind Stempelfarben nicht wie Farbpartien? Dieser Brief ist aus Paris. Der andere aus St-Tropez.»

«Ja, aber Poststempelfarben sind bemerkenswert konstant.» Harry war jetzt auf Händen und Knien auf dem Boden. Sie zog Briefe hervor. «Die Briefe von 1986 sind echt. Aber hier, hier ist einer aus Florenz, Dezember 1987.» Harry reichte Little Marilyn diesen Brief und zugleich einen aus Italien aus dem Jahr zuvor.

«Die sind tatsächlich eine Idee verschieden.» Little Marilyn war verwundert.

Sekunden später knieten Harry und Mrs. Hogendobber beide auf dem Boden und warfen die Briefe auf getrennte Stapel, nach Jahrgängen sortiert.

«Ihr beide seid fix. Laßt mich helfen.» Little Marilyn beteiligte sich.

«Willst du im Postamt arbeiten?» witzelte Harry.

Mim blieb im Sessel sitzen. Die Knie taten ihr weh, und sie mochte es nicht zugeben. Schließlich hatten sie alle Stapel sortiert.

«Es besteht kein Zweifel. Kerrys Poststempel sind echt. Ayshas sind echt bis 1987. Dann ändern sich die Stempelfarben.» Harry rieb sich das Kinn. «Das ist eigenartig.»

«Das ist doch sicher ein Irrtum.» Mim war von der Tragweite dieser Entdeckung verwirrt.

«Mim, ich arbeite im Postamt, seit George es 1958 übernommen hat. Dieser Poststempel ist gefälscht. Jeder gute Schreibwarenhändler kann einen runden Stempel machen. Das ist ganz einfach. Aysha hat die Stempelfarben fast hingekriegt, vermutlich hat sie sich an den Poststempeln auf den Briefen orientiert, die sie von Little Marilyn und Kerry aus

Europa bekommen hat, aber verschiedene Länder haben verschiedene Rezepturen. Denk nur an das Briefpapier selbst. Ist dir schon mal aufgefallen, daß das Papier von einem privaten Brief aus England ein bißchen anders ist als unseres?»

Big Marilyn stellte die Schlüsselfrage: «Aber wie sind die Briefe hierhergekommen?»

«Das ist einfach, wenn man eine Freundin in Crozet hat.» Harry kreuzte die Beine wie ein Inder. «Sie brauchte nichts weiter zu tun, als die Briefe in einem großen Umschlag herzuschicken und von ihrer Freundin verteilen zu lassen.»

«So ungern ich es zugebe, aber als George Postvorsteher war, hat er eine Menge Leute hinter den Schalter gelassen. Das tun wir auch, ehrlich gesagt, wie ihr sehr wohl wißt. Es dürfte nicht viel dazu gehört haben, diese Briefe in das entsprechende Schließfach zu stecken, wenn gerade keiner hinsah. Einige Briefe sind an Little Marilyn zu Händen von Ottoline Gill adressiert.»

«Hm, ich glaube, wir wissen also, wer ihre Freundin war», sagte Harry.

«Warum hätte ihre Mutter bei so einem Trick mitmachen sollen?» Mim war verblüfft. Aber Mim war ja auch gesichert in ihrer gesellschaftlichen Stellung.

«Weil sie niemanden wissen lassen wollte, was Aysha wirklich machte. Vielleicht paßte es nicht ins Bild», erwiderte Harry.

Little Marilyns Augen wurden weit. «Wo war sie dann, und was hat sie gemacht?» fragte sie.

43

Little Marilyn übergab Rick Shaw die Briefe noch am selben Abend. Als er kam, verpflichtete er alle zu Stillschweigen. Mim wollte wissen, was er zu unternehmen gedenke, was dabei herauskommen könne, und er antwortete schließlich: «Das weiß ich nicht genau, aber ich werde alles tun, um dahinterzukommen. Ich schiebe das nicht auf die lange Bank, da können Sie sich auf mich verlassen.»

«Mir bleibt nichts anderes übrig.» Sie schürzte die Lippen.

Nachdem er gegangen war, löste sich die Gruppe auf, um nach Hause zu gehen. Little Marilyn zog Harry still beiseite und fragte nervös: «Wärst du mir sehr böse – und glaub mir, ich würde es verstehen –, aber wenn nicht, hättest du was dagegen, wenn ich Blair frage, ob er mit mir nach Richmond zum Konzert fährt?»

«Nein, überhaupt nicht.»

«Weißt du, ich bin nicht sicher, wie es mit euch steht – nein, so wollte ich es nicht ausdrücken, aber –»

«Ist schon in Ordnung. Ich weiß es auch nicht genau.»

«Hast du ihn gern?» Sie merkte nicht, daß sie ihre Hände verkrampfte. Es fehlte nicht viel, und sie hätte sie gerungen.

Harry holte tief Luft. «Er ist einer der bestaussehenden Männer, die mir je vor die Augen gekommen sind, und ich mag ihn. Ich weiß, dir gefällt sein lockiges Haar.» Sie lächelte. «Aber Blair ist zurückhaltend, gelinde gesagt. Er mag mich, aber ich glaube nicht, daß er in mich verliebt ist.»

«Weshalb dann der Streit auf der Party?»

«Zwei Hunde um einen Knochen. Ich frage mich, ob es um mich ging oder nicht vielmehr um Besitzansprüche.»

«O Harry, du bist zynisch. Ich glaube, beide haben dich sehr gern.»

«Sag mir, Marilyn, was bedeutet es für einen Mann, eine Frau gern zu haben?»

«Ich weiß, was sie sagen, wenn sie was von dir wollen –» Little Marilyn hielt inne. «Und sie kaufen dir Geschenke, sie geben sich alle Mühe, sie tun alles, um deine Aufmerksamkeit zu erringen. Aber ich bin keine Expertin in Sachen Liebe.»

«Wer ist das schon?» Harry lächelte. «Miranda vielleicht.»

«Sie hat George jedenfalls um den Finger gewickelt.» Dann hellte sich Little Marilyns Miene auf. «Weil sie wußte, daß der Weg zum Herzen eines Mannes durch den Magen geht.»

Beide lachten, worauf Mim und Mrs. Hogendobber sich nach ihnen umdrehten.

«Wie könnt ihr in so einer Situation lachen?» fuhr Mim sie an.

«Das löst die Spannung, Mutter.»

«Such dir eine andere Methode.»

Little Marilyn flüsterte Harry zu: «Ich könnte sie prügeln. Das würde bestimmt helfen.»

Harry flüsterte zurück: «Unterstützung wäre dir gewiß.»

«Mutter meint es gut, aber sie kann einfach nicht aufhören, allen zu sagen, was sie und wie sie es zu tun haben.»

«Wollt ihr beide wohl nicht so tuscheln!» befahl Mim.

«Wir haben über hohe Absätze als Waffe gesprochen», schwindelte Harry.

«Oh.»

Little Marilyn nahm den Faden auf. «Nach all den Gewalttaten – Schüsse, Erdrosseln – unterhalten wir uns darüber, was wir tun würden, falls uns jemand angreift. Also, einfach die Schuhe ausziehen und ihn mit dem Absatz aufs Auge schlagen. So fest du kannst.»

«Grauenhaft. Oder ihn auf den Hinterkopf schlagen, wenn er rennt», fügte Harry hinzu.

«Harry.» Mim starrte auf Harrys Füße. «Sie tragen doch nur Turnschuhe.»

«Erinnerst du dich an Delphine Falkenroth?» fragte Miranda Mim.

«Ja, das ist doch die, die gleich nach dem Krieg als Mannequin nach New York gegangen ist.»

«Als sie einmal ein Taxi anhielt, ist ihr ein Mann zuvorgekommen und hineingesprungen. Delphine sagte, sie hat sich an der Tür festgehalten und mit ihrem hohen Absatz so oft auf seinen Schädel eingeschlagen, daß er geflucht hat wie ein Besenbinder, aber er hat ihr das Taxi überlassen.» Sie machte eine kurze Pause. «Natürlich hat sie ihn geheiratet.»

«Ach, so hat sie Roddy kennengelernt? Das hat sie mir nie erzählt.» Mim genoß die Geschichte.

Harry flüsterte wieder mit Little Marilyn. «Der Pfad der Erinnerungen. Ich hole jetzt Mrs. Murphy und Tucker und mache, daß ich nach Hause komme.»

Sobald sie zu Hause war, rief sie Cynthia Cooper an, die bereits über die gefälschten Stempelfarben informiert war.

«Coop, mir ist was eingefallen.»

«Ja?»

«Sind Sie bei Hassett gewesen, um festzustellen, ob sich jemand daran erinnert, daß Kerry die Pistole gekauft hat?»

«Das war mit das erste, was ich getan habe, nachdem Hogan ermordet wurde.»

«Und?»

«Die Papiere stimmten überein, die Registriernummer des Führerscheins war identisch.»

«Aber der Verkäufer –»

«War in Urlaub. Einen Monat Camping in Maine. Müßte inzwischen zurück sein.»

«Sie gehen natürlich noch mal hin.»

«Sicher – aber ich hoffe, es wird nicht nötig sein.»

«Was haben Sie vor?»

«Streng geheim.»

44

Cynthia Cooper hatte nicht damit gerechnet, daß Frank Kenton ein gutaussehender Mann war. Sie wartete in der Ankunftshalle des Flughafens und hielt ein Schild mit seinem Namen hoch. Als ein großer, eleganter Mann auf sie zukam, einen Ohrring im linken Ohr, dachte sie, er wolle sie um eine Auskunft bitten.

«Deputy Cooper?»

«Mr. Kenton?»

«Der bin ich.»

«Ah – haben Sie Gepäck?»

«Nein. Nur meine Tasche hier.»

Als sie zum Streifenwagen gingen, entschuldigte er sich dafür, daß er so gereizt war, als sie ihn das erste Mal angerufen hatte. Er sei barsch gewesen, aber sein Zorn habe nicht ihr gegolten. Sie erwiderte, sie habe vollstes Verständnis.

Als erstes fuhr sie mit ihm zu Kerry McCrays Haus. Rick Shaw erwartete sie, und als die drei zur Haustür gingen, kam Kerry, unmittelbar gefolgt von Kyle, herausgeeilt, um sie zu begrüßen.

Frank lächelte sie an. «Ich habe Sie noch nie im Leben gesehen.»

«Danke. Danke.» Tränen traten ihr in die Augen.

«Lady, ich habe doch gar nichts getan.»

Als Frank und Cynthia in den Streifenwagen stiegen, atmete Cynthia aus. «Teils bin ich froh, daß Kerry nicht Malibu ist, und teils bin ich enttäuscht. Man erhofft sich immer einen einfachen Fall – haben Sie Hunger? Vielleicht sollten wir eine Essenspause einlegen, bevor wir weitermachen.»

«Gute Idee.»

Mrs. Hogendobber winkte, als Cynthia am Postamt vorbeifuhr. Die Polizistin wendete und hielt an. Sie rannte ins Postamt.

Miranda lächelte. «Hi, wie geht's Ihnen heute morgen?»

«Gut. Und selbst?»

«Ein bißchen müde.»

«Wo sind Harry und der Zoo?»

«Sie ist mit Little Marilyn, Aysha und Ottoline in Ash Lawn.»

«Herrje, was macht sie da, und was macht Aysha dort? Norman ist kaum unter der Erde.»

Mrs. Hogendobber runzelte die Stirn. «Sicher, aber Aysha sagt, sie wird verrückt, wenn sie bloß zu Hause rumsitzt, deswegen ist sie hingefahren, um ihre Sachen zusammenzupacken und auch die von Laura Freely. Marilyn hat zwei Fremdenführerinnen verloren, sie ist in Verlegenheit. Deswegen bat sie Harry, ihr für einen Tag auszuhelfen, weil sie sich dort so gut auskennt. Harry hat mich gefragt, und ich sagte, das geht in Ordnung. Natürlich ist sie keine William-and-Mary-Absolventin, aber zur Not tut's auch eine vom Smith College. Little Marilyn muß ganz schnell eine Handvoll neuer Fremdenführerinnen anlernen.»

Cynthia stand mitten im Postamt. Sie sah aus dem Fenster zu Frank in dem klimatisierten Wagen, dann wieder zu Mrs. Hogendobber. «Mrs. Hogendobber, ich muß Sie um einen Gefallen bitten.»

«Selbstverständlich.»

«Rufen Sie Little Marilyn an. Sprechen Sie mit niemandem außer ihr. Sie muß Aysha dort festhalten, bis ich komme.»

«Ach du liebe Zeit. Kerry ist gegen Kaution draußen. Daran habe ich gar nicht gedacht.» Ihre Hand, heute mit mattglänzendem mokkafarbenem Nagellack geschmückt, fuhr an ihr Gesicht. «Das erledige ich sofort.»

Dann flitzte Cynthia in Market Shifletts Laden, kaufte zwei hausgemachte Sandwiches, Getränke und Mirandas Pfirsichpastete.

Sie sprang in den Streifenwagen. «Hier, Frank. Wir haben unsere Pläne geändert. Halten Sie sich fest.» Sie schaltete die Sirene ein und raste die 240 entlang, schoß über die Kreuzung und bog rechts ab auf die 250, um nach ein paar Kilometern auf die I-64 zu stoßen.

«Die Pfirsichpastete wird Ihnen schmecken», erklärte sie Frank, dem die Augen aus dem Kopf quollen.

«Bestimmt – aber ich warte lieber.» Er lächelte matt.

Sobald sie auf der I-64 in östlicher Richtung fuhr, sagte sie: «Es geht ungefähr fünfundzwanzig Kilometer geradeaus, dann kommen wir wieder auf kurvige Straßen. Ich weiß nicht, wie stabil Ihr Magen ist. Wenn er aus Eisen ist, dann essen Sie.»

«Ich warte lieber. Wo fahren wir hin?»

«Ash Lawn, Wohnsitz von James Monroe. Wir biegen auf die Route 20 nach Süden ab, dann nach links auf die Straße, die an Monticello vorbeiführt. Ich habe fast hundertfünfzig drauf, aber auf der Bergstraße kann ich nicht viel schneller als fünfundsechzig fahren. In fünfzehn, zwanzig Minuten sind wir da.» Sie griff nach ihrem Piepser und sagte auf dem Revier Bescheid, wohin sie fuhr. Sie bat um Verstärkung – nur für alle Fälle.

«Sie ist eine richtige Giftschlange.»

«Ich weiß.»

Drei Kilometer vor Ash Lawn stellte Cynthia die Sirene ab. Sie fuhr die kurvige, von Bäumen gesäumte Zufahrt hinauf, bog nach links auf den Parkplatz und hielt direkt vor dem Andenkenladen. «Fertig?»

«Ja.» Frank war beglückt, dem Wagen zu entkommen.

Harry fiel auf, daß Little Marilyn außerordentlich angespannt war. Sie hoffte, der Grund war nicht, daß sie von ihr als Fremdenführerin enttäuscht war. Harry führte ihre Gruppe durchs Haus, sagte den Leuten, wo sie auf eine Stufe achten und wo sie den Kopf einziehen mußten. Sie wies auf Möbelstücke hin und gab Anekdoten aus Monroes Amtszeit zum besten.

Mrs. Murphy und Tucker hatten sich unter den großen Buchsbaumsträuchern verkrochen. Die Erde war kühler als die Luft.

Aysha war im Untergeschoß des Hauses und suchte die Reste von Laura Freelys historischen Kostümen sowie ihre eigenen Sachen zusammen. Ottoline half ihr.

Cynthia und Frank gingen so nonchalant wie möglich zum Vordereingang. Harry öffnete im selben Moment den Nebeneingang, um ihre Gruppe herauszulassen, als Cynthia und Frank durch die Vordertür eintraten.

Da es Mittagszeit war, hatten sich die Besucher von Ash Lawn, die für den nächsten, von Marilyn geführten Rundgang vorgesehen waren, unter die herrlichen ausladenden Bäume gesetzt und labten sich an eiskalten Getränken.

Harry war überrascht, Cynthia dort zu sehen.

«Dies ist Frank Kenton aus San Francisco.»

Harry streckte die Hand aus. «Willkommen in Ash Lawn.»

«Schon gut, Harry, Sie brauchen ihn nicht herumzuführen.» Cynthia lächelte verkrampft.

Little Marilyn, von Miranda vorgewarnt, zügelte ihre Nervosität, so gut sie konnte. «Soll ich sie jetzt rufen?»

«Ja», antwortete Cynthia.

Die Kerzenständer zitterten in ihren Halterungen, als Little Marilyn vorbeiging. Nach wenigen Minuten kam sie mit Aysha und Ottoline zurück.

Aysha erstarrte bei Franks Anblick.

«Das ist Malibu», sagte er leise.

«Nein!» kreischte Ottoline.

Aysha drehte sich blitzschnell um, packte Harry und zerrte sie ins Wohnzimmer. Ottoline knallte die Tür zu. Als Cynthia ihr folgen wollte, durchschlug eine Kugel die Tür und verfehlte knapp Cynthias Kopf.

«Raus hier, alle!» befahl Cynthia.

Marilyn und Frank eilten nach draußen. Pflichtbewußt scheuchte Marilyn rasch die Besucher zum Parkplatz. Das Heulen einer Sirene verkündete, daß Verstärkung unterwegs war.

Mrs. Murphy sprang auf. *«Mom, Mom, alles in Ordnung?»*

Tucker flitzte geräuschlos unter dem Buchsbaum hervor und stürmte zum Haus.

Mrs. Murphy quetschte sich durch die Vordertür, die leicht angelehnt war. Tucker tat sich schwerer, aber sie schaffte es.

Cynthia stand geduckt mit dem Rücken zur Wand neben der Tür zum Wohnzimmer. Ihre Pistole hielt sie schußbereit. «Kommen Sie raus, Aysha. Das Spiel ist aus.»

«Ich hab eine Pistole in der Hand.»

«Die wird Ihnen nichts nützen.»

Aysha lachte. «Wenn ich zuerst schieße, schon.»

Ottoline rief heraus: «Cynthia, lassen Sie sie laufen. Nehmen Sie mich an ihrer Stelle fest. Sie hat ihren Mann verloren. Sie ist nicht ganz bei sich.»

Cynthia bemerkte die Katze und den Hund. «Raus mit euch.»

Mrs. Murphy schoß zum Vordereingang hinaus. Tucker wartete einen Moment, warf Cynthia einen schmachtenden Blick zu, dann folgte sie ihrer Katzenfreundin.

«Tucker, hintenrum. Vielleicht kann ich durch ein Fenster rein.»

Sie hörten Harrys Stimme. «Aysha, ergib dich. Vielleicht machst du es dir dadurch leichter.»

«Halt den Mund!»

Harrys geliebte Stimme spornte beide Tiere an. Mrs. Murphy raste zu dem niedrigen Sprossenfenster. Geschlossen. Ash Lawn hatte eine Klimaanlage. Katze und Hund sahen Harry mitten im Zimmer; eine Pistole war auf sie gerichtet.

Ottoline stand abseits neben der Tür.

«Tucker, diese alten Fenster sind ganz niedrig. Meinst du, du kannst da durchkrachen?»

«Ja.»

Sie rannten knapp fünfzig Meter zurück, drehten dann um und sausten auf die alte mundgeblasene Scheibe zu. Tucker hob einen Sekundenbruchteil vor Murphy vom Boden ab, zog den Kopf ein und knallte mit der Schädeldecke gegen das Glas. Mrs. Murphy, die Augen wegen des splitternden Glases fest zugekniffen, segelte ganz knapp hinter Tucker ins Zimmer. Glassplitter flogen überallhin.

Aysha fuhr herum und schoß. Sie war so auf einen menschlichen Gegner eingestellt, daß sie nicht mit den Tieren gerechnet hatte. Tucker sprang noch im Laufen hoch und traf sie mit voller Wucht, und sie taumelte rückwärts.

Ottoline schrie: «Erschieß den Köter!»

Mrs. Murphy sprang hoch und grub ihre Fangzähne in Ayshas rechtes Handgelenk, während sie mit den Krallen der Vorder- und Hinterpfoten ihren Unterarm packte. Dann schlug sie ihr die Zähne mit aller Macht ins Fleisch.

Aysha heulte auf. Harry rammte sie mit der Schulter, und sie stürzten zu Boden. Tucker schloß ihre Kinnbacken um ein Bein. Ottoline rannte herbei, um nach dem Hund zu treten.

Mrs. Murphy lockerte ihren Griff und schrie: *«Die Hand, Tucker, schnapp dir die Hand.»* Tucker setzte über die zappelnden Leiber hinweg. Ottolines Tritt kam einen Sekundenbruchteil zu spät. Aysha war gerade im Begriff, Harry auf den Kopf zu schlagen, da fiel Tucker über ihre Hand her und biß tiefe Löcher in die fleischige Handfläche. Aysha ließ die Pistole fallen. Ottoline griff geschwind danach. Tucker lief lautlos hinter sie und biß auch sie, dann schnappte sie sich die Pistole.

Harry schrie: «Coop! Hilfe!»

Mrs. Murphy krallte sich weiterhin an Aysha fest, während Tucker der entschlossenen Ottoline auswich, die es auf die Pistole abgesehen hatte.

Coop hielt ihre Dienstpistole mit beiden Händen und zerschoß das Türschloß. «Es ist aus, Aysha.» Sie richtete ihre Waffe auf die kämpfenden Frauen.

Harry, die unter dem linken Auge bereits eine Schwellung

hatte, ließ Aysha los und rappelte sich hoch. Sie rang nach Atem. Ottoline lief hinter Coop und umfaßte ihren Hals, doch Coop duckte sich und versetzte ihr mit dem Ellbogen einen Stoß in die Magengrube. Mit einem «hmpf» ließ Ottoline los.

Aysha wollte schnell zur Tür hinaus, aber Harry hinderte sie daran.

Coop schob Ottoline zu Aysha hinüber, die langsam aufstand.

«Du warst so gerissen, Aysha, aber ein Hund und eine Katze haben dich zur Strecke gebracht», triumphierte Harry, als Tucker ihr die Pistole brachte.

«Man wird immer von dem erwischt, mit dem man nicht rechnet.» Cynthia ließ ihre Beute nicht aus den Augen.

Rick Shaw stürmte herein. Er erfaßte die Situation und fesselte Aysha und Ottoline mit Handschellen Rücken an Rükken zusammen, dann informierte er sie über ihre Rechte.

«Au.» Aysha zuckte zusammen, als die Handschellen die Stellen berührten, wo Mrs. Murphy und Tucker ihre Hand aufgerissen hatten.

Harry hockte sich hin und streichelte ihre Freundinnen. Sie untersuchte ihre Pfoten nach Einschnitten vom Glas.

«Warum?» fragte Harry.

«Warum nicht?» gab Aysha schnippisch zurück.

«Na schön, dann wie?» fragte Cynthia.

«Ich habe das Recht zu schweigen.»

«Beantworte mir eine Frage, Aysha.» Harry wischte sich den Staub ab. «War Norman beteiligt?»

Aysha zuckte die Achseln, ohne die Frage zu beantworten.

Ottoline lachte spöttisch. «Dieser Feigling. Der hatte Angst vor seinem eigenen Schatten.» Ottoline wandte sich an Rick Shaw. «Sie machen einen großen Fehler.»

Aysha sagte, immer noch keuchend: «Mutter, das Reden wird mein Anwalt übernehmen.»

Harry nahm die schnurrende Mrs. Murphy auf den Arm. «Aysha, deine Briefe an Marilyn aus St-Tropez und Paris und sonstwoher – du hast die Poststempel gefälscht, und das war gute Arbeit. Aber die Stempelfarben zu fälschen ist viel schwieriger.»

Ottoline murrte: «Das können Sie nicht vor Gericht beweisen. Und bloß weil ich gefälschte Postkarten verteilt habe, ist meine Tochter noch lange keine Verbrecherin.»

Ayshas Augen wurden eng, dann weit. «Mutter, alles, was du sagst, kann gegen mich verwendet werden!»

Ottoline schüttelte den Kopf. «Ich will reinen Tisch machen. Ich brauchte Geld. Eine Bank zu bestehlen ist lächerlich einfach. Die Crozet National Bank war sehr schlampig in puncto Sicherheitsmaßnahmen. Norman war Wachs in meinen Händen. Es war wirklich ganz leicht. Als er schwach wurde, hab ich ihn erdrosselt. Als er an der Konservenfabrik langsamer wurde, kam ich vom Rücksitz hoch und hab ihm gesagt, er soll anhalten. Er war schwerer zu töten, als ich dachte, aber ich hatte das Überraschungsmoment auf meiner Seite. Wenigstens mußte ich mir nicht mehr sein Gejammer anhören, was passieren würde, wenn er erwischt wird.»

Mrs. Murphy streckte die Pfote mit ausgefahrenen Krallen aus. *«Aysha, willst du etwa zusehen, wie deine Mutter die ganze Schuld auf sich nimmt?»*

«Ich hasse Katzen», fauchte Aysha die kleine Tigerkatze an, die ihre Pläne durchkreuzt hatte.

«Tja, die hier war schlau genug, Ihnen das Handwerk zu legen», sagte Cynthia sarkastisch.

«Das genügt.» Rick wollte Mutter und Tochter aufs Revier bringen, um sie einzulochen. Er deutete auf den Streifenwagen. Da sie Rücken an Rücken gefesselt waren, erwies sich das Gehen als schwierig.

«Haben Sie Hogan Freely auch getötet?» fragte Harry Ottoline.

«Ja. Erinnern Sie sich, als wir in Market Shifletts Laden waren? Hogan sagte, er wolle noch spät arbeiten und auf den Computer einhämmern. Mit seinem Verstand hätte er glatt –»

«Mutter, sei still!» stieß Aysha stotternd hervor.

«Aber wenn Hogan nun hinter mein System gekommen wäre?» sagte Ottoline mit der Betonung auf «mein».

«Es gibt kein System, Mutter. Norman hat die Bank bestohlen. Hogan hat ihn bedroht. Er hat Hogan getötet, und seine Komplizin in der Bank hat ihn getötet. Kerry war seine Partnerin. Er hat mich betrogen.»

«Tatsächlich?» Ottolines Augenbrauen schnellten in die Höhe. Sie überlegte einen Moment, dann wechselte ihr Tonfall, da sie Ayshas verzweifeltem Gedankengang folgte. «So ein elender Wurm!»

«Aysha, wir wissen, daß du in der Anvil-Bar gearbeitet hast. Das kannst du nicht leugnen», erklärte Harry, die noch immer innerlich kochte vor Wut, als sie ihnen zum Streifenwagen folgte.

«So?»

Ottoline fuhr geschwind fort und brabbelte, als könne sie damit die Anwesenden von der Fährte ablenken: «Ich mußte etwas tun. Ich meine, wo meine Tochter, eine *Gill*, in so einem Lokal arbeitete. Sie durchlief natürlich nur eine Phase, aber denkt nur, wie das ihre Chancen auf eine gute Partie hätte ruinieren können, wenn sie wieder nach Hause käme, was sie früher oder später natürlich tun würde. Deswegen bat ich sie, Postkarten zu schreiben, als ob sie noch in Europa wäre. Den Rest habe ich besorgt. Sie hatte sich ja von Marilyn und Kerry abgesetzt, sie wußten also nicht genau, wo sie war. Gefälschte Postkarten zu verschicken war nicht weiter schwierig, und Ayshas Ruf blieb unbefleckt. Ich weiß nicht, warum junge Leute diese rebellischen Phasen durchlaufen müssen. Meine Generation hat das nie getan.»

«Sie hatten den Zweiten Weltkrieg. Das war Rebellion genug.»

«So alt bin ich nicht», korrigierte Ottoline Harry eisig.

«Meine Damen, das sind nette Geschichten. Fahren wir aufs Revier, da können Sie Ihre Aussagen machen und Ihren Anwalt anrufen», drängte Rick.

Frank Kenton folgte Cynthia. Als er die Tür ihres Streifenwagens öffnete, bedachte er Aysha mit einem langen, eindringlichen Blick.

Sie starrte trotzig zurück.

«Ich werde dich in der Hölle schmoren sehen.» Er lächelte.

«Das gefällt mir, Frank. Diese Ironie – du als Moralapostel.» Aysha lachte ihm ins Gesicht.

«Erniedrige dich nicht so weit, mit dem zu sprechen», fauchte Ottoline.

«In San Francisco hat sie sich ausgiebig erniedrigt», brüllte Frank Ottoline an. «Lady, wir wären alle besser dran gewesen, wenn Sie *keine* Mutter gewesen wären.»

Ottoline zögerte, ehe sie versuchte, auf den Rücksitz des Streifenwagens zu klettern. Rick hielt den Wagenschlag auf. So, wie den beiden Frauen die Handschellen angelegt waren, konnten sie nicht in den Wagen gelangen.

«Das ist unmöglich.» Aysha äußerte das Naheliegende.

«Sie haben recht.» Rick schloß die Handschellen auf.

Im Nu spurtete Aysha auf die Bäume zu.

«Stehenbleiben, oder ich schieße!» Rick ließ sich auf ein Knie fallen, während er seinen Revolver zog.

Cynthia ließ sich ebenfalls fallen, die Pistole schußbereit.

Tucker stieß sich ab und sprintete hinter Aysha her. Einen Menschen zu überholen war für einen so schnellen kleinen Hund nicht schwer. Sie machte vor Aysha kehrt, gerade als Rick einen Warnschuß abgab. Harry wollte den Hund zurückrufen, hielt es jedoch für unklug, Tuckers Endspurt zu unterbrechen. Aysha blickte eben über die Schulter, als Tukker sich vor sie hinhockte. Sie stolperte über den kleinen Hund und stürzte auf die Erde.

Cynthia, jünger und schneller als Rick, war fast bei Aysha angekommen, als diese sich wankend aufrappelte.

«Der verdammte Köter!»

«Nehmen Sie die Hände hinter den Kopf und gehen Sie langsam, ich sagte langsam, zurück zum Streifenwagen.»

Ottoline ließ sich hemmungslos weinend gegen den weißblauen Wagen sacken. «Ich hab's getan. Wirklich. Ich bin schuldig.»

«Sei still, Mutter! Nie hörst du auf mich.»

Ein Ausdruck von mütterlicher Autorität flackerte in Ottolines Gesicht auf. «Wenn du von vornherein auf mich gehört hättest, säßen wir jetzt nicht in der Tinte! Ich hab dir gesagt, du sollst Mike Huckstep nicht heiraten!»

«Ich kenne niemanden, der so heißt!» Ayshas ganzer Körper verrenkte sich vor Wut.

Ottolines Gesicht fiel in sich zusammen wie ein einstürzendes Gebäude. Ihr wurde klar, daß sie in ihrem verzweifelten Versuch, ihre Tochter zu retten, die Katze aus dem Sack gelassen hatte.

45

Reverend Jones gesellte sich als letzter zu der kleinen Gruppe, die sich zu einem von Susan hastig arrangierten Abendessen auf Harrys Farm eingefunden hatte. Er begrüßte Mrs. Hogendobber, Mim, Little Marilyn, Market, Pewter, Ned, Blair, Cynthia, Kerry McCray und ihren Bruder Kyle.

«Was habe ich verpaßt?»

«Belanglosen Tratsch. Wir haben auf Sie gewartet», teilte ihm Mrs. Hogendobber mit. «Jetzt fehlt nur noch Fair. Er kommt, sobald er kann.»

«Sind Sie eigentlich dahintergekommen, wie Aysha das Geld überwiesen hat?» fragte Susan neugierig.

«Ja, aber wir wissen nicht, was sie damit gemacht hat, ausgenommen den Betrag, den sie auf Kerrys Konto überwiesen hat. Sie beabsichtigt, sich den besten Anwalt zu nehmen, den man für Geld kriegen kann, und ihre Gefängnisstrafe abzusitzen, wenn sie nicht zum Tode verurteilt wird. Sie wird vermutlich wegen guter Führung entlassen, bevor sie fünfzig ist, und dann wird sie dorthin gehen, wo sie das Geld versteckt hat.» Cynthia klang verbittert.

«Wie hat sie es gemacht?» wiederholte Mim die Frage.

«Dem ‹Ungültig›-Befehl im Computer der Crozet National Bank war ein Zusatzbefehl angefügt. Erinnern Sie sich an die vielen Instruktionen zum Umgang mit dem Threadneedle-Virus? Also, das war schon genial. Als die Bank den Befehl des Virus, Dateien zu vernichten, unwirksam machte, wurde ein Zusatzbefehl ausgelöst, der den Computer anwies, am ersten August zwei Millionen Dollar auf ein Nummernkonto zu überweisen. Das Geld hat die Bank nicht verlassen. Später haben Aysha oder Norman es beiseite geräumt. Soweit wir wissen, könnte es noch auf diesem Nummernkonto sein, oder es ist vielleicht auf einem Auslandskonto in einem Land, wo Bankangestellte leicht zu bestechen sind.»

Blair war neugierig. «Was hatte Mike Huckstep mit alledem zu tun?»

«Ah ...» Cynthia lächelte Blair an. Sie lächelte ihn immer an. «Das war das Haar in der Suppe. Sie hatte alles perfekt geplant, den Plan hatte sie zweifellos von Huckstep geklaut, und dann kreuzte er in Ash Lawn auf, gerade als ihre Falle bereit zum Zuschnappen war. Aysha ging kein Risiko ein, und sie war weitsichtig genug, um zu wissen, daß der Tod eines Motorradfahrers in Crozet nicht vielen zu Herzen gehen würde. Sie hat kühl kalkuliert, wie sie mit einem Mord davonkommen würde. Sie erzählte Huckstep, daß sie vorhatte, seinen Plan zu verwirklichen. Er unterzeichnete bereitwillig die Unterschriftskarten, weil er dachte, der unrechtmäßige Gewinn würde seinem Konto gutgeschrieben. Sie würden reich sein. Norman speiste die Kontoinformation in das System ein, ohne zu wissen, wer Mike wirklich war. Unterdessen erzählte Aysha Mike, sie wolle zu ihm zurück. Er wußte natürlich nicht, daß sie mit Norman verheiratet war. Sie sagte ihm, sie fühle sich schrecklich, weil sie ihn im Stich gelassen hätte, aber sie sei vor einer festen Bindung zurückgeschreckt, und als sie ihren Fehler einsah, habe sie ihn nicht finden können – er war von der Glover Street fortgezogen, wo sie gewohnt hatten. Sie schlug ihm vor, sie mit dem Motorrad abzuholen, und sie könnten eine Fahrt ins Blaue machen. Peng! Das war das Aus für Mike Huckstep, ihren rechtmäßigen Ehemann. Sie ist nicht nur eine Mörderin und Diebin, sie ist eine Bigamistin.»

«Wie hat er sie gefunden?» wollte Harry wissen.

«Er kannte ihren richtigen Namen. Aysha hatte Glück, als er in seinem bedröhnten Zustand in Ash Lawn auftauchte. Er hat den Namen genannt, der ihm am geläufigsten war. Ottoline behauptet natürlich, ein Drogendealer oder sonst ein zwielichtiger Typ müsse Huckstep umgebracht haben – irgendwer, nur nicht ihre werte Tochter.»

«Also, Coop, wie hat Huckstep Aysha gefunden?» fragte Susan.

«Oh», sagte sie lächelnd, «ich bin wohl vom Thema abgekommen. Er muß unsere Kfz-Meldestelle angezapft haben, oder er hat die Dateien der staatlichen Einkommensteuer angezapft. Der Mann war ohne Zweifel ein Computergenie.»

«Man stelle sich vor, dieser Geist hätte im Dienste des Herrn gewirkt», grübelte Mrs. Hogendobber.

«Miranda, das ist ein interessanter Gedanke.» Herbie verschränkte die Arme. «Da wir gerade von seinem Geist sprechen: Ich frage mich, was ihn bewogen hat, nach ihr zu suchen.»

«Die Liebe. Er hat sie noch immer geliebt. Trotz allem», behauptete Blair fest. «Das konnte man an dem Tag sehen, als er nach Ash Lawn kam. Manche Männer haben ein masochistisches Verlangen nach dieser Sorte von Bestrafung.»

«Das werden wir nie genau wissen.» Cynthia fand Blairs Interpretation ein bißchen arg romantisch.

«Manche packt es eben auf diese Weise», fügte Kerry wehmütig hinzu.

«Schätze, er wurde immer einsamer, und –» Susan hielt inne. «Spielt wohl keine Rolle. Aber ich kapier immer noch nicht, wie er darauf kam, sie in Ash Lawn zu suchen.»

«Ja, das ist merkwürdig.» Little Marilyn erinnerte sich an seinen Besuch.

«Ich habe den Verdacht, daß Aysha mit ihrer Herkunft geprahlt hat, das alte Virginia-Laster. Vermutlich hat sie erzählt, sie sei oder werde demnächst Fremdenführerin in Monticello oder Ash Lawn oder dergleichen. Ich bezweifle, daß wir es jemals erfahren werden; denn sie schweigt wie ein Grab.» Cynthia schüttelte den Kopf. «Wenn Ottoline sich nicht ständig verplappern würde, hätten wir nicht mal genug Informationen, um einen Fall zu konstruieren.»

«Armer Norman, das perfekte Rädchen in ihrem Getriebe.» Kerrys Augen trübten sich.

«Warum konnte Mike seinen Plan nicht verwirklichen?» fragte Little Marilyn.

«Ein Mann wie er hatte bestimmt keine Freunde in einer Bank. Er brauchte einen Partner, der entweder welche hatte oder gesellschaftlich anerkannt war. Ich nehme an, der ursprüngliche Plan sah vor, daß Aysha in einer Bank arbeitete», bemerkte Mim scharfsinnig.

«Aysha hatte beschlossen, es ohne ihn durchzuziehen», sagte Cynthia. «Als er aufkreuzte, erzählte sie ihm listig, sie hätte in der Bank einen Dummen gefunden. Das Geschäft könne sofort steigen. Obwohl Mike sie vermutlich liebte, wie Blair meint, konnte sie keine Macht über ihn ausüben, wie sie es mit Norman konnte. Und sie hatte es entschieden auf den ganzen Leckerbissen abgesehen.»

«Ich muß dauernd an den armen Hogan denken. Wie er da in Markets Laden stand und uns erzählte – uns und Aysha –, daß er an dem Abend noch spät arbeiten wollte.» Susan schauderte bei der Erinnerung.

«Er hat ihr mit Sicherheit einen Schrecken eingejagt. Der Nebel war reine Glückssache.» Cynthia schaute zu Blair hinüber. Er sah so gut aus, sie konnte den Blick nicht von ihm wenden.

Little Marilyn bemerkte: «Gott sei gedankt für Mrs. Murphy und Tee Tucker, sie sind die eigentlichen Heldinnen.»

«Bildet euch bloß nichts darauf ein», murrte Pewter.

«Du bist ja bloß sauer, weil du die Party verschlafen hast», sagte Mrs. Murphy von oben herab und putzte sich.

«Stimmt.» Pewter schlich auf Zehenspitzen zu den zugedeckten Schüsseln in der Küche.

«Hat sie Reue gezeigt?» fragte Mrs. Hogendobber.

«Kein bißchen.»

«Ottoline sagt, Aysha wurde in eine Falle gelockt. Sie behauptet, Kerry sei die eigentliche Schuldige, wogegen sie, Ottoline, Norman umgebracht habe, um ihrer Tochter eine qualvolle Ehe zu ersparen.» Mim erhob sich und machte ein Zeichen, daß es Zeit zum Essen sei. «Aber Ottoline war ja schon immer eine dumme Gans.»

«Von wem war das Blut auf den Satteltaschen?» fragte Harry.

«Was für Blut?» Mim winkte Little Marilyn zu sich. «Ich weiß nichts von Blut.»

«Ein paar Blutstropfen auf Mike Hucksteps Satteltaschen.» Cynthia musterte ihre Hände und befand, daß sie sie vor dem Essen waschen mußte.

«Von Aysha. Sie muß eine kleine Verletzung gehabt haben.»

Unterdessen hatten die Menschen die Küche in Beschlag genommen. Sie hätten ja gerne auf Fair gewartet, aber ihre Mägen nicht.

Außerdem konnte man bei einem Tierarzt nie wissen, wie lange er zu tun hatte.

Little Marilyn hatte knusprig gebratene Hühnchen mitgebracht.

«Vergeßt uns nicht», tönte es im Chor vom Fußboden.

Aber nein. Jedes Tier erhielt leckeres, in kleine Würfel geschnittenes Hühnerfleisch. Während die Menschen mit ihren Tellern wieder ins Wohnzimmer gingen, fraßen die Tiere selig vor sich hin.

Miranda fragte: «Und was war mit Kerry?»

«Aysha war glatt, aalglatt.» Cynthia legte ihr Hühnerbein hin. «Sie hat das Wort *Threadneedle* in erster Linie verwendet, weil sie wußte, daß Kerry bei einer Londoner Bank nahe der Bank von England in der Threadneedle Street gearbeitet hat. Sie hatte sich ausgerechnet, daß Kerry, sobald wir diesem Umstand auf die Spur kämen, den Hals in der Schlinge hätte. Aysha hatte sich einen falschen Führerschein besorgt mit ihren Daten und ihrem Foto, aber mit Kerrys Namen, Adresse und Sozialversicherungsnummer, die sie aus dem Bankcomputer in Normans Büro abgerufen hatte. Damit hat sie bei Hassett die Waffe gekauft.»

«Falsche Führerscheine?» Miranda war erstaunt.

«High-School-Schüler sind ein großer Markt dafür – damit sie Alkohol kaufen können», sagte Harry.

«Woher wissen Sie das?» erkundigte sich Miranda.

Harry hob die Stimme. «Oh –»

«Wie gut, daß Ihre Mutter das nicht mehr hören kann.»

«Ja», pflichtete Harry Miranda bei.

«Aber warum hat Aysha Norman umgebracht? Er hat sie doch gedeckt», wollte Marilyn wissen.

«Hat sie gar nicht», platzte Harry heraus, nicht aus Kenntnis, sondern aus Intuition und dem, was sie in Ash Lawn beobachtet hatte.

«Norman ist nach Hogans Ermordung ausgestiegen. Wirtschaftskriminalität war ja gut und schön, aber Mord – da bekam er kalte Füße. Aysha fürchtete, er würde durchdrehen und sie verraten. Aus Angst, daß ihre Tochter erwischt würde, hat Ottoline ihn dann wohl erdrosselt. Ich bin sicher, daß das alte Mädchen diesbezüglich die Wahrheit sagt, obwohl wir keinen Beweis haben.»

«Dann hat Ottoline es die ganze Zeit gewußt.» Harry war verblüfft.

«Nicht von Anfang an.» Cynthia zuckte die Achseln. «Als Mike Hucksteps Leiche gefunden wurde, hat's bei Ottoline zum erstenmal geklingelt. Als Hogan ermordet wurde, muß sie es gewußt haben. Vielleicht hat Aysha es ihr sogar erzählt. Wie gesagt, Aysha leugnet alles, und Ottoline gesteht alles.»

«Sie hat getötet, um ihre Tochter zu schützen.» Mim schüttelte den Kopf.

«Zu spät. Und die Mordwaffe in Kerrys Toyota zu deponieren – das war auffällig und ungeschickt.»

«Dann war das Aysha auf dem Motorrad, das aus Sugar Hollow kam?» Harry erinnerte sich an ihre brenzlige Begegnung.

«Ja.» Cynthia verzehrte einen Hühnerflügel, während die anderen tratschten.

«Wißt ihr» – Mim wechselte das Thema –, «Ottoline war immer Ayshas Sicherheitsnetz. Sie ließ sie nie erwachsen werden, so daß sie nie für ihr Handeln verantwortlich war. Die falsche Art Liebe», bemerkte Mim. «Ich hoffe, daß ich dir das nicht angetan habe.»

Ihre Tochter erwiderte: «Na ja, Mutter, du würdest mit Freuden mein Leben für mich leben und das aller anderen in diesem Zimmer obendrein. Du bist nun mal ein Tyrann.»

Stille senkte sich über die Gruppe.

Big Marilyn brach das Schweigen: «Ach ...?»

Alle lachten.

«Hattet ihr vermutet, daß es Aysha war?» fragte Pewter mit vollem Mund.

«Nein. Wir haben nur gewußt, daß es nicht Kerry war. Zumindest waren wir uns ziemlich sicher, daß sie's nicht war», antwortete Tucker.

«Bin ich froh, daß wir noch leben.» Murphy schnippte mit dem Schwanz. *«Ich verstehe nicht, warum die Menschen sich gegenseitig töten. Das werde ich wohl nie begreifen.»*

«Du mußt sie lieben, wie sie sind.» Tucker pirschte sich an Pewters Teller heran, um ihn zu beschnuppern.

Pewter versetzte Tucker einen Nasenstüber. *«Weg da. Wilddiebe muß ich überhaupt nicht lieben!»*

Tucker zuckte zusammen. *«Du brauchst so lange zum Essen.»*

«Wenn du langsamer essen würdest, hättest du mehr davon», riet Pewter ihr.

Sie hörten den Kombi des Tierarztes draußen vorfahren, das Schlagen einer Tür, dann stieß Fair die Fliegentür auf. Die Anwesenden, alle ins Essen vertieft, begrüßten ihn. Dann fiel es einem nach dem anderen auf.

«Was haben Sie denn gemacht?» rief Mrs. Hogendobber aus.

«Mir die Haare ein bißchen gekräuselt», erwiderte er mit ungewohnt energischem Ton. «Ist nicht ganz so geworden, wie ich es mir vorgestellt hatte.»

«Darf ich fragen, warum du das gemacht hast?» Harrys Ton war höflich.

«Bei Blair funktioniert's.» Er zuckte die Achseln. «Dachte, bei mir könnte es auch funktionieren.»

Liebe hochintelligente Katzen!

Habt Ihr die ewigen alten Wollknäuel satt? Ich habe eine eigene Serie Katzenminzespielsachen entwickelt, die alle von Pewter und mir getestet sind. Zwar hab ich es nicht gern, wenn Pewter mit meinen Söckchen spielt, aber wenn ich sie nicht lasse, zerfetzt sie meine Manuskripte. Da könnt Ihr mal sehen, wie das ist!

Und damit die Menschen sich nicht übergangen fühlen, habe ich ein T-Shirt für sie entworfen.

Wenn Ihr sehen möchtet, wie kreativ ich bin, schreibt mir, dann schicke ich Euch einen Prospekt.

Sneaky Pies Flohmarkt
c/o American Artists, Inc.
P. O. Box 4671
Charlottesville, VA 22905
USA

Mit freundlichen Katzengrüßen

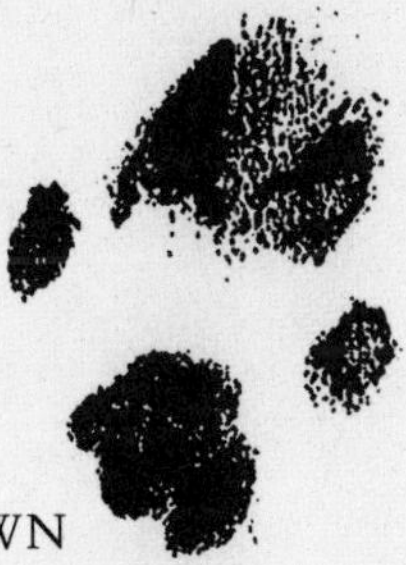

SNEAKY PIE BROWN

P. S. Hunde, besorgt Euch eine Katze, die für Euch schreibt!

Foto: Hergen Schimpf

Petra Hammesfahr

«Spannung bis zum bitteren Ende» Stern
«Es gehört zu den raffinierten Konstruktionen von Petra Hammesfahr, dass dann doch alles ganz anders sein könnte» Marie Claire

Lieferbare Titel:

Das Geheimnis der Puppe
Roman 3-499-22884-X

Der gläserne Himmel
Roman 3-499-22878-5

Der Puppengräber
Roman 3-499-22528-X

Der stille Herr Genardy
Roman 3-499-23030-X

Die Chefin
Roman 3-499-23132-8

Die Mutter
Roman 3-499-22992-7

Die Sünderin
Roman 3-499-22755-X

Lukkas Erbe
Roman 3-499-22742-8

Meineid
Roman 3-499-22941-2

Merkels Tochter
Roman 3-499-23225-1

Roberts Schwester
Roman 3-499-23156-5

Das letzte Opfer
Roman

3-8052-0700-X

B 3/1

Eiskalte Morde: Die ganze Welt der skandinavischen Kriminalliteratur bei rororo

Liza Marklund
Studio 6
Roman 3-499-22875-0
Auf einem Friedhof hat man eine Frauenleiche gefunden. Das Opfer war eine Tänzerin im Stripteaseclub «Studio 6». Die Journalistin Annika Bengtzon stellt wieder eigenmächtig Nachforschungen an ...
«Schweden hat einen neuen Export-Schlager: Liza Marklund.» Brigitte

Liza Marklund
Olympisches Feuer
Roman 3-499-22733-9

Karin Alvtegen
Die Flüchtige
Roman 3-499-23251-0
Mit ihrem ersten Roman «Schuld» (rororo 22946) rückte die Großnichte Astrid Lindgrens in die Top-Riege schwedischer Krimiautoren.

Willy Josefsson
Denn ihrer ist das Himmelreich
Roman 3-499-23320-7
Josefssons neuer Erfolgsroman mit neuer Heldin: Eva Ström – der erste Fall der Pastorin von Ängelholm.

Leena Lehtolainen
Alle singen im Chor
Roman 3-499-23090-9
Maria Kallio muss sich bewähren. Ein heikler Fall für die finnische Ermittlerin.

Leena Lehtolainen
Zeit zu sterben
Roman

3-499-23100-X